Mes châteaux en Espagne

Tome 2

- CORINNE POISSON -

Mes châteaux

en

Espagne

Tome 2

© 2025 Corinne Poisson

Édition : BoD · Books on Demand, 31 avenue Saint-Rémy,

57600 Forbach, bod@bod.fr

Impression : Libri Plureos GmbH, Friedensallee 273,

22763 Hamburg (Allemagne)

ISBN : 978-2-3225-6096-7

Dépôt légal : avril 2025

Un jour, j'écrirai tout ça, je raconterai la belle histoire de cet été exceptionnel que j'ai vécu l'année dernière. J'aime la métaphore de la construction d'un château du bonheur. Celui que j'ai construit, pierre après pierre. Forteresse invincible sur son socle solide. Luís, mon amour de jeunesse, constitue le pilier central, la stabilité. La découverte de ma vocation professionnelle, l'amitié de Barbara et celle des autres, les liens familiaux composent les autres piliers, l'équilibre. L'enfant rêveuse que j'étais est comblée. À l'aube de ma majorité, je me sens forte et prête à affronter les difficultés de la vie. Et tout ça s'est joué en l'espace de quelques jours de vacances, dans le petit village natal de ma mère, en Espagne. Ma vie s'est soudain structurée et a pris un sens : j'ai retrouvé les vieilles pierres du passé pour y poser celles du futur.

Depuis, la vie quotidienne a repris son cours, les mois se sont écoulés, mais les souvenirs que je garde me font prendre conscience de la préciosité de ce *pueblo* (village). Ses maisons, ses rues, ses places, ses fontaines, son église, toutes ces pierres érigées forment un roc de diamant. C'est lui qui a, par le passé, soutenu des armées de détermination, de révoltes et d'espoirs. Il y plane un sentiment de paix retrouvée, après des années de souffrance. Les chants des oiseaux supplantent les cris de la guerre. Les projets, les défis et les rêves peuvent prendre leur envol dans cet air léger de liberté que l'on ressent, désormais, entre ces murs.

Je sais qu'on ignore toujours ce que l'avenir nous réserve. Les réactions humaines ou certains évènements sont imprévisibles. Mais je resterai la bâtisseuse que j'ai toujours été. Celle qui peut compter sur elle-même pour que tout soit réussi. Celle qui est investie d'une ardeur imaginative et créative. Aussi, la pensée que je vais à nouveau arpenter les pavés de ce lieu si cher à mon cœur me remplit d'une joie incommensurable. Je souhaite reprendre mon histoire, comme le second tome d'une duologie. Reprendre place, pile à l'endroit où nous nous étions arrêtés avec mes amis. Remplacer le mot « fin » par le mot « à suivre » et me mettre à noircir un nombre indéfini de feuilles blanches. À mesure que les jours passent et que l'échéance approche, mon cœur s'emballe. Plus que jamais, je souhaite réaliser mes rêves. Convaincue que le verbe rêver se lit dans les deux sens parce qu'il existe une perpétuelle correspondance entre l'imaginaire et la réalité ; nous devons juste trouver la bonne clé pour aller de l'un à l'autre.

¿ *Castillo en el aire* ?

(« Des châteaux dans les airs », traduction en espagnol
de l'expression « des châteaux en Espagne »)

- 1 -

C'est comme un grand coup de soleil, un vent de folie
Rien n'est plus pareil, aujourd'hui
Depuis le temps qu'on en rêvait, et qu'on en crevait
Elle est arrivée
C'est la fête !
« C'est la fête », chanson de Michel Fugain

On peut, bien entendu, consulter les résultats du baccalauréat sur internet, assis dans notre canapé ou couché dans notre lit. Mais cet événement est à mes yeux trop important pour ne pas faire le déplacement. La plupart des filles de la classe ont choisi de faire comme moi, retourner sur le lieu du labeur pour triompher de cette galère. L'aboutissement de toutes ces heures d'écoute, d'apprentissage et d'assiduité. C'est en se félicitant ou bien en se soutenant que l'on pourra évacuer notre pression. Nous savons que nous allons éprouver des sentiments forts. Un ange nous murmure que « Yaooouh ! », nous allons enfin faire nos adieux au bahut. Ce sera peut-être aujourd'hui ! Mais un petit diable est aussi là pour nous susurrer qu'on va devoir tout recommencer à zéro, « Rhooo ! », en compagnie de camarades inconnus et plus jeunes. Partir ou rester ? Liberté ou patience ? Joie ou tristesse ? On dit que vient « le réconfort après l'effort », mais il existe aussi le facteur chance. Et pour ça, mes parents me disent qu'il y a une règle injuste dans la vie : il y a toujours des chanceux non méritants, et des méritants non chanceux. Ma règle à moi serait plutôt qu'il n'y a pas que le courage qui mène à la chance, il faut aussi adopter une farouche détermination !

Je parcours la première liste, celle des reçus, du bas vers le haut. J'ai l'habitude de faire ça car par ordre alphabétique, je suis toujours vers la fin. Et… ouf ! Martinez Victoria, c'est moi ! J'y suis ! Quel soulagement ! Et yes, cerise sur le gâteau, une mention figure en face !

C'est un énorme sac que tu laisses tomber au sol et enfin tu te sens légère. C'est une remontée à la surface après être restée en apnée, et enfin tu inspires à plein poumons. C'est une sortie de prison, et enfin tu es libre. La légèreté, la bouffée d'air, la libération : les vacances, quoi ! Un point final à toutes ces révisions. Tu ne peux t'empêcher de rire, crier, sauter, tu as même envie de voler ! Tu partages cette joie avec tes camarades qui ressentent la même chose que toi.

Mais quelques minutes après, tu te rends compte que certains ne partagent pas ce trop-plein de joie. Leurs visages éteints ou en larmes témoignent de leur amertume. C'est terrible de confronter des gens heureux aux malheureux. On apprend à se maitriser pour contenir sa joie, compatir, et surtout, trouver des arguments pour les encourager, autant que possible.

En ce qui me concerne, l'étape suivante c'est la licence de musicologie. Je veux tout miser sur la révélation que j'ai eue l'été dernier. Je sais que les études dans l'art sont compliquées, qu'il faudra bachoter. Je sais que c'est un travail de longue haleine, qu'il faudra persévérer. Je sais qu'il faut de l'énergie, qu'il faudra que je m'impose. Je sais, je sais, je sais tout ça ! Mais je me sens investie de cette mission de transmettre et partager ces émotions que la musique fait naître en moi. Après plusieurs années de travail, j'obtiendrai la fermeté indispensable au métier de chef d'orchestre.

Et afin de papoter de toutes ces vocations auxquelles nous aspirons mes copines et moi, nous nous dirigeons vers notre bar préféré. Comme elles, je passe un appel téléphonique express à ma mère ; j'envoie aussi un petit message rassurant à Luís et Barbara, car je sais qu'ils sont en cours. Nous avons un besoin irrépressible de nous projeter dans le futur. Moi, dans ma tête, je monte sur la marche supérieure, progressivement mais sûrement, même si celle-ci est plus haute que les précédentes. À présent, nos joies pétillent autant que nos sodas dans les verres que nous levons fièrement, en proclamant « À notre avenir » !

Le soir, je compte me poser, au calme dans ma chambre, en contact visio avec mon amoureux. Et après, ce sera au tour de Barbara. Cependant, les parents en ont décidé autrement. Sans me le dire, ils ont organisé un repas au restaurant avec les Rivière, nos amis de toujours. Bien entendu, ils ont tout misé sur ma réussite. Je dois alors abréger mes appels téléphoniques, mais sans trop de regrets. Faire la fête, même sans mes amis de classe, est tout de même libérateur.

On trinque à ma réussite. Il flotte au-dessus de la table un énorme nuage de plénitude. La satisfaction d'avoir franchi un cap, pour mes parents comme pour moi, nous apaise. Et puis, tel un vent qui se lève, les langues se délient, les voix s'amplifient et les rires éclatent. Nous passons le reste du repas à évoquer nos souvenirs de vacances et à faire des projets pour les prochaines. Nos esprits se réchauffent déjà sous le soleil de l'Espagne. Nous foulons presque les pavés de notre village préféré et c'est grisant. Avant de m'endormir, comme à mon habitude, je pose ma tête sur mes rêves, les plus fous soient-ils.

- 2 -

*N*ous sommes lundi, J-2 du départ tant attendu. Ou comme disait ma mère quand j'étais petite : il ne reste plus que deux dodos ! Destination *mi pueblo* (mon village), destination *mi casa de familia* (ma maison de famille), destination *mi amor* (mon amour), destination *mis amigos* (mes amis) ! Mais cette année, ce compte à rebours est le plus palpitant de tous. Je suis surexcitée à l'idée de retrouver Luís, mon amour, Barbara, la meilleure amie que j'aie jamais eue, et toutes les autres personnes qui comptent désormais vraiment pour moi. J'ai tellement hâte de pouvoir à nouveau partager, rire, et même beaucoup rire avec eux ! Le bonheur n'a pas de fin et j'ai faim de bonheur (c'est une phrase que je pourrais afficher dans ma chambre, en mettant mes initiales en bas !).

Cela fait déjà plusieurs jours que j'ai commencé à entasser sur mon bureau toutes les fringues et autres affaires que je veux emporter. Cet assortiment de vêtements forme un arc-en-ciel, j'adore ! En fait, c'est vrai, cette année je vois large, j'en ai un peu plus que l'année dernière : trois robes au lieu d'une, une paire de chaussures à talons, des nouveaux bustiers, et d'autres affaires en plus, « au cas où ». Ce n'est pas que je sois devenue coquette en un an, mais juste un peu plus féminine, pour plaire à Luís. Je ne voudrais pas qu'il pense que celle qu'il aime n'a pas grandi !

En passant, ma mère me fait gentiment remarquer ce que je n'avais effectivement pas évalué : les deux tas, le sac de chaussures et le vanity occupent toute la place sur mon bureau.

— *Madre Mia* ! Victoria ! Là, tu vas plutôt prendre le sac de voyage, parce que tu ne pourras pas faire rentrer tout ça dans ta valise ! Et n'oublie pas, pas de sac en plus ! Et puis, je te rappelle quand même que le linge sèche en même pas une heure, là-bas !

Je récupère donc le fameux sac fourre-tout, bien pratique. Je le remplis entièrement, poches de côté comprises. Pas encore fermé et il ressemble déjà à un gros boudin. Et alors que je m'apprête à effectuer le procédé du « tassage » que ma mère déteste, à cause du « froissage », mon père passe devant ma chambre – comme par hasard, dirait-on – et s'arrête pour me regarder faire. Ses yeux écarquillés fixant mon sac me donnent une idée de ce qu'il va me dire.

— Quoooiii ? Tu veux prendre tout ça ? Tu as vidé tous tes placards ou quoi ? Ou peut-être que tu te prends pour la reine d'Angleterre !

La reine, la reine… Cette remarque me plaît, car j'en connais un petit rayon sur les reines, et je vais le bluffer (et c'est trop bon, quand il s'agit de son propre père !) :

— Eh bien, justement, je te rappelle que la reine d'Espagne Victoria de Battenburger était la petite-fille de la reine Victoria, du Royaume-Uni, et qu'elle est morte le 15 avril 1969, donc un an jour pour jour avant la naissance de ma mère. Mamie a voulu lui donner ce prénom, mais la famille de papi s'y est opposée, je sais plus pourquoi. C'est donc pour ça que, pour lui faire plaisir, vous m'avez appelée Victoria ! Il ne faut pas oublier qu'elle était la grand-mère de Juan Carlos et la marraine du prince Albert de Monaco, tout de même. Et puis surtout, surtout… tout comme moi, elle était très belle !

Comme je l'avais espéré, mon père acquiesce et m'applaudit.

— Bravo pour cette leçon d'histoire, ma fille ! En revanche, je parie que tu ne sais pas pourquoi mamie appréciait cette reine qui n'était pourtant pas très aimée ?

— Euh, ben ça, non !

— Eh bien, parce qu'elle a reçu l'Ordre du mérite de la Croix-Rouge espagnole et que mamie était touchée par ses actions. Et… autre question : tu sais pourquoi tu ne serais pas reçue à un concours pour être prof d'histoire ?

— Euh, ben ça non plus…

— Parce que, horreur, tu as écorché son nom : tu as dit Battenburger au lieu de Battenberg. Ça, c'est une faute qui mérite même un gage !

—Ah, ça ! Oui mais ça, c'est parce qu'il est bientôt midi, et comme j'ai super faim, ma langue a fourché ! D'où le « burger » !

— Maaaiiis bien sûr ! Ta langue a fourché comme une fourchette, c'est ça ? Aïe, j'ai peur que tu sois la malheureuse héritière de la maladie de « fourchelangue » de ta mère ! Mais bon, tu mérites quand même un gage. Et ce gage va être… tu peux t'en douter… d'enlever un kilo de ton sac royal !

17

— Un kilo ? Sérieux ? Tu veux que je n'emporte que des sous-vêtements ou quoi ?

— Ah ! Tout de suite les grands mots ! Tu sais bien que je dois prendre du matériel et des outils… Je te demande juste d'être raisonnable !

— D'accord, d'accord, je vais regarder ce que je peux décemment enlever.

Quelque peu contrariée, je souffle, mais j'essaie de faire un tri en fonction des incontournables et des « bof ». C'est à contrecœur que je retire un pantalon, deux t-shirts, une robe, un short et mon jogging-de-la-maison. C'est qu'il m'arrive de me changer deux fois par jour, moi ! C'est obligé, avec les différences de température entre le matin et le soir. Et puis, c'est aussi en fonction des activités… Oh, et je veux prendre ces deux magnifiques robes ! De toute façon, je ferai comme l'année dernière, je piocherai un peu dans les affaires de ma mère, une bonne roue de secours même si elle a un peu forci cette année ! Bon, je décide aussi d'abandonner mon cher petit oreiller tellement moelleux qui me cale si bien la tête. J'avoue qu'il prend énormément de place, même s'il me permet parfois de faire semblant de dormir pour ne pas écouter les idioties de mon frérot. Ma pile a sensiblement diminué, et déjà, je réfléchis à ce que j'ai bien pu oublier. Le fait d'emporter une grosse valise a un côté rassurant, mais je refuse de stresser comme ma mère. Cet argument me calme.

Néanmoins, je sais que mon père n'a pas tort. Cette année, on doit faire un peu plus de place dans le coffre de la voiture. Il y a une nouvelle donne.

Mes parents et leurs amis, la famille Rivière, se sont lancés dans un nouveau projet. Leurs enfants, mon frère et moi l'avons découvert un soir de mai, alors que mon père fêtait son anniversaire. Quand nos parents se réunissent, Yann l'aîné, Lucas son jeune frère, mon frère Hugo qui a son âge et moi-même, nous nous précipitons sur la console de jeux. Depuis que les « petits » peuvent jouer avec nous, nous essayons de trouver des jeux assez simples. Ce n'est pas que je les sous-estime, mais nous avons tout de même cinq ans d'écart, même s'il est vrai qu'avec le temps, la différence s'amoindrit.

Concentrée devant l'écran après une série de virages très stressants, les mains crispées sur la manette, j'entamais le dernier sprint avant l'arrivée. Il fallait que je tienne jusqu'au bout car Yann me talonnait de près ! Je ne voyais plus les autres véhicules, la course se jouait entre lui et moi. Et voilà ! Je passais la première la ligne d'arrivée. « Ouais ! Je suis encore la plus forte ! » J'adore la montée d'adrénaline que ce jeu procure. Au début, on s'amuse avec tous les obstacles à éviter et les bonus à prendre, puis à la fin, ce sont la rapidité et la dextérité qui font la différence. Ce qui n'était pas négligeable non plus, c'était que je sois arrivée à battre Yann, « c'est bon, ça ! ».

Et donc, à la fin de cette course de voitures délirante, Yann s'est levé en baillant bruyamment, il a fait mine d'avouer qu'il n'était pas très en forme ce jour-là et est sorti pour rejoindre les parents. « Pas très en forme », mais bien sûr ! Lucas et Hugo ont rigolé en se moquant de lui, et se sont mis à jouer à un autre jeu, un jeu de guerre que je n'aime guère.

Alors, j'ai pris mon téléphone pour jeter un œil à l'actualité des réseaux sociaux. C'est parfois l'occasion d'apprendre à faire des choses, par exemple quand des internautes partagent leur savoir-faire, leurs astuces ou leur talent. En revanche, certains individus avides de succès font et disent n'importe quoi, à la façon de prêcheurs illuminés, et là, c'est effrayant et même navrant. Ce sont des jeunes de mon âge, mais je me dis qu'ils n'ont rien compris à la vie. Tout miser sur la beauté de son corps ou sur la facilité à gagner beaucoup d'argent ? Très peu pour moi. Finalement, ce que je préfère, c'est écouter de la musique, et ceux qui me font rire. L'actualité des personnes que je connais défile sur l'écran, mais ce n'est pas ce qui m'intéresse le plus. De même, j'ai arrêté de suivre les profils de mes ex-camarades d'enfance que je voyais en Espagne. Notre dispute a mis un terme définitif à de constants désaccords. De toute façon, les propos et les photos qu'elles divulguaient pour développer leur popularité étaient devenus si acerbes qu'il ne m'avait pas fallu longtemps pour cesser de m'y intéresser. Ce n'est pas parce qu'on s'entend bien depuis toutes petites qu'on doit continuer à bien s'entendre en grandissant. Je n'adhérais plus du tout à leur façon de voir les choses. Leur priorité était de vénérer des gens populaires, à tout-va. Le plus pitoyable, c'est qu'elles dénigraient toute personne ne se conformant pas à leur ligne de conduite. Assez restrictif comme monde, non ? Un monde de moutons. Quelle tristesse ! C'est ainsi que Léa, Laura, Inès et Mélissa font désormais partie de mon passé.

Depuis l'année dernière, je suis devenue une passionnée. Et cette passion m'a rendue curieuse, à l'affût de tout ce qui peut la nourrir. J'attraperais des tendinites à surfer sur Internet et les réseaux sociaux afin de récupérer des informations sur tout ce qui se joue entre les murs des salles de spectacle pour amateurs de musique classique. Je m'abonne à des groupes qui réunissent des initiés, musiciens, chanteurs ou spectateurs de diverses musiques d'orchestres symphoniques. J'écoute énormément de solos pour me familiariser avec la sonorité des bois, des cordes, des cuivres et des percussions. Je m'exerce à les identifier et comprendre leur rôle. En somme, tout comme un sportif s'entraîne pour se perfectionner, je nourris cette nouvelle passion pour m'améliorer.

Finalement, agacée par les braillements de nos préados belliqueux qui lâchaient sans scrupule de vilains mots, j'étais sur le point de réclamer un « cessez-le-feu » quand Yann a déboulé sur le champ de bataille. Sa voix forte a fait taire sur-le-champ les deux bidasses en folie.

— C'est quoi le délire avec les parents, là ?

Comme d'habitude, les trois regards se sont alors posés sur moi. Il est vrai que je suis souvent la première à leur communiquer des informations en tout genre. C'est ma nature, je m'intéresse à tout, mais je n'ai pas la science infuse! En l'occurrence, je ne comprenais pas ce dont Yann voulait parler. Devant mon air abasourdi, il s'est adouci pour me demander :

— Ah, toi non plus, t'es pas au courant ?

Haussant les épaules, je lui ai renvoyé la balle.

— À quel sujet, d'abord ?

— Ben, au sujet des vacances au village !

— Non, rien de spécial…

Alors mon frère, contrarié d'avoir été interrompu dans sa partie, s'en est mêlé.

— Moi je sais ! Tu viens d'apprendre que ma frangine viendra encore cette année ! Ben ouais, désolé mec, c'est pas encore les VRAIES vacances !

J'ai protesté en lui donnant une tape sur l'épaule. Hugo ne me parlait jamais sérieusement devant les autres. Il fallait toujours qu'il plaisante et me charrie, un peu comme mon père. Mais, là aussi, je me défendais et j'aimais gagner à ce jeu !

— Mais enfin, je te manquerais trop ! Qui est-ce qui te dirait si ta coupe de cheveux n'est pas trop nulle ou si je connais la sœur ou le frère de Miss mocheté, ou si…

Yann, excédé par nos chamailleries et impatient de nous dévoiler ce qu'il avait entendu, m'avait coupé la parole.

— Bon ! Je vous explique. Ils regardaient tous l'écran du téléphone de ma mère et ils parlaient comme des gosses, en criant des « Ah ouais ! » et des « Mais oui ! », alors je me suis approché du portable et ils regardaient des photos de, tu sais de quoi ?

Lucas n'avait pas pu retenir sa langue, mais j'étais, j'avoue, moi aussi, un peu perplexe.

— Quoi ? T'es sérieux ? Des photos porno ?

Yann s'était vite repris, conscient qu'il n'aurait jamais dû arrêter son récit à ce moment-là.

— Mais nooon ! C'étaient des photos d'appart ou de maison, je sais pas trop. Mais, à un moment, ton père, Vic, a dit : « On pourrait peut-être l'acheter ensemble… Faut voir. Qu'est-ce que vous en pensez ? Et on pourrait la louer, le reste de l'année… La localisation du village peut intéresser des touristes… Le tourisme vert. »

Mon frère avait plissé les yeux, en même temps qu'il ouvrait ses mains pour signifier qu'il attendait une explication, puis avait demandé posément :

— Attends, tu veux dire qu'ils veulent acheter une maison au village ?

Lucas n'avait même pas attendu la réponse que déjà il s'exclamait, tout en quittant la pièce.

— C'est énorme, moi j'suis chaud, là ! Venez, on va les écouter !

Yann avait effectivement bien entendu, car quand nous arrivâmes sur la terrasse, ils étaient tous suspendus aux lèvres de ma mère qui parlait au téléphone, avec un interlocuteur espagnol. Elle demandait où se situait le bien dans le village, et faisait référence à des habitants qu'elle connaissait. Apparemment, elle connaissait les enfants du propriétaire. Et puis, elle parlait du prix, des travaux à effectuer et d'autres sujets, en suivant précautionneusement la liste des questions que les autres avaient griffonnées sur un papier. Quand la conversation prit fin, Yann me chuchota :

— Elle le connait, l'agent immobilier avec qui elle parle ?

— Pourquoi tu dis ça ?

— Ah ben, parce que j'ai cru entendre qu'elle le tutoyait !

Je me souviens que cette réflexion, pourtant pertinente, m'avait fait rire.

— Alors, au cas où tu ne l'aurais pas remarqué, pour les Espagnols, le tutoiement c'est d'office et universel !

— Ah bon ? En fait, au village, beaucoup de monde se connait, alors je n'avais pas fait gaffe… Mais ça m'arrange pour mon apprentissage, ça !

— Bon, j'exagère un peu, fais tout de même attention aux hiérarchies !

On apprit que c'était Charlotte qui avait fait cette « trouvaille », complètement par hasard. Comme le destin nous tombe dessus, parfois, comme ça, sans crier gare ! C'est fou, non ? Enfin, le fait est que ce projet avait mis tout le monde dans un état d'euphorie extraordinaire. Pour ma part, en plus d'une très grande joie, j'avais été touchée par cet engouement, cet attachement au village de mon cœur. Je savais que cette maison serait choyée, comme un enfant que l'on adopte.

« Nous y mettrons l'argent de l'héritage », avait dit mon père. En effet, depuis cinq ans, nous avions hérité de mon grand-père paternel, Martinez, espagnol également. Baroudeur invétéré, il avait quitté ma grand-mère alors qu'elle était enceinte de mon père sans jamais donner de nouvelles. Elle était partie vivre à Bordeaux, où elle avait rencontré François-Xavier. Ce dernier avait élevé mon père, et tous deux avaient ensuite eu une fille. Ma mère n'a jamais porté de jugement sur cet homme que l'on ne connaissait pas. Au contraire, elle a pris cette situation comme un signe du destin, du fait que même son mariage n'effaçait pas ses origines espagnoles.

L'achat avait été très vite acté. Après deux visites, les signatures notariales avaient suivi. Les parents et les Rivière avaient eu un véritable coup de cœur, ils élaboraient des plans, couraient les magasins de bricolage et de décoration, estimaient tous les moyens nécessaires à la réalisation de leurs projets de rénovation. Tous les quatre apportaient leurs idées et avaient les yeux remplis d'étoiles. J'aimais cette ambiance électrisée par ce nouveau courant, un courant fédérateur et stimulant.

Le soir de cette journée de sacrifices vestimentaires, les Rivière nous avaient invités à diner. Étaient aussi conviés nos voisins et amis, Manuela et Francisco Rolando. Ce sont des gens adorables, qui sont tous deux originaires d'un village proche du nôtre, en Espagne. Ce repas était l'occasion d'une dernière petite mise au point, avant le départ du surlendemain. En effet, Francisco avait proposé son aide pour les travaux. Le couple est depuis peu à la retraite et lui, électricien de métier et un peu touche-à-tout, s'invente sans cesse des chantiers pour s'occuper. Ce sont des amis de longue date de mes parents et des Rivière. Quand j'entends parler de leurs mésaventures, je me dis qu'il faudrait faire un arbre généalogique pour trouver le point de départ de ce germe étrange, à l'origine de toutes ces gaffes à répétition. J'ose espérer que mon père a tort en présumant que je pourrais avoir hérité de cette maladie, comme la famille de la reine Victoria avec l'hémophilie ! Bref, il était convenu qu'ils nous rejoignent, Francisco et sa femme, le samedi suivant. Cela aurait pu être un avantage que le convoi soit plus grand, et l'idée qu'ils auraient pu transporter quelques-unes de nos affaires m'avait effleurée, mais malheureusement leur véhicule semblait déjà bien complet, à leurs dires.

- 3 -

Le lendemain, après le déjeuner, je ressens une douleur au ventre. Je ne comprends pas ce qui pourrait provoquer ces spasmes. Je n'ai rien mangé qui puisse être d'une quelconque agression ! Pourquoi autant de haine ? Je n'ai même pas goûté au chorizo que ma mère a trouvé très épicé. Je n'ai bu que de l'eau… Non vraiment, je ne vois pas. Comme je le fais souvent pour ceux qui me cherchent des noises, je les ignore derrière un bouclier. En clair, je prends du paracétamol. J'appelle Barbara, un bon petit bavardage me fera sans doute oublier ces abominables crampes abdominales.

— *Holà guapa !* (Coucou, ma belle !) Alors, tu es prête ? Moi je t'attends depuis une semaine !

— Oui, je sais ! Je suis au taquet ! Demain : *Viva España* !!! Et toi, ça va ?

— Ah ben évidemment, super bien ! J'ai pris une grande décision : contrairement à l'année dernière, je vais moins réviser. Je veux me détendre, le plus possible ! Tout est tellement différent, maintenant je sais ce que c'est que de voir le verre à moitié plein au lieu de le voir à moitié vide ! Tu dois te dire que je me répète, mais je me trouve enfin plus forte. Je me sens vraiment mieux dans ma peau.

— C'est un village magique, je te le dis ! Mais tu sais, faut pas croire, j'ai beaucoup appris, moi aussi, l'été dernier. Comme les trois vœux du génie de la lampe d'Aladin, j'ai réalisé trois vœux qui ont été un tremplin dans ma vie ! D'abord, mon amour d'enfance, et tant désiré, s'est concrétisé. Ensuite, je me suis inscrite en licence de musicologie. Une chose improbable pour moi. Et enfin, et surtout ! J'ai fait la connaissance de ma meilleure amie !

— Et amitié réciproque ! Ah, j'ai trop hâte de te revoir ! Hier, j'ai fait un tour au village pour aller acheter des fruits et devine qui j'ai vu ?

— Je sais, tu as vu Luís, il me l'a dit ! Il est arrivé au village la semaine dernière aussi, car il doit aider son père qui a beaucoup à faire dans le local du grand-père décédé l'automne dernier. Ah aussi, j'ai oublié de te dire, il a enfin trouvé un studio à Bordeaux pour la rentrée !

— Oui, je sais tout ça, je l'ai vu chez le boucher. Il m'a raconté ses galères pour trouver cet appart et je suis vraiment contente pour lui. Mais non, ce n'est pas de lui dont je voulais te parler… Pour te donner un indice, c'est une personne que je connais très bien !

— Ah ! Je sais ! C'est Alexandre ! Mister Alexandro, le BG ! Ouh là, et donc tu lui as fait ta déclaration !

— Alors, je te raconte. Quand je l'ai revu, c'était « wouahh » ! Tu me crois que j'en tremblais ? J'avais oublié combien il était craquant ! Et aussi sa voix, je t'avais dit combien je craquais pour sa voix, au téléphone ? Bon, c'est vrai que sur le moment, j'avais un trac dingue, mais j'avais pris ma décision : entre Yann et lui, c'était lui que je choisissais. J'avais préparé plusieurs phrases, j'avais même répété devant mon miroir, t'imagines ! Je m'étais dit qu'après quelques paroles banales, j'allais lui dire combien j'étais heureuse de le revoir, et ensuite, j'aurais enchaîné en lui avouant ma préférence… Enfin bref, tu vois ?

— Oui, j'imagine bien, mais tu vas me dire : « mais… »

— Oui, « mais », car dans la réalité, ça ne se passe pas toujours comme on le pensait. Dans ce que j'appelle les banalités, il m'a parlé des autres mecs de la bande qui s'étaient mis en couple. Tu me diras, le sujet était lancé, je n'avais plus qu'à en profiter !

— Exactement !

— Oui, mais là, je ne te raconte pas combien ils ont tous pris cher ! Le pire, c'est qu'ensuite, il a parlé de Yann, en disant : « Il parait qu'il a fait la connaissance d'une Espagnole sur les réseaux sociaux » et qu'il trouvait ça nul. Il m'a parlé de l'importance du contact direct, sans artifice. Et puis, il a continué à me parler de lui, de toutes ses qualités et de ses prodigieux projets. Bref, il se plaçait au sommet de tous, l'homme parfait, l'amoureux idéal. Cependant, alors qu'il croyait m'avoir conquise, je ne l'écoutais plus. Je le regardais et il m'écœurait, de seconde en seconde. J'en pouvais plus de son discours vaniteux !

— Ah ouais, quand même ! Mais tu sais, pour Yann, je doute vraiment de ce qu'il a dit, car même s'il est discret, je pense qu'il m'aurait parlé de cette Espagnole…

— Et attends ! Le pire, tu sais ce qu'il a fini par dire, à la fin ? Il m'a détaillée de haut en bas, je te jure, et avec un regard vicieux il m'a balancé : « Mais toi, tu es la femme la plus clean de toutes ! »Puis, en me faisant un clin d'œil, il m'a chuchoté : « On formerait un beau couple, tous les deux ! »

— Il délire grave, lui ! Je ne le pensais pas comme ça !

— Ben moi non plus, il me semblait si cool, si gentil… Et là, je te jure, il ne me faisait plus rêver du tout. Je l'ai remercié vite fait bien fait, en prétextant que j'étais pressée, et je suis partie en courant et en pleurant. Quelle douche glacée !

Cette histoire est inouïe. En raccrochant, j'essaie d'analyser ce que m'a dit Barbara, je me demande si Alexandre a toujours été fondamentalement mauvais ou s'il s'est assombri, en un an. Je me demande aussi si Yann aurait pu me cacher cette histoire de fille sur Internet. Je me couche sur le lit afin de me remémorer les attitudes de Yann, ses états d'esprit ou ses humeurs. Mais impossible de me concentrer plus longtemps. Je me recroqueville pour avoir moins mal. Et puis, oh non ! Je sens des sueurs sur mon front et une envie de vomir qui finit par être irrésistible et m'arrache du lit pour foncer aux toilettes. Plus la peine de le nier, je suis bel et bien malade. Ma mère qui a entendu ma course et tout le reste vient m'apporter son soutien et me présente le thermomètre. Je suis nase et le petit écran sur lequel s'affiche 39,5 degrés m'effondre d'autant plus. Je veux dormir. J'entends ma mère au téléphone qui donne notre adresse puis me dit que j'ai de la chance car le médecin de garde est proche de notre quartier. Ah oui, quelle veinarde je fais ! Bon, positivons, cela me permet de prendre un traitement au plus vite. Mais comme l'a dit le gentil docteur, « de toute façon, il faut que ça sorte ! » Oui, d'accord, mais je n'ai pas que ça à faire, moi ! Ça ne peut pas sortir en une heure et basta ? Et le soir venu, ça continue de sortir ! Le mal s'évacue, même si la fièvre a tendance à se faire la malle. Cette histoire sent mauvais, au sens propre comme au sens figuré ! J'entends mes parents palabrer entre eux et avec des interlocuteurs téléphoniques que je reconnais ou pas. Il faut que je leur dise de ne pas s'inquiéter autant, je suis certaine que c'est juste une question d'heures ! Je leur crie que je vais déjà mieux, « ça va aller » ! Je manifeste, je résiste, mais je tombe de fatigue et finis par m'endormir.

Un petit moment après, je me réveille et je vois ma mère à côté de moi, avec un air désolé. Je me redresse et m'assois, je dois lui montrer que je me sens beaucoup mieux. Elle me présente un plateau garni de nourriture en tout genre et de médicaments, puis commence à me dire :

— Bon, Victoria, papa et moi avons…

De peur qu'elle ne finisse sa phrase par une mauvaise nouvelle, je l'interromps :

— Ah, non ! Ne me dis pas que je ne peux pas partir ! Regarde, je vais déjà mieux et après une bonne nuit et les médocs, on n'en parlera plus !

— Victoria, tu vois bien qu'il n'est pas raisonnable que tu fasses la route dans ton état, d'autant plus qu'on ne sait pas comment ça va évoluer. La fièvre peut revenir. Le médecin ne pense pas à la gastro classique, ce n'est pas la saison et il n'a pas d'autres cas. Il pense plutôt à une petite intoxication alimentaire, mais ça peut se compliquer dans les heures qui viennent. Écoute, ne t'en fais pas, on a trouvé une solution même si celle-ci ne m'enchante pas trop.

— Vous reportez le départ ?

— Eh bien, il y a deux possibilités. Si ton état s'aggrave, ce sera évident. Mais si la nuit se passe calmement pour toi, Manuela et Francisco se proposent de t'emmener. Ils ont prévu de partir seulement samedi, alors cela ne leur pose pas de problème de te prendre chez eux en attendant.

— Euh, ben, pff… Oui mais il y a quand même une troisième solution, genre si je vais vraiment mieux demain matin ?

— Ben… On verra mais...

Se choper une espèce d'empoisonnement, la veille de partir au village ! Je ne serais pas en train de faire un cauchemar ? Je prends les petites pilules, en faisant confiance aux progrès de la médecine. Inutile d'alerter Luís ou Barbara. Je préfère m'endormir, le plus tôt possible, pour être en forme. En me réveillant, je suis décidée à prendre des forces en grignotant un peu, mais les aliments font un demi-tour direct et hop, je remplis la bassine que ma mère m'avait déposée « au cas où ».

Malgré tout, vers six heures du matin, les voix de la maison me réveillent, en bonne forme. Je me lève et me dis que « Waouh ! Je vais pouvoir partir ! » mais quand je passe devant le miroir, mon reflet rétorque « Waouh ! Eh ben, tu n'es pas partie ! » Sans rire, je me fais peur : mon visage s'est vidé de son sang et mes yeux se sont enfoncés dans leurs orbites. Je me pince les joues pour les teinter de rouge, mais l'état minable de ma mine (!) n'échappe pas à ma mère. Sans hésiter, elle prend mon sac (la pauvre, il pèse un âne mort) et me traîne chez les Rolando. J'avoue que j'ai une terrible envie de dormir. Manuela me guide vers ma chambre. J'entends ma mère, peinée, me répéter qu'elle sera disponible à tout moment, si je veux l'appeler. Je suis contrariée mais je ne maîtrise plus rien, je suis un rocher qui plonge dans les profondeurs d'un océan de sommeil.

À la mi-journée, mon estomac me fait croire que les céréales sont tellement délicieuses qu'il va les garder bien accrochées dans un coin. Quel fourbe, celui-là ! Je déambule comme un zombie, les yeux mi-clos et le ventre creux, pour me rendre à la jolie petite pièce rose des WC de Manuela. Je passe mon temps à tirer la chasse d'eau et à pulvériser du parfum d'ambiance, à la rose. Finalement, je replonge dans les bras de Morphée et quand je me réveille, je suis agacée d'avoir fait un rêve entêtant. Je me souviens que je m'acharnais à actionner un bouton de chasse d'eau qui émettait à chaque fois le bruit d'un long cri strident. Je ris toute seule. Ce rêve n'est pas un cauchemar. C'est simplement un épisode qui m'a marquée l'été dernier au Portugal quand Charlotte, la mère de Yann, était tombée et qu'elle avait crié en même temps ! Les bons souvenirs me reviennent et je me sens déjà beaucoup mieux, enfin, apaisée.

Mais lorsque Manuela m'apporte un bol de soupe de légumes, je pose les yeux sur la petite horloge en face de moi, et elle affiche dix-sept heures. Dix-sept heures ? « What ? » Un vent de panique me fait sursauter. J'ai l'impression de sortir d'un long coma de plusieurs mois, je me redresse et m'assois sur le bord du lit. Je réalise que je n'ai pas donné de nouvelles à ceux qui m'attendent là-bas. Je m'efforce d'avaler ma soupe en quatrième vitesse, mais j'ai du mal à manger vite et la deuxième vitesse est la seule qui passe, d'autant que je fais attention de ne pas déclencher, inopinément, la marche arrière ! Une fois rassasiée, j'attrape et allume mon portable, car ma mère l'a astucieusement éteint. Évidemment, un millier de notifications, messages et appels reçus affluent en cascade. *Mi Amor*, c'est la voix de Luís que je veux entendre. D'abord, il me dit les mots dont j'avais besoin. Il me nourrit, m'abreuve, me revitalise. Et quand il sent que je vais mieux, il commence à accélérer son débit à la vitesse d'un commentateur de football espagnol.

— Le choc que j'ai eu ! Diego est venu me dire qu'il avait vu arriver ta voiture au loin, alors moi j'étais fou, je me disais : « Elle ne m'a pas appelé pendant la route, que se passe-t-il ? » J'ai couru, couru chez toi et j'ai essayé de savoir pourquoi tu ne me parlais plus. Je me repassais notre dernière conversation et je me disais : « Pourquoi ? Pourquoi ? » Je me demandais : « Qu'est-ce que j'ai pu dire qui l'ait choquée ? » Dans une rue, j'ai croisé ton oncle Alfredo qui a fait tomber un poivron de son sac. Quand je l'ai ramassé, il a voulu en profiter pour me parler un peu, mais je suis reparti en courant ! Alors, quand je suis arrivé chez toi, j'étais essoufflé ! C'est ta tante Rosita qui m'a ouvert la porte. Elle m'a regardé calmement et m'a dit : « Ben, tu sais bien qu'elle ne vient pas ! » Cette phrase m'a tué !

— Oh, mon pauvre !

— Ben apparemment, c'est plutôt à toi qu'il faut dire « ma pauvre » ! Elle m'a tout expliqué.

— Oh là ! Et aux autres, tu leur as dit, du coup ?

— Bien sûr ! Et tout le monde s'est inquiété !

— Oh là ! Et Barbara, il faut que je l'appelle…

— Oui, mais avant ça, il faut que tu me dises : comment tu vas ?

— C'était juste un petit microbe, même pas entier ! Non, sans rire, mon bide tient mieux le coup. Par contre, je ne vais pas pouvoir te parler trop longtemps parce que j'ai encore un peu mal à la tête.

— Bien sûr ! Pas de problème, repose-toi et rappelle-moi quand tu iras mieux. *Cuídate mi amor, besos* (soigne-toi bien ma chérie, bisous).

— *Sí, besos, mi amor.*

Je culpabilise de lui avoir fait cette frayeur. Lui qui avait été si courageux, l'année dernière, en faisant le premier pas vers moi, je lui en suis tellement reconnaissante ! Je me demande comment je l'aurais accosté. Ce n'est pas que je sois timide, mais devant lui, je n'en menais pas large. Il me troublait, et puis j'avais trop peur de me faire rembarrer. Se lancer, c'est risquer la déception ! Je ne le voyais que quelques jours par an, depuis notre enfance, mais d'année en année, la magie s'intensifiait pour devenir aussi merveilleuse qu'affolante. À l'image d'une crème chantilly qu'on n'a pas envie de rater. Pour autant, j'étais intimement persuadée qu'il était mon double masculin, l'autre partie de moi-même, et j'avais aussi l'intention de m'en assurer. En fait, il m'avait devancée et c'était plus que parfait ! C'est perturbant comme je lis dans son regard, comme il lit dans le mien, on se comprend sans dire un mot. Et même si, depuis l'été dernier, nous ne nous sommes pas vus « en vrai » mais par écrans interposés – sauf pour Noël –, la source de l'amour ne se tarit pas. Par nos échanges, nous entretenons notre passion. Nous savons gérer notre séparation physique, parce que la base est solide. C'est vrai que les trois jours passés ensemble pour

Noël ont été très courts ! Un jour, une fille de ma classe m'a dit : « Si tu n'étais pas allée tous les ans dans ce village, tu ne l'aurais pas connu et tu n'aurais pas ce problème d'éloignement. » Et si, et si… Et si ma mère n'avait pas été espagnole ? Eh bien, je ne serais pas Victoria. Pas de Victoria, pas de Luís. Un point, c'est tout. Il y en a qui ont de drôles de réflexions ! Je lui ai répondu que ce n'était pas un problème pour moi, mais une double chance. D'abord, celle d'avoir rencontré l'élu de mon cœur, et ça, ce n'est pas donné à tout le monde. Et surtout, celle d'avoir une famille unie et ça non plus, ce n'est pas donné à tout le monde !

Quand j'appelle Barbara, sa voix est beaucoup plus calme que celle de Luís, mais plus grave. Elle m'inquiète. Elle n'avait pas été informée de mon départ retardé et s'apitoie sur mon sort, mais ce n'est pas ce qui justifie son ton que je trouve désespéré. Ce qui devait être un simple coup de fil dure finalement plus d'une heure. Au départ, je voulais en savoir davantage sur ses sentiments envers Yann, mais ce qu'elle me raconte m'en empêche. Sa tante Alberta s'est fait traiter de sorcière par une femme à l'épicerie du village, et de ce fait elle redoute d'y aller. Hier, Barbara a été témoin de la scène. Sa tante n'ose pas se défendre, tellement elle est choquée par les propos injurieux, et Barbara est dans l'incompréhension totale. Je me souviens que mes ex-amies du village l'avaient aussi traitée de sorcière à cause de son apparence et de son côté mystérieux, mais là, par une adulte, le motif devait être autre. Comment peut-on agresser verbalement une personne de la sorte, en public ? On n'en est plus à la chasse aux sorcières ! Elle veut la faire brûler sur le bûcher ? Elle ne vaut pas mieux que ces Africains qui condamnent ceux qu'ils appellent les « enfants sorciers » ! La maturité ne me permet pas encore de comprendre certains comportements malveillants et je me demande même si je comprendrai un jour ! Alberta ne mérite aucune injure, c'est vraiment une bonne personne. Cette histoire me révolte, à tel point que je promets à Barbara que cette mégère ne s'en sortira pas comme ça.

Sans me laisser le temps de réfléchir à un plan d'action, elle embraye sur un autre problème, pour elle. Elle vient d'apprendre que son père souhaite quitter Marseille pour rejoindre sa nouvelle compagne, à Paris. Ainsi, il lui demande de choisir entre le suivre ou aller vivre chez sa mère, à Rome. Il n'est pas partant pour la laisser seule. Il lui a loué tous les avantages d'être à Paris. Barbara en est à sa deuxième année au conservatoire de Marseille, elle a passé son baccalauréat un an avant moi. Son talent pour la pratique du piano lui permet maintenant de se consacrer exclusivement à l'étude de cet instrument. Son avenir professionnel est pratiquement tout tracé, mais sa vie familiale fluctuante la déstabilise. Et maintenant, elle doit encore subir des changements, quitter son univers. J'essaie à nouveau de la rassurer, en lui disant que l'on pourra y réfléchir ensemble.

C'est grâce à elle que j'ai découvert ma vocation, l'été dernier. Cheffe d'orchestre peut paraître un objectif audacieux et carrément « objectif lune », comme je suis une femme ! Mais le temps que je consacre à travailler commence à persuader ma plus proche famille de ma réelle ambition.

Beaucoup de personnes me prennent pour une dingue, mais c'est justement ce qui me motive à me surpasser pour leur démontrer le contraire. Ils me connaissent mal, je n'ai que faire de leur négativité et les fuis comme la gale ! Avec Barbara, c'est tout l'opposé, nous sommes toutes les deux animées de cette passion que l'on partage pour la musique. Celle-ci nous emporte dans de longues discussions, comme de vraies professionnelles. Mais souvent, ce sont nos folies qui nous entraînent et nous passons de bons moments à rire de nos bêtises ou de celles des autres, évidemment. Et aussi, nous aimons nous projeter dans le futur. Nous évoquons des projets précis, à plus ou moins long terme, en échangeant nos avis. Il y a les rêves fous et ceux que l'on a la sensation de toucher du bout des doigts. Et par-dessus tout, nous avons cette résonance qui permet à chacune de puiser l'énergie de l'autre ou de lui en donner. Cette réciprocité qui stimule et qui s'appelle l'amitié.

4

En ce jeudi, je vais beaucoup mieux, mais il faut que j'attende samedi pour le départ. Deux jours. Que vais-je faire pendant deux jours ? Que de temps perdu ! Oh, mais oui ! Une idée me traverse l'esprit, comme un éclair. Je demande à Manuela de quoi écrire. Elle me donne un petit cahier de brouillon, et après quelques minutes de réflexion, je m'en donne à cœur joie. Mes vacances de l'année dernière en Espagne reviennent à mon esprit et me redonnent le sourire. J'établis d'abord une chronologie, jour par jour, et ensuite, j'écris les détails de tous ces jours. Sur un fond de musique, le temps passe à une allure folle.

Vers 17 heures, Manuela toque à ma porte. Elle s'inquiète de ne pas me voir ni m'entendre et insiste pour que je retrouve l'appétit « *para revitalisas* », comme elle dit. Elle me propose de sortir faire un petit tour. C'est vrai que cela fait du bien de respirer l'air pur. Elle me parle de ses arbres fruitiers et elle m'annonce, avec son accent espagnol, comme si elle m'offrait un cadeau : « Demain, on va *cociner* ! » Cuisiner ! Oui, pourquoi pas ! J'aime beaucoup faire de petites préparations culinaires. Cependant, depuis l'incident du gâteau infâme de l'année dernière au village, j'ai appris à respecter les recettes ! Alors, quand Manuela m'a demandé quel était le dernier plat que j'avais cuisiné, j'ai balbutié en lui répondant : « Ah ! Euh, c'était un écrasé de pommes de terre ! » J'avais répondu un peu vite mais ce n'était pas faux, car même si c'est un plat à la portée de tout le monde, ma famille m'avait félicitée. Donc, sans vouloir me faire « mousser » (si on peut dire !), il ne devait pas être si mal.

— *Dios mío* ! Mais c'est très bien, ça ! Tu sais, moi, je suis *exasperada* quand mon petit-fils Léo mé demande de faire de la purée Soupline !

— Euh, non, Manuela, c'est Mousseline ! Mais pourquoi ? C'est pratique, quand on est pressé !

— *Sí*, oui, oui ! Mais moi, jé né souis pas pressée ! Le petit, il me dit « Mamimanou, c'est de la magie, ça gonfle et c'est prêt ! » Alors moi jé dis : « Écoute Léo, moi, jé fais pas la magie, jé fais de la *cocina*. »

Son anecdote sur la purée me rappelle quand Yann m'avait taquinée en m'informant qu'il existe une variété de patates appelée Victoria. Nous étions au château Saint-Georges, à Lisbonne. Je me souviens du sentiment que Luís m'avait insufflé, là-haut. Cette impulsion de me sentir capable de soulever des montagnes. J'avais l'impression d'avoir des ailes ! Et puis, Yann s'était incrusté entre nous et m'avait fait redescendre sur terre. Son humour est parfois cinglant, mais fort heureusement je sais lui renvoyer l'ascenseur, avec grand plaisir !

Les Rolando nous font souvent rire. On peut dire qu'ils sont hauts en couleur ! On ne s'ennuie jamais, avec eux. C'est un couple que je qualifierais d'un peu naïf. Ils ne se méfient de rien ni de personne, et ne voient jamais le côté noir des choses. Il leur arrive pourtant bien des ennuis, mais heureusement, sans grande gravité. Ils restent sereins en toute situation, et à la fin, c'est la vie en rose qui s'impose à eux.

Comme promis, le lendemain, Manuela m'entraîne dans sa cuisine, qu'elle appelle son *taller de sabores* (atelier des saveurs). Elle a prévu de confectionner des *empanadillas*, mises en bouche farcies qu'elle compte emporter au village. J'en ai déjà fait avec Rosita, cela me permettra de comparer les deux recettes. Ma mère laisse toujours le plaisir à sa sœur de les préparer et elle les fait bien ! Manuela me charge de laver, couper, hacher les légumes pendant qu'elle fait cuire le poisson. Toutes ces couleurs me rappellent la cuisine espagnole du village. Ces effluves de poisson, tomates et épices me chatouillent les narines, jusqu'à mes neurones. Je revois la pizza que j'avais tant scrutée, par gêne, le fameux soir de notre premier tête-à-tête romantique avec Luís. Revient également à mon esprit la paëlla dégustée à la maison avec ma famille et les Rivière, qui nous avait apporté tant de joie. De son côté, Manuela me raconte des passages de sa jeunesse, lorsqu'elle jouait sur une place avec des cailloux. En l'écoutant, c'est la place du village que je vois. Je me surprends à sourire, plus de mes souvenirs que des siens. On atteint le sommet de la montagne des souvenirs quand elle met de la musique espagnole et fredonne, en se trémoussant ! Ma mémoire me ramène sur la terrasse du bar *El Ocho*, me remet à la bouche le goût du jus de raisin, le *mosto,* et j'entends les rires de mes amis qui dansent et chantent.

41

Mais tout s'arrête quand mon couteau glisse d'un coup sur la planche à découper et se retrouve projeté au sol. Je me rends compte que les rêvasseries peuvent nuire à la santé !

— *Cuidado Victoria !* (Attention !) Ce n'est pas le moment de te couper ¿ *A qué si ?* (Pas vrai ?)

— *Claro que sì* (Oui bien sûr), dis-je, confuse.

Elle insiste en ajoutant :

— Faut s'appliquer, faut prendre le temps pour bien faire, avec la délicatesse et l'amoouur ! Toujoouurs, l'amoouur !

Ses yeux pétillent lorsqu'elle prononce ces derniers mots. J'avoue qu'elle a raison. Toute l'émotion que j'avais exprimée sur ma copie de l'épreuve de philosophie du baccalauréat avait plu. A contrario, je me rappelle avoir raté un gâteau parce que je l'avais préparé comme on effectue une pénitence, pour libérer ma conscience d'avoir menti à mes parents, et j'avais fait n'importe quoi !

Je demande à Manuela si je peux frire les petits chaussons. Elle fronce les sourcils et me répond : *« Sí bueno*, mais maintenant, attention dé ne pas té brûler, porqué c'est très chaud ! »* Le mot « chaud » me rappelle à quel point les churros que m'avait concoctés Rosita étaient aussi brulants ! Et le chocolat à la tasse ! Quel délicieux réconfort m'avaient apporté ces gourmandises sucrées, après ma dispute avec mes amies du village… Oh, mais que j'ai hâte d'être demain ! Manuela a su me faire ressentir toutes ces émotions du passé.

Le soir, je remplis des pages. D'ailleurs, j'aurais pu l'écrire, ça aussi, sur ma copie du baccalauréat…Dire que Proust avait fait un tabac avec une seule madeleine ! Il aurait été fou de bonheur avec toutes mes madeleines à moi ! Moi aussi, j'aurais pu faire des descriptions à n'en plus finir, et pas seulement sur le goût, mais aussi les odeurs, les couleurs et les sons… Bon, je ne m'étais quand même pas trop mal débrouillée. J'avais certainement réussi à séduire mon correcteur, puisqu'il m'avait récompensée d'un dix-huit sur vingt !

Quand le samedi matin arrive, je me demande si Mesdames et Messieurs tous les dieux, fées, elfes, *meigas* et autres petits esprits malins se sont enfin mis d'accord pour m'autoriser à partir. Merci de votre bonté ! Nous saluons le chat des Rolando, Roro, qui sera nourri par leur voisine. Il s'allonge sur mon pied pour m'empêcher de partir et se retourne en me présentant son ventre, en attente de caresses. Comme il insiste en ronronnant, Manuela se met à le gronder.

— Mais c'est quoi ces manières ?
— Ne t'inquiète pas, j'ai l'habitude, je ne sais pas pourquoi mais les chats sont toujours attirés vers moi. Il a l'air adorable, ce Rominet !

Elle conteste, d'un air plutôt grave pour l'occasion :
— Ah non, pas Rominet !
Elle incline la tête avec tendresse, ouvre ses mains et déclare tout en roulant les R :
— C'est le Roro des Rolando !

Lorsque je monte à l'arrière de la voiture, je remarque que le chat continue de me regarder, certainement déçu de ne pas faire partie du voyage. Ce chat, ces chats… Les évènements s'enchaînent dans ma tête et une règle semble curieusement s'appliquer depuis l'année dernière, comme une suite logique :

le passage d'un chat précède toujours un épisode marquant et même heureux. Barbara dit qu'ils sont intuitifs, mais à ce point, c'est flippant !

Quant à Marlone, il halète, s'agite et semble sourire. Lui n'est peut-être pas intuitif, mais il comprend que tous ces préparatifs augurent de bons moments à venir. Ce beagle ne quitte jamais ses maîtres. Ma présence à ses côtés le rend très nerveux. On dirait qu'il veut faire la dog-party, il saute sur le siège et me soulève le bras avec son museau pour que je joue avec lui. Mais quand le véhicule démarre et le balance soudain contre la portière, il comprend que ce n'est ni l'endroit, ni le moment. Il se couche, pose son museau entre ses pattes et, fermant les yeux, se résigne à faire une sieste.

L'heure est un peu trop matinale pour appeler Luís. J'attrape mon portable et fais défiler les nouvelles notifications des réseaux sociaux. J'apprends qu'une de mes cousines espagnoles va fêter ce soir-même ses *quintos* (ses cinquante ans) au village, dans l'un des bars de la place principale. En Espagne, on ne rate jamais une occasion de s'amuser ! Et puis, je vois que deux des amies de ma classe se sont déjà géolocalisées sur leur lieu de vacances, elles partagent des photos et des vidéos de bords de mer paradisiaques. Moi, c'est sûr, il n'y aura aucune géolocalisation, rien, nada. Qui rêverait de passer ses vacances perdu dans les montagnes espagnoles ? Je donnerai juste des nouvelles à Leila, une copine de classe que j'apprécie plus que les autres ; je ne sais pas si c'est à cause de ses origines étrangères, mais on se comprend bien mieux qu'avec les autres filles, un peu comme avec Barbara. D'ailleurs, cette dernière a aussi des origines étrangères. C'est drôle, quand j'y pense ! Sommes-nous liées par ce point en commun ou est-ce une coïncidence ?

Donc ça y est, je suis complètement rétablie et le compte à rebours a officiellement démarré. Au début, il y a tout de même eu un petit faux-départ. Tandis que Francisco sortait lentement de l'allée et s'apprêtait à prendre la route, Manuela a crié pour qu'il s'arrête : elle avait coincé sa jupe dans la porte ! Même si je regrette de ne pas avoir fait le voyage avec mes parents et les Rivière, je sens que je ne vais pas trouver le temps si long que ça ! D'ailleurs, je laisse tomber mes écouteurs, les histoires drôles de leur jeunesse qu'ils se complaisent à me raconter s'enchaînent comme un long collier de perles multicolores.

Pour la pause-déjeuner, ils choisissent de s'arrêter dans la même station-service que mes parents. Je pense alors que cette pause sera sans doute moins agitée que celle de l'année dernière avec les Rivière. Mauvaise déduction. Au moment de choisir nos plats au self-service, Manuela fait malencontreusement basculer son plateau et le rattrape du bout des ongles, dans un grand cri d'affolement. Elle l'aurait fait tomber qu'elle ne se serait pas moins fait remarquer ! En effet, toutes les personnes ont interrompu leurs conversations et se sont retournées pour la regarder piquer un phare. À part dans sa cuisine où elle retrouve son calme, c'est une femme très nerveuse. Inversement, Francisco respire plutôt la sérénité. Sur sa mine paisible se dessine plus volontiers un sourire malicieux qu'une inquiétude ou une colère. Aussi, quand Manuela redresse son plateau et que tout lui glisse dessus, il explose de rire. Son hilarité est communicative mais je me pince les lèvres pour ne pas l'imiter. Je m'assure que Manuela ne s'est pas tachée et l'aide à reprendre ses esprits.

Une promenade de Marlone dans l'aire de repos nous permet de nous dégourdir les jambes avant la dernière ligne droite. Cette petite balade est cependant écourtée à cause d'un molosse grincheux. On remonte dans notre grand bazar ambulant, Marlone s'apaise et se blottit près de moi. Le ventre plein des Rolando les rend plus silencieux. Je refuse le chewing-gum que me propose Manuela et, bercée par le ronronnement du moteur, le sommeil me gagne.

Je suis réveillée par Manuela qui râle en s'exprimant sans vergogne. J'en rigole encore, quand j'y repense. Une scène invraisemblable que je n'avais pas vu venir ! Francisco, les deux mains sur son volant, patiente tranquillement dans la file d'attente pour prendre du carburant à une station-service. Ce que je ne comprends pas, c'est l'agitation de Manuela. Je me dis qu'il y a sans doute un moment qu'ils attendent. Et puis Francisco quitte son calme olympien et commence à souffler en tapotant énergiquement sur son volant. Manuela sort de ses gonds et finit par appuyer sur le klaxon, en faisant de grands gestes et en criant « *Qué haces, coño ?* » (Qu'est-ce que tu fais, putain ?). Je penche ma tête par la fenêtre et je comprends mieux : la file d'à côté avance et nous ne bougeons pas d'un iota. Manuela, n'en pouvant plus, décide de sortir du véhicule pour voir ce qu'il se passe. Les mains sur les hanches et d'un pas décidé à en découdre, elle se dirige vers le conducteur qui nous précède, mais s'arrête net. La main sur la bouche, elle considère la file de voitures et revient en courant. « *Hay un problema ? »* (Il y a un problème ?), demande Francisco, inquiet. Manuela s'assoit et ne peut maîtriser un énorme fou rire. Devant l'incompréhension, Francisco me lance un regard interloqué. Et finalement, agacé par son rire qui n'en finit plus, il insiste : « *Entonces, están muertos o algo ? »* (Bon alors ? Ils sont morts ou quoi ?). Elle essuie ses larmes et reprend sa respiration pour nous répondre. D'abord, elle ne réussit qu'à émettre une voix aigüe et saccadée pour nous dire « *Na, na, nadie, no hay nadie !»* (Personne, il n'y a personne !), puis elle nous explique que tous les véhicules devant nous sont en stationnement ! Ses explications se terminent par un rire tonitruant et terriblement contagieux. Tous les deux, auparavant sous tension, se lâchent, en larmes, et moi avec. Marlone nous regarde, gueule ouverte, comme s'il souriait aussi. Et pour conclure, Manuela se décharge en me disant : « Mais sincèrement, Victoria, tu né trouves pas qué les gens exagèrent en sé garant n'importe où? Ils font exprès, no ? »

Après cette parenthèse hilarante, nous avons bien roulé. En revanche, je ne pourrai pas envoyer à Leila la photo que je prends tous les ans. Celle du panorama époustouflant sur les montagnes et la vallée, depuis le sommet de ce col bien connu de la région. Je ne pourrai pas non plus aider mes parents à remplir deux ou trois bouteilles de l'eau de source qui jaillit de la fontaine qui s'y trouve. Les Rolando ne s'y sont pas arrêtés.

Nous passons le panneau du village en début d'après-midi. La chaleur qui a fait fuir des rues tous les habitants nous prive de leur présence. Les portes et les volets sont fermés et il règne un silence presque angoissant. Mais il ne faut pas croire que le village soit complètement déserté ! Si on s'approche de certaines maisons, on peut entendre les ronflements de dormeurs plongés dans des siestes réparatrices. Dans d'autres, s'élèvent des voix de joueurs de cartes ou d'autres jeux, à huis clos. Vu de l'extérieur, une seule chose peut sembler froide à cette heure de la journée, c'est l'accueil !

5

On a tous un banc, un arbre, une rue,
On a tous un banc, un arbre, une rue,
Où l'on a bercé nos rêves !
On a tous un banc, un arbre, une rue,
Une enfance trop brève !
« Un banc, un arbre, une rue », chanson de Séverine

Les Rolando me déposent à la maison sans s'attarder, car mes parents ne s'y trouvent pas. Ils sont à l'autre maison. Dans le salon, j'entends la voix d'un homme qui parle sur un fond de musique et surprends mon frère, Yann et son frère, les yeux rivés sur l'écran de la télévision. Après leur avoir dit bonjour, je monte m'installer. Je retrouve ma chambre. C'est incroyablement rassurant de voir qu'absolument rien n'a changé en ces quatre murs. J'ouvre ma valise sur le bureau, suspends quelques vêtements dans la penderie et attrape ma trousse de toilette pour l'emporter à la salle de bain. En partant, la main posée sur la poignée de la porte, je jette un dernier coup d'œil et je ne peux m'empêcher de sourire bêtement. Je me sens déjà bien. Tellement bien ! Quand je descends, le film est apparemment terminé car les garçons sont debout et se servent à boire. Je les accompagne de bon cœur.

— Finis ton verre d'eau et on va aller voir la maison ! me propose Yann.

— Maintenant ?

— Oui, oui, tu te reposeras plus tard !

Il faut effectivement s'éloigner un peu du village pour aller à la maison. On s'arrête devant un grand portail en fer forgé, et quand ils m'annoncent que c'est ici, je suis agréablement surprise. Je m'attendais à ce que la maison soit dans le style des constructions du village, peut-être en mitoyenneté, et donnant sur une rue étroite. Non, au lieu de cela, il s'agit d'un pavillon isolé, tout en pierres, entouré de végétation. Finalement, cette maison correspond bien aux photos, mais l'imagination fixe tant d'images erronées dans notre esprit ! Nous en faisons le tour par un sentier d'herbes couchées qui nous mène sur un terrain parsemé d'amas de pierres. En prenant du recul et en éludant l'aspect abandonné de la demeure, je lui trouve un certain charme. Yann me la joue « guide touristique » et m'explique que les anciens propriétaires avaient implanté les nouveaux murs sur les vestiges d'une très grande et ancienne maison bourgeoise. Il me montre les différences de couleur, de qualité et de forme des pierres qui trahissent les rénovations. L'engouement de Yann pour cette bâtisse particulièrement démesurée m'intrigue.

Juste avant de faire le premier pas à l'intérieur, je suis accueillie par une magnifique feuille d'ortie qui me caresse sournoisement le mollet, sans doute pour me faire sentir qu'elle protège son domaine. Et c'est ainsi, agacée par cette irritation, que j'entre dans la maison. À l'intérieur se mêlent des odeurs de renfermé et de peinture qui ne sont pas du tout agréables. L'entrée me semble étrange, car elle se résume à un petit vestibule démodé et le puits de lumière ne l'illumine que passablement. Cette entrée en matière – si on peut dire – ne me donne pas envie de continuer la visite. Nous n'avons apparemment pas la même perception des choses avec Yann qui continue à s'enthousiasmer comme Alice au pays des merveilles. Et au-delà de ça, je pense à mes parents qui, eux aussi, ont dû être bernés pour ne pas voir l'état de délabrement dans lequel cette baraque se trouve.

Tout en faisant grincer la lourde porte qui se trouve devant nous, Yann me regarde avec des yeux émerveillés, comme s'il ouvrait la porte du paradis, puis m'avertit comme si l'éblouissement allait m'aveugler : « Attention ! » Je m'immobilise pour avoir une vue d'ensemble.

« Ah oui ! Quand même ! » C'est avec cette exclamation que j'entre dans cette salle extrêmement longue. J'ai la sensation de me trouver dans un autre monde et le passage de l'un à l'autre fait l'effet d'un saut à l'élastique, même si je n'ai jamais tenté l'expérience. La pièce a été entièrement recarrelée et repeinte d'un beige doux et moderne. Les cinq fenêtres de gauche sont grandes et hautes, pour mieux capter les rayons du soleil levant. Le seul élément décoratif qui s'impose, tout au fond, est l'immense cheminée blanche, ornée de festons de feuillages complétés par des volutes. Elle réussit, à elle seule, à doter cette pièce d'une remarquable élégance qui force l'admiration. La machine de mon imagination se met en marche, j'entends la musique de la *Traviata* qui fait danser des gens costumés d'autrefois.

Libiamo, libiamo ne' lieti calici
(Buvons, buvons dans ces joyeuses coupes)
che la bellezza infiora
(Que la beauté fleurit)
E la fuggevol ora s'inebrii a voluttà
(Et que l'instant éphémère s'enivre de volupté).

C'est un bal où l'on danse l'amour et la joie. Je ressens ces émotions se dégager de ce lieu, avec la conviction que de grands et bons événements s'y sont déroulés.

Je traverse religieusement la pièce, et au fond, une embrasure donne sur un couloir. Ici, deux portes se font face, et au bout se plante un large escalier cachant deux placards de part et d'autre. Yann commence par ouvrir la porte de droite et me fait entrer dans une pièce dont il dit qu'elle est la seule en bon état. Elle a été, en effet, récemment rafraîchie. C'est une chambre à coucher assez coquette, qui possède deux renfoncements ; l'un accueille une spacieuse salle d'eau avec vasque, douche moderne et WC, et l'autre fait office de dressing, très cosy, doté d'un miroir mural. Le ton nuancé d'orange de l'ensemble des peintures et faïences incite à la détente. Yann me montre brièvement la pièce d'en face, dont les murs sont blancs et qui devrait apparemment être rénovée dans le même esprit.

Nous nous dirigeons ensuite vers l'escalier qui nous mène à l'étage. Le plancher craque, les cloisons sont mal agencées et les fenêtres à remplacer. Yann m'explique comment les parents ont planifié de réorganiser cet espace en faisant des chambres, un bureau et une salle de bain avec WC.

Nous redescendons au rez-de-chaussée, retraversons le couloir et la salle à manger. Au bout, sur notre gauche, se trouve une autre grande pièce, la cuisine. C'est ici que s'affairent nos parents, Rosita et José.

Ma mère, perchée sur un escabeau, est en train de peindre en sifflotant « Quand te reverrai-je, pays merveilleux ? » (extrait du film *Les Bronzés font du ski)*. Mon père lui crie « Tu te crois sur un téléski avec Michel Blanc ou quoi ? » et elle lui répond « Ah non ! Ici, il fait chaud ! »

De l'autre côté, Charlotte plaque sa langue sur sa lèvre supérieure, geste accompagnant sa concentration à peindre une baguette en bois. Les hommes ont les yeux rivés sur les différents fils de couleur d'une sortie électrique. Et tournevis en main, Rosita semble prendre beaucoup de plaisir à monter un meuble en kit.

Dès que j'entre et les salue, les ouvriers en profitent pour faire une pause. Je les questionne sur l'emplacement des meubles, et c'est une pluie d'explications détaillées que je reçois, surtout de la part des femmes. J'adore cet enthousiasme collectif. Je les félicite sincèrement sur leurs bons choix et tout le travail accompli jusqu'à présent. Les idées d'agencement qu'ils ont mûrement réfléchies ensemble se révèlent particulièrement adéquates et valorisantes. Chaque élément est positionné à l'endroit le plus fonctionnel et sans perte de place. Des cuisinistes émérites ! Il n'y a pas à dire, on fait bien les choses quand on y met tout son cœur.

Les garçons me raccompagnent à la maison en parlant presque tous en même temps. J'écoute, attentive mais restant sur ma faim. D'un côté, j'ai l'impression d'avoir manqué trois mois de vacances, mais d'un autre, ils ne me disent rien d'intéressant. C'est bien de savoir qu'il y a de nouveaux arrivants, de nouveaux commerçants et patati et patata, les derniers potins. Mais personne ne me parle de mon Luís ! Ne m'attend-il pas ? Cette pensée fait violemment rebondir mon cœur dans ma poitrine. Je n'entends plus les voix qui m'entourent et me hâte de lui envoyer un message. Heureusement, la réponse ne tarde pas : il m'attend et me donne rendez-vous sur la place de la fontaine. Je dois interrompre Lucas qui se plaint d'entendre ronfler Manolo tous les soirs sur son balcon. Confuse, je fais un petit signe de la main à mes conteurs d'histoires et je m'envole sur mon nuage !

Cette place est un bon choix pour se retrouver. En effet, malgré sa situation centrale, face à la mairie, elle n'est pas trop fréquentée. La singularité de la fontaine qui s'y trouve attire le regard du passant. C'est une structure verticale en pierre qui se termine par une énorme boule d'où jaillit l'eau, de chaque côté. Pour moi, elle communique un message puissant, rappelant que la planète Terre est une fontaine de richesse, de tout ordre. Elle symbolise la force et la vie. Sans doute qu'autrefois, les chevaux s'abreuvaient ici avant de reprendre la route, ou pendant que leur cavalier assistait au spectacle d'une corrida qui se tenait entre les murs de cette même place. Aujourd'hui, les habitants s'y rafraîchissent, s'y retrouvent, s'y embrassent. Le clapotis accompagne les cris des enfants, l'éclat des voix, les aboiements des chiens heureux et fait pétiller les sentiments. Je me revois ici, petite, m'arroser de la tête aux pieds d'eau glacée. Perdue dans mes souvenirs, je ne remarque pas qu'une personne s'est approchée et une petite tape légère sur mon épaule me fait sursauter. Quand je me retourne, Luís est là.

Plus de six mois que je n'avais pas vu son visage en vrai, pas celui que me renvoient l'écran de l'ordinateur et le portable. Mes yeux se posent sur les siens et ses lèvres sur les miennes. C'est étrange comme le trouble des premiers émois resurgit dans ma poitrine. On se regarde comme s'il y avait dix ans qu'on ne s'était pas vus. Sa chaleur et son parfum me ramènent immédiatement dans le passé, et m'enveloppent d'une douceur familière. Toute l'après-midi, nous errons ensemble autour du village, sans nous lâcher. Pour ne pas être dérangés par nos amis, nous préférons éviter le centre. Ce moment est à nous, « vivons heureux, vivons cachés ». De chemin en chemin, nous atteignons l'aire de pique-nique près du ruisseau et de la piscine naturelle. Nous prenons place sur un banc en bois et, comme deux petits vieux, nous évoquons le passé. Surgi de nulle part, un chat vient se frotter à nos pieds, nous réclamant des caresses. Sans doute a-t-il ressenti ce halo de tendresse qui nous enveloppe. Le félin insiste lourdement en arrondissant son dos et son miaulement m'interpelle. Pendant que Luís le caresse, mes pensées me transportent en haut de la colline, entourée de mes quatre ex-amies, prêtes à aller explorer le château d'Alberta. Juste avant, nous avions l'habitude de passer par une clairière où se campaient des cabanes en bois. C'est alors que je réalise que cet endroit est tout proche de nous. Piquée d'une folle curiosité, je me lève et entraîne mon amoureux vers ce lieu.

Luís aime braver mes singuliers moments de folie. Je le défie dans une course, mais très vite, je me rends compte que ce n'était pas une bonne idée. L'attaque d'une butte ardue freine aussitôt mes ardeurs et je me laisse dépasser *fingers in the nose* (les doigts dans le nez) par le sportif aguerri. Le manque de muscle et de souffle me pousse à déclarer forfait, mains sur les genoux. Je me retrouve seule en bas à tirer la langue alors qu'il est déjà arrivé ! Je ne le vois même plus mais je l'entends. J'ai l'impression qu'il crie. Je l'entends dire en français « Oh, quels cochons ! » Aurait-il vu des sangliers en haut ? Vu que j'ai repris ma respiration normale, la curiosité me pousse à me presser mais en même temps, je me méfie. S'il s'agissait vraiment de sangliers, ils pourraient dévaler la pente, droit dans ma direction ! À mesure que je monte, je n'entends plus rien. J'ai dû mal comprendre. Alors, je me souviens qu'avec mes ex-amies, on avait l'habitude de surnommer ces cabanes « les cabanes des petits cochons ». Luís le savait et c'est sûrement ce qu'il avait dit ! C'est vrai qu'ils étaient adorables, ces petits refuges fabriqués en branchages, tous différents. J'arrive enfin derrière Luís qui se tient immobile, les mains sur les hanches.

Mon sourire tombe immédiatement à la vision d'horreur qui s'impose à nous : tout est saccagé. Je comprends mieux ce qu'il voulait dire en traitant de « cochons » les coupables de ce désastre. Il ne reste désormais que des amas de bois cassés jonchant le sol. Luís se retourne vers moi et me regarde, avec une mine écœurée. Moi qui lui en ai fait une description si admirative, comment aurais-je pu imaginer cette scène de désolation ? Je ne sais pas pourquoi mais je soupçonne immédiatement mes ex-amies. Je les sais capables de commettre un tel acte de vandalisme, juste par vengeance envers moi. Mais après tout, je me fiche de connaître les coupables. Je digère lentement cette amertume. C'est bien connu : les mauvais maux sont souvent soignés par des sirops dégoûtants ! Je lance à Luís : « Elles étaient mignonnes, ces petites maisons mais… c'est du passé ! », tout en m'accordant une minute de réflexion pour m'en convaincre. Ce cher passé, concept qui s'apparente à un endroit où l'on range nos affaires, au fil du temps. J'y ai mis mon cheval à bascule, ma bicyclette à petites roues, mes poupées, mes bijoux de pacotille, mes pin's et maintenant j'y mets ces cabanes. Ce point de vue me fait sourire et je dois rassurer mon chéri qui paraît s'inquiéter pour moi : « Tu sais, tu as raison, ce sont des cochons qui sont passés par là mais… ne t'en fais pas ! Je suis une grande fille maintenant ! »

Je le précède en lui indiquant le chemin qui mène au château d'Alberta : « Viens, je veux te montrer autre chose. » En moi-même, je croise les doigts pour que cette fois-ci, la construction soit encore debout. Bon, faut quand même pas charrier ! Pourtant j'appréhende, en m'avançant dans le sentier anormalement ensoleillé. Je constate que pas mal d'arbres ont été coupés et la disparition de la canopée me froisse un peu. Certes, ce changement élargit le petit chemin exigu d'autrefois, mais il a eu pour conséquence de faire fuir toute la faune (y compris les chats d'Alberta qui s'y cachaient !). Cependant, arrivée en haut, je constate que la vue plongeante, elle, n'a pas changé. À mon grand plaisir, Luís pousse cette fois-ci un cri d'admiration qui efface toutes mes déceptions antérieures.

— Waouh, *qué belleza !* (Quelle beauté !) Vu d'ici, il paraît énorme, ce château !

— Oui, t'as vu ? Ah mais je vois que le parc a été nettoyé et l'herbe est tondue, tout comme ce chemin… Ça change des friches de l'année dernière ! Et c'est vrai qu'il paraît plus beau et plus grand !

— Et tu la vois quand, Barbara ?

— Oh, je vais la voir demain matin.

— Tu sais que tous les soirs, on va à *El Ocho*… Tu pourrais lui dire de venir ce soir !

— Ah mais oui, t'as raison ! Pourquoi n'y ai-je pas pensé ? Je vais l'appeler !

— Pff ! Heureusement que je suis là ! Je lui dirai que tu ne voulais pas qu'elle vienne !

— Oh eh ! Arrête ! Tu sais ce qu'on dit ?

Il fronce les sourcils et je le pousse violemment dans la descente.

— On dit : « Qui fait le malin tombe dans le ravin ! »

Et c'est en nous chamaillant que nous dévalons la côte, en direction de l'église. À mi-chemin, Luís s'arrête et me fait remarquer :

— Quand on regarde comme ça, il n'y a pas trop de châteaux autour du village… Il y a le gros, là-bas, mais après ce ne sont que des petits, de la taille de celui d'Alberta.

— Oui, c'est vrai, on dirait des champignons. Ma mère m'a raconté que, lorsqu'elle était petite, beaucoup de ces châteaux étaient à l'abandon et qu'elle allait y jouer ! Ça devait être vraiment trop cool de fouler ces ruines remplies d'histoires… Remarque, quand j'y pense, nous aussi, avec les filles, nous allions squatter les vestiges d'une maison.

— Ah ça, je le sais ! Un jour, avec Diego et Pablo, on vous a suivies et observées. On a voulu faire comme vous, alors on a trouvé des ruines, de l'autre côté du village, et on y allait pour jouer aux chevaliers avec des bâtons.

— Nooon ! Mais je rêve, quels copieurs !

— Oui, mais nous, on était un peu plus fous que vous et on se faisait souvent mal ! On grimpait et on sautait ! Regarde mon genou, il s'en souvient encore !

Pendant que j'observe sa vilaine cicatrice, le tintamarre des cloches de l'église carillonnant à toute volée force notre attention. Je pense d'abord à l'indication de l'heure. Un sentier de pierre nous conduit sur un parking jouxtant la place de l'église. Plus on s'approche, plus il est difficile de se frayer un chemin à travers un enchevêtrement de véhicules. Des voix s'élèvent. À l'évidence, il s'agit de la célébration d'un heureux évènement. À cette heure-ci, je mise plutôt sur un mariage qu'un baptême.

Effectivement, devant l'énorme porte béante de l'église, se présente un couple resplendissant de bonheur acclamé chaleureusement par toute une assemblée. Il faut admettre qu'ils sont vraiment beaux. Ils me font penser à des acteurs de cinéma pendant le festival de Cannes. De fait, ils sont les stars de ce jour. Le marié est vêtu d'un costume trois pièces d'un gris très raffiné. La mariée a l'air d'une sirène étincelante dans sa robe fourreau perlée et ornée de dentelle. Son voile de tulle léger fixé sous son chignon flotte joyeusement jusqu'aux cheveux du marié. Les nouveaux époux sortent ainsi de ce lieu sacré, convaincus que la profondeur de leur amour et la bénédiction divine formeront un bouclier invulnérable contre les tumultes de l'avenir et du monde extérieur. Même si ces personnes nous sont inconnues, le tableau qu'elles nous offrent ne nous laisse pas de marbre. Au-delà de la beauté de cette scène, nous ressentons la bulle d'amour qui l'enveloppe. Sur les lèvres de Luís, je remarque ce sourire que j'aime tant. Ce couple nous fait rêver. Mon amoureux me prend délicatement la main pour y déposer un baiser. Peut-être pour éviter d'être submergé par l'émotion du moment, il m'entraîne en dehors de la foule, en me chuchotant : « On va boire un verre ? »

- 6 -

Souvenirs, souvenirs, vous revenez dans ma vie
Illuminant l'avenir lorsque mon ciel est trop gris !
On dit que le temps vous emporte, et pourtant ça, j'en suis certain,
Souvenirs, souvenirs, vous resterez mes copains !
« Souvenirs, souvenirs », chanson de Johnny Halliday

Le soir, nous dînons avec les Rolando. Nous commençons par déguster les *empanadillas* que nous avons confectionnées avec Manuela. Elles sont très réussies. Elles ont été préparées, certes, avec amour, mais surtout, avec l'impatience de ces vacances ! Ma mère a cuisiné des *patatas bravas* avec Charlotte, et les hommes se sont lancés dans une recette de calamars à l'encre. Pour finir, le riz au lait de ma mère et Rosita est excellent. Moi, je n'en peux plus ! Je me lève et fais un signe à Yann afin qu'il m'aide à débarrasser, pour pouvoir sortir au plus tôt. Les parents se hâtent également car ils sont invités à la soirée d'anniversaire de la cousine. Ils se montrent aussi surexcités que de jeunes ados. La maison se transforme en bouilloire dans laquelle toutes les énergies entrent en ébullition.

Cependant, ce n'est pas la joie qui agite ma tante Rosita mais plutôt l'inquiétude. Elle traîne les pieds, râle et gêne les autres, étrangère à cette fourmilière en mouvement. Le fait est que José a fait un détour par le Portugal pour aller voir sa famille et qu'un accident survenu sur la route l'a considérablement retardé. Il est alors prévu qu'il arrive à la tombée de la nuit, et c'est justement ce qui inquiète Rosita. En effet, les routes qui mènent au village sont sinueuses et dangereuses pour ceux qui ne les connaissent pas. Silencieuse et le visage fermé, elle fait les cent pas d'une pièce à l'autre tout en serrant pieusement son portable entre ses mains. Et puis, elle finit par se trouver une occupation dans la cuisine. Elle troque son portable pour une éponge, se défoulant à récurer le contour de l'évier. Et elle en prend une autre, qu'elle fait mousser exagérément sur la table. C'est sûr, aucun microbe ne résistera à cette attaque d'huile de coude ! Les pauvres éponges ne s'attendaient pas à faire des heures supplémentaires ! Par chance, la nervosité de la ménagère agit sur sa vessie et elle se trouve dans l'obligation de monter à l'étage pour la soulager. Les éponges sont enfin posées et vont pouvoir prendre leur pause.

Mon frangin et son collègue de drague sont déchaînés par une discussion concernant l'arrivée de quatre nanas au village. C'est Luís qui les en a informés, car l'une d'elles se trouve être sa cousine. Il leur a envoyé une photo et évidemment, celle-ci leur plaît. Ce soir, ils vont pouvoir les rencontrer et c'est très excitant pour eux !

Yann et moi sommes tout aussi impatients de retrouver nos potes au bar *El Ocho*. Il est d'ailleurs déjà prêt, et m'attend.

J'attrape mes chaussures qui se trouvent à côté de la porte d'entrée, et j'entends deux « toc » distincts à la porte. J'ai alors l'honneur de faire entrer l'invité tant attendu à qui l'on réserve le plus grand des accueils. Mais José affiche une mine exténuée. Et tout en posant ses valises dans un coin, il s'allège de sa fatigue mentale en nous racontant son laborieux trajet. Avant que je parte, je l'entends dire :

— Le Gi-Pé-S, y m'a dit aller plou loin, mais moi, j'étais certo qué c'était pas ça ! Ah, et en plous, faut pas aller trop vite, parce que lou problème, c'est lou flash !

— Tu veux dire les radars ?

— Eh sí ! Lou problème c'est lou flash !

La scène est trop drôle. Ce petit homme volubile entouré de ses valises et tout le monde qui l'écoute avec attention, c'est un sketch ! En pénétrant ici, c'est comme s'il avait appuyé sur le bouton de la bouilloire pour stopper le bouillonnement des préparatifs. Le fait est que le degré d'intensité de son énervement dépasse celui de ses auditeurs. Il souffle et s'agite sur place mais cherche aussi Rosita du regard. Et soudain, le son de ses pas tandis qu'elle descend les escaliers le rassure. Il se retourne, et quand il la voit apparaître, un sourire métamorphose son visage. José semble avoir tout oublié, spontanément. En revanche, allez savoir pourquoi, sa Rosita ne sourit pas. Elle continue de grommeler : « *Dios mío !* No es posible, tu es là ! Et on ne m'a rien dit ! Rhooo, et moi, j'étais aux toilettes ! »

Imitant Yann, je salue tout le monde et ferme la porte derrière moi, laissant les deux pies bavardes à leur petite causerie. Je me demande comment ces deux-là ne s'emmêlent pas les pinceaux de leurs trois langues ! D'ailleurs, c'est marrant de dire ça... Parce qu'il est peintre, José. En partant, je les aperçois par la fenêtre, absorbés par leurs bavardages, indifférents au remue-ménage qui a repris tout autour d'eux. C'est sûr, les éponges vont pouvoir passer une nuit tranquille !

Barbara a, évidemment, accepté de venir ce soir à *El Ocho*. Je lui ai dit que j'irais la chercher, comme à l'accoutumée. Et au fur à mesure que je m'approche du portail du château, tous les souvenirs de l'an passé me reviennent, en bloc. Au début, lorsque nous l'avions découverte avec mes amies, cette bâtisse si robuste avait suscité autant de mystères que de craintes. Et progressivement, tout avait changé. Le plaisir d'y venir régulièrement jouer au piano avec ma nouvelle amie m'avait fait aimer cet endroit. Et aujourd'hui, j'essaie de maîtriser mon impatience. Je marche mais j'ai envie de courir comme une gosse, je me sens tellement heureuse d'être là, à quelques mètres, à quelques secondes de retrouver mon amie. J'aperçois une autre personne heureuse de me voir : Alberta ouvre la porte, offrant son franc et généreux sourire. Quand je pense qu'autrefois, elle me terrifiait ! Sa main chaude se pose sur mon épaule et m'invite à la suivre vers le salon.

— *Sientate !* (Assois-toi !)

À peine suis-je assise sur le canapé que l'arrivée de Barbara m'oblige à me lever. Elle apparaît aussi lumineuse qu'un rayon de soleil après l'averse, aussi énergique qu'un volcan qui fait soudainement irruption, aussi euphorique qu'une gagnante du loto. Et je partage entièrement son euphorie. Quel bonheur de se retrouver ! Rien ne semble avoir changé ! Et pourtant, après nos embrassades, un détail me saute aux yeux et je m'étonne de ne pas l'avoir remarqué plus tôt : elle porte une robe d'un magnifique vert jade. Cela ne lui ressemble tellement pas ! Où est donc passée la fille toujours vêtue de noir et de blanc ?

— Waouw, la belle gosse ! Mais quel changement, dis donc !

— Oui, c'est grâce à ma chère tante, ici présente. Tu sais, après la conversation avec Alexandre, je n'avais pas le moral. Alors je lui ai confié ma peine. Et contre toute attente, elle m'a proposé d'aller faire du shopping, à Ávila. Cela demandait un grand effort pour elle qui ne sort jamais. C'est ainsi que je me suis retrouvée dans une boutique à essayer de multiples vêtements, tous aussi colorés les uns que les autres, avec les encouragements de mon coach personnel ! Cette séance d'essayage nous a fait beaucoup rire. Nous avons vraiment passé un bon moment et, à mon grand étonnement, je me suis laissé tenter par une tenue de couleur. Ma folie s'est prolongée avec l'achat d'un bermuda en jean et un autre beige, un haut bleu clair et un autre tigré, et pour couronner le tout, cette robe ! Bon, les couleurs ne sont pas encore des plus vives, mais tu vois... Je me soigne. Le panda devient « fada », comme on dit à Marseille !

— Ah carrément ! J'adore ! *Muy bien* (très bien) Alberta !

Avec mes compliments, Alberta affiche sa satisfaction d'avoir accompli une bonne action. Elle s'approche de Barbara, sourire aux lèvres, et lui frotte l'épaule avec bienveillance avant de s'éclipser. Une fois seules, je lui pose cette question qui me taraude :

— Et... pour qui as-tu enfilé cette magnifique robe ?

— Tu crois que c'est trop ? Dis-moi !

— Mais noooon ! Je te taquine ! Mais je me demande, si c'est mort pour Alexandre… qu'est-ce qu'il en est pour Yann ? Je suis un peu perdue là !

Elle sourit en grimaçant, cherchant sa réponse, et finit par me dire :

— Oh, perdue ? S'il n'y avait que toi ! Moi, je suis « *lost in the dark night* » (perdue dans la nuit noire) ! Au bout de ma vie !

— Bon, c'est toujours le suspense, alors ?

— Ne m'en parle pas ! J'ai moins le trac quand je vais jouer sur une scène, c'est pour dire !

En route, je lui raconte ma journée. D'abord, la visite de la nouvelle maison achetée par mes parents et les Rivière. Et puis, la balade avec Luís, le mariage, le souvenir de mes aventures passées aux cabanes. Même en faisant court, mon résumé se termine juste quand nous arrivons sur la place des bars.

Seul *El Ocho* diffuse de la musique, et toujours très bonne en plus. Le patron a vraiment tout compris pour attirer les jeunes du village ! Sa carrure de rugbyman et son franc-parler lui confèrent un charisme évident. C'est un bon vivant qui fait en sorte d'aller discuter avec chacun de ses clients. Entretemps, il apostrophe ses serveuses pour leur balancer de gentilles blagues. Elles ripostent et tout le monde s'en amuse. En semant ainsi la bonne humeur, il rend tout simplement agréables les moments de détente passés chez lui. Nous arrivons sur la place et Barbara me glisse à l'oreille : « Tu n'as pas cette impression qu'on s'est juste absentées quelques

minutes depuis notre dernière soirée ? » et je lui réponds :
« Mais, grave ! C'est comme si c'était hier ! »

Avant d'arriver à la table de mes amis, je salue Francisco,
l'épicier du centre, Nuria la bouchère et Sergio le cuisinier du
restaurant de la piscine. Ils n'ont pas changé en un an ! Et
après tant d'impatience, nous les retrouvons enfin : Antonio,
Pablo, Diego, Mateo, Alexandre, Thomas, Yann et Luís. Ils
sont tous là et ne semblent pas avoir changé eux non plus.
Leurs yeux s'illuminent en nous voyant arriver. C'est vraiment
peu de dire que ces retrouvailles nous font à tous chaud au
cœur. Après les embrassades, les garçons se hâtent pour
ajouter une table et des chaises. Comme l'année dernière,
notre comité dépasse les limites de la terrasse. Pas de limite
aux réjouissances !

Lorsque nous nous asseyons, une chaise vide à côté de
Luís m'est réservée et une autre attend Barbara, entre Yann et
Alexandre. La place qui lui a été attribuée me fait gentiment
sourire, je pense à l'expression qu'utilise souvent mon père,
« avoir le cul entre deux chaises ». Je l'observe en train de
s'asseoir. Ses mains posées à plat sur ses cuisses, son dos bien
droit et ses épaules crispées traduisent sa gêne. Et puis, elle
tente de se détendre en lançant farouchement ses cheveux en
arrière et en lançant d'une voix assez forte : « Alors, quelles
sont les news ? »

Mais notre groupe n'était pas au complet car quelques
minutes après notre installation, deux filles s'avancent vers
Mateo. Celui-ci nous présente Ana et Alyssa comme ses
voisines de palier. Elles sont sœurs jumelles et n'ont jamais eu
l'occasion de venir auparavant. Elles nous expliquent que leur

père est congolais mais que leur grand-mère maternelle était native du village. Avec leurs visages métissés, lisses et dorés, rehaussés de pommettes saillantes, ce sont des filles très jolies. Toutes deux arborent des sourires qui en disent long sur leur douceur intérieure. Je les observe comme si je jouais au jeu des sept différences. D'emblée, je remarque qu'Alyssa possède un lobe d'oreille paré d'une rangée de piercings. Son visage est aussi légèrement plus allongé. C'est pour moi une excellente nouvelle de pouvoir les différencier ! Ces sœurs nous donnent immédiatement une bonne impression. Elles portent en elles l'amabilité, la spontanéité et la franchise. Elles parlent calmement et s'intéressent à tout. Et par bonheur, elles s'accommodent de l'humour parfois lourd des garçons ! Je ne peux m'empêcher de penser aux satanées cousines de Diego avec lesquelles nous avions dû composer l'année dernière. Elles m'avaient tellement gâché la vie, ces allumeuses ! D'ailleurs, c'est la première chose que j'ai demandée à Diego, après lui avoir fait la bise : « Et tes cousines ? Elles ne sont pas là ? » Sa confirmation m'avait soulagée : je n'aurais donc pas à supporter leurs comportements aguicheurs envers Luís !

C'est à se demander si on est vraiment restés en contact pendant toute l'année scolaire. Un millier de questions et de commentaires fusent et s'enchaînent. Tout le monde parle et rit fort et nous retrouvons notre parfaite entente. Pendant ce temps, une serveuse s'est discrètement approchée de nous, sans qu'on la remarque. Telle une ombre parmi les couleurs, personne ne lui prête attention. Elle est en face de moi et je suis la seule à voir ses lèvres bouger et prononcer des mots inaudibles. Elle n'arrive pas à s'imposer pour prendre sa commande et commence à soupirer de désespoir. Je décide alors de lever mon bras pour lui porter secours en lui faisant signe de venir vers moi. Je tape dans mes mains pour interpeller mes camarades et crie plus fort qu'eux : « Bon les mecs, stop ! Maintenant, il faut passer aux choses sérieuses : la jeune fille voudrait savoir ce qu'on boit, *por favor* (s'il vous plaît) ! » Évidemment, mon intervention a coupé court à toutes les conversations mais finalement, pour faciliter le boulot de la pauvre serveuse et peut-être aussi pour aller plus vite, on s'accorde tous pour une tournée de bières, même moi, défiant ainsi mon estomac encore fragile.

Les conversations reprennent leur cours. Diego a décidé de me raconter une histoire rocambolesque qui lui est arrivée sur le trajet avec des auto-stoppeuses. Tout en l'écoutant, j'examine mes amis. Les Espagnols, Antonio, Pablo et lui-même, ainsi que les Français, Alexandre, Mateo et Thomas, n'ont pas trop changé. Certains se montrent plus matures avec leur barbe, comme Antonio et Pablo, d'autres ont perdu du poids, comme Diego. C'est une impression ou Mateo a grandi ? En tout cas, c'est sûr, Thomas a mouillé ses t-shirts à la salle de musculation. En revanche, contrairement aux autres qui s'en amusent, l'attitude d'Alexandre me dérange quelque peu. Avec sa nouvelle coupe de cheveux, il affiche un côté séduisant que gâche son air hautain et ouvertement moqueur. Mais au-delà de nos apparences physiques, le changement s'opère plutôt dans nos relations. J'entends souvent les parents dire « un an, ce n'est rien » : faux ! À notre âge, j'estime que c'est énorme. Mis à part ce que me raconte

Diego sur ses surprenantes filles de passage, je trouve nos conversations bien plus matures que l'année dernière. Nous nous projetons davantage dans le futur et les projets nous semblent au bout de nos doigts, prêts à prendre forme. Tout comme si nous allions signer le jour même un CDI, un acte d'achat ou prendre un billet d'avion aller simple. Nous voulons être certains que nos décisions seront les bonnes. Pendant tous ces mois à déballer nos préoccupations quotidiennes, nous avons appris à nous connaître et à nous entraider. L'avis des autres compte énormément : il nous conforte ou nous fait réfléchir. Certes, la vie est devant nous, mais de quoi sera-t-elle faite ? Tant de questions restent en suspens dans cette marche vers l'inconnu, aussi la moindre expérience d'un d'entre nous est précieuse.

À côté de moi, Yann et Luís sont apparemment plongés dans un grand débat. En effet, tous deux affichent des mines assez graves. Curieuse, je tends l'oreille, et lorsque j'entends des noms de joueurs de foot, cela me rassure. Notre voyage au Portugal a consolidé leur entente, surtout d'ailleurs quand il s'agit de dire ou de faire des bêtises en tout genre !

Cette fois-ci accompagnée d'une collègue, la serveuse revient pour servir nos boissons. Toutes deux nous déposent, en plus des coupelles contenant des pipas, des petits gâteaux et surtout des bonbons. C'est certain : ici, on gâte les clients ! Sans attendre, j'attrape un crocodile rouge, c'est mon préféré! Ce goût acidulé me redynamise et donne envie de me lever en brandissant mon verre pour célébrer notre premier apéro :

— Je lève mon verre à nos vacances qui commencent ! Je suis trop contente de vous retrouver tous ! Certains moins que les autres, mais bon, je ferai avec !

J'entends des « Roooh ! On veut des noms ! On veut des noms ! » Mais finalement, tous mes amis se lèvent pour faire claquer les verres et éclater leur joie. Juste après, Antonio réclame notre attention :

— *Por favor* ! *Por favor* ! Moi aussi, j'ai une déclaration…

Diego le coupe :

— Oooh ! Tu vas te marier ?

Il sourit mais reprend :

— Rhoo, Diego ! Non ! Vous savez, l'année dernière, je voulais fêter mes vingt ans avec vous, dans un lieu particulier, et voilà… ça y est, j'ai trouvé un endroit. C'est une grande salle dans une ferme et c'est pas loin d'ici. Ce sera donc samedi prochain, alors bloquez la date ! Neuf de mes amis espagnols feront le déplacement pour la fiesta : six garçons et trois filles.

À cette annonce, Diego s'enquiert aussitôt de savoir si les filles invitées sont célibataires. La réponse positive d'Antonio suffit à lui extirper une petite exclamation, suivie de celles des autres garçons. Presque avec gourmandise, il ajoute :

— En tout, en comptant Ana et Alyssa, j'aurai six filles pour moi ! C'est pas beau, ça ?

Mateo lui fait remarquer qu'il a oublié de compter Barbara, mais c'est naturellement qu'il répond :

— Ah oui, mais elle, elle est déjà prise !

Ce petit malin a mis les pieds dans le plat pour faire réagir mon amie. C'est vrai que le fait qu'elle n'ait pas avoué ses sentiments, ni pour l'un, ni pour l'autre, commence à peser lourd. Il devient urgent de clarifier la situation, et ce, vis-à-vis de tous. Pourtant, le moment ne lui semble pas opportun pour parler et elle retourne la provocation avec un simple et ravissant sourire.

*A*na et Alyssa qui se réjouissent de cette opportunité de faire la fête remercient chaleureusement Antonio. Elles s'empressent de savoir ce qu'elles peuvent apporter ou faire pour aider mais ce dernier les rassure avec sa formule passe-partout : « T'inquiète, je gère ! »

La soirée se poursuit dans la bonne humeur, et certains se lèvent même pour danser. Barbara et moi, comme toujours, ne pouvons résister à l'appel de la musique et nous nous amusons comme des folles. Quand la musique se fait plus douce, Luís et moi retrouvons notre intimité et je remarque que Barbara et Yann se sont mis en retrait. Ils semblent plongés dans une conversation très sérieuse. Plus loin, Alexandre se plaît à blaguer avec les sœurs jumelles. Elles rient à gorge déployée. J'adore toute cette jovialité. Remarquant mes regards furtifs, Luís m'interpelle :

— Tu surveilles ta cop ?

— Disons que je suis curieuse de savoir ce qu'il se passe entre elle et Yann ! Tu sais, elle s'est cassé le nez avec Alexandre. Il lui a révélé sa véritable identité, alors je pense qu'elle ne veut pas commettre la même erreur avec Yann. Je crois qu'elle veut le connaître davantage.

— Ah oui, et elle a pris une bonne décision concernant Alexandre. Tu sais avec les gars, on en a parlé et on a vraiment des doutes sur lui. Certains le soupçonnent sérieusement de faire du trafic. Un soir, Thomas a surpris une conversation téléphonique. Alexandre parlait à voix basse mais Thomas a quand même compris les mots « rendez-vous », « marchandise » et « prix ». Alors moi, tant que je n'ai pas les preuves, je me dis qu'il ne faut pas tirer de conclusions trop hâtives, mais Barbara a eu raison de se méfier. On ressentait qu'il nous cachait des choses. Avec toi, il n'y avait aucun doute, tout était clair comme de l'eau. Alors, je me suis lancé direct ! Et heureusement ! Si je n'avais pas fait le premier pas, on aurait pu se perdre de vue !

— Oui, enfin, clair comme de l'eau… N'oublie pas que tu m'as raconté des bobards pour me séduire et ce n'est pas bien ça !

— Des beaux quoi ? Tu veux dire des mensonges, c'est ça ?

Comme j'acquiesce abusivement, il me reprend, emporté et contrarié :

— Mais non ! Tout était vrai ! Mes parents nous laissaient vraiment leur appart à Madrid ! Tu veux dire que tu ne m'as pas cru quand je t'ai dit qu'ils avaient été obligés de reporter leur voyage à cause d'histoires de succession de mon grand-père, qui était décédé ?

— Si, si, je te nargue, Luís.

— D'ailleurs, au sujet de mon grand-père, nous avons appris une nouvelle en début de semaine, je n'ai pas encore eu le temps de t'en parler.

— Laisse-moi deviner : ton grand-père était millionnaire !

Bizarrement, cette suggestion fait hésiter Luís. En l'espace de trois secondes, les paillettes d'un conte de fées brillent dans mon esprit. J'imagine le riche héritier, à genoux, me demandant de l'épouser. Je me reprends et j'attends qu'il m'en dise davantage. Il sourit et efface d'un coup ma vision saugrenue avec ces mots terribles :

— Et si je te narniais, moi aussi ?

En d'autres circonstances, j'aurais éclaté de rire, tellement il a prononcé le mot de façon craquante.

— Oooh ! J'y croyais, moi ! Par contre, c'est pas « narniais » mais « narguais »…

Mais pourquoi tous ces mystères ? Et comme Monsieur reste les lèvres pincées, les yeux rieurs, conscient qu'il me torture, je le relance :

— Bon, d'accord, pardonne-moi d'avoir douté de toi ! Mais alors, cette nouvelle, c'est quoi ?

— *Vale ! Vale !* (D'accord, c'est bon !) Je te pardonne et je te raconte.

Il me fait promettre de ne pas rapporter ce qu'il va m'expliquer. Il dit que c'est un véritable et énorme secret de famille qui a fini par devenir celui de tout le village. Car ici, on parle, on se confie et parfois même, on demande de l'aide. Ainsi la solidarité s'impose comme un art de vivre car chacun peut compter sur son voisin, sans hypocrisie. En contrepartie, cela implique qu'il faut accepter que certaines histoires personnelles se retrouvent étalées au bar du coin. Cela fait partie des règles du jeu.

Le grand-père paternel de Luís s'appelait Pedro. Il était un antiquaire passionné. Cela lui prenait le plus clair de son temps. Il chinait dans les brocantes, rénovait dans son atelier, vendait dans sa boutique ou sur des marchés. Toutes ces absences exaspéraient son épouse qui le voyait rentrer fatigué, et même carrément ivre. Ne supportant plus son comportement égoïste, elle a fini par lui proposer le divorce. C'était très osé de sa part car à l'époque, le mariage était sacré et devait plutôt être sauvé que rompu. Mais contrairement à ce qu'elle pensait, cette proposition fut pour lui une libération. Ainsi, avec son fils Juan Pedro, père de Luís, elle partit vivre chez sa sœur qui habitait dans un village proche. De son côté, Pedro se sentit pousser des ailes, il faisait très souvent des allers-retours à Madrid. Et comme tout se savait dans le village, la mère de Luís appris qu'il fréquentait pas mal de femmes. Quelques mois après, il s'éprit d'une femme influente qui éprouvait envers lui un amour intéressé. Son commerce représentait pour elle une poule aux œufs d'or. Elle savait le manipuler et elle n'eut pas de mal à le convaincre de vendre sa boutique du village et de vider ses comptes en banque pour acheter un magasin, plus grand et très bien placé, au centre même de Madrid. Effectivement, dans la capitale, les affaires prirent une tout autre tournure. Son chiffre d'affaires grossit prodigieusement, mais l'emplacement n'en était pas la seule raison. En effet, il s'était entouré d'une belle bande d'escrocs qui avaient toujours de bons plans à lui souffler. Il se faisait livrer, sans trop savoir d'où ils provenaient, toutes sortes d'objets volés de grande valeur puis il les revendait. C'était facile pour lui. Il était suffisamment rusé pour asseoir sa crédibilité, car il connaissait toutes les ficelles du job. Les rumeurs disaient que, peu de temps après, sa nouvelle fiancée l'aurait poussé à acheter à crédit un petit château, à proximité de son village natal, pour leur retraite. Il aurait ainsi traficoté pendant plusieurs années sans se faire ennuyer. Cependant, l'ex-femme de Pedro se méfiait de ce qu'elle entendait dire par ses copains de bar. Elle le croyait fort capable de colporter des histoires dans le seul but de la rendre jalouse. Il en avait apparemment l'habitude. Luís me dit donc que rien n'était sûr mais il me confie :

— Quand je faisais mes devoirs, mon père me disait souvent : « La facilité mène rarement à la gloire. » Je sais maintenant à qui cette pensée faisait allusion : il a failli avoir un père en prison ! Mais… s'il a été chanceux, un de ses acolytes n'a pas eu cette chance.

— Ah, bon ? Que s'est-il passé ?

Avant qu'il puisse me répondre, Alexandre s'approche de nous d'un pas chaloupé, une main dans sa poche et une autre tenant une bouteille de bière presque vide. Il a l'attitude du gars qui se sent seul et qui cherche des pigeons pour roucouler des méchancetés, histoire de se faire sa propre bande et de diviser pour mieux régner.

— Alors, les amoureux, ça discute, ça discute, mais on n'est pas là pour discuter ! C'est comme la Miss, là-bas, avec Yann, elle l'écoute comme s'il était un dieu. Et lui, il fait son intello pour la pécho. Je me demande pourquoi elle écoute les paroles d'un… d'un comédien. Mais oui, c'est ça ! C'est un

Tartuffe qui joue une pièce de théâtre ! Il est doué pour l'hypocrisie, celui-là, mais quel…

En inclinant sa tête comme pour regarder une personne derrière lui, Luís fait taire Alexandre. Sa mimique est tellement crédible que je jette aussitôt un œil dans la même direction pour m'apercevoir qu'il bluffe. Je crois qu'il veut lui donner une leçon de comédie ! Ainsi pris de court, Alexandre se fige. Mon Luís en profite et continue son jeu de rôle en levant le menton, comme s'il parlait à une personne imaginaire :

— Ça va pas plaire à Yann, ce que tu dis !

Et lentement, le piégé se retourne. Puis il fait volte-face vers Luís, se rendant compte de sa tromperie.

— Ah d'accord ! T'as voulu me faire une mauvaise blague ! C'est pas cool, ça, je te croyais pas comme ça… Tu me déçois !

Luís lui répond aussitôt :

— Mais là, c'est toi qui me déçois !

Alexandre, fou de rage, bondit sur lui comme un loup enragé et attrape son t-shirt à l'encolure. Il vocifère : « Qu'est-ce que tu veux dire ? Hein ? Qu'est-ce que je t'ai fait, moi ? Tu me cherches, c'est ça ? » Comme je sens que ça va tourner au vinaigre, je m'approche d'eux pour intervenir. J'ai déjà assisté à des bagarres de garçons au bahut, mais là, il s'agit de Mon Luís ! Trop près sans doute car je manque de prendre un coup de poing, extirpée de justesse par Alyssa qui s'est précipitée sur moi. Luís l'a esquivé lui aussi in extremis mais se prend le second, dans le bras. Il devient aussi rouge que son adversaire et se jette dessus en attrapant fermement ses deux épaules. Il approche son visage du sien, le regarde droit dans les yeux pour lui dire distinctement : « Écoute, ici, on se bagarre pas. » Ses paroles, si calmes, semblent impressionner Alexandre qui finit par cesser de gesticuler. Alors Luís le lâche. Alexandre lève les mains en l'air, en signe de capitulation, et s'éloigne ainsi du bar, avec pour seules consolations des injures qu'il balance en partant à reculons.

Ana a rejoint Alyssa et elles m'interrogent sur l'origine de la dispute, étonnées par le comportement de celui qu'elles commençaient à apprécier. Et puis Barbara se mêle à la conversation en donnant son avis. Elle leur confie ouvertement sa liaison avec lui, disant qu'elle s'est laissé berner. Mais maintenant, elle n'éprouve pas le moindre regret. Les jumelles compatissent et je les laisse à leur conversation pour rejoindre Luís. Il a quand même pris un coup, je veux savoir s'il va bien. Il me rassure :

— J'aurai un gros bleu, c'est tout !
— Et moi, je suis bleue de ce qu'il s'est passé !
— Bleue ? Pourquoi, tu vas pas bien ?

Il me fait rire. En espagnol, comme en anglais d'ailleurs, cela signifie qu'on a le cafard. Moi, je voulais juste dire que j'étais très étonnée. Je le lui explique et il me vient à l'esprit une autre expression que je ne peux m'empêcher d'ajouter :

— Et tu sais quoi ? J'ai eu une peur bleue !
— Oh ! *Fea* (vilaine) ! Arrête avec tes expressions françaises ! Mais celle-là, je crois que je la comprends !

Alexandre est à présent au cœur de toutes les conversations. Certains doutent encore en prétextant qu'il a peut-être agi sous l'effet de l'alcool. Mais Barbara, qui sait qu'il les a dénigrés, n'hésite pas à leur conseiller de se méfier de lui.

Cet épisode ruine carrément la soirée. Et en voyant la terrasse se vider de ses clients, nous comprenons qu'il est trop tard pour la rattraper. Je ressens la fatigue de la longue journée, tout comme Luís, que je surprends en train de bâiller discrètement. Alors, je lui fais un signe, nous nous levons et toute la tablée nous imite. Je m'approche de Barbara pour la raccompagner, mais Yann me passe devant et déclare :

— T'inquiète, je vais faire le chemin avec elle. Il y a une conversation qu'on doit finir.

« Mais bien sûr ! » Je m'interroge sur le bien-fondé de son excuse, mais bon, Barbara acquiesce et semble l'attendre. Je les vois s'éloigner, ou plutôt s'envoler, en croisant les doigts pour que la magie de l'amour opère. Et soudain, je me souviens que moi aussi, j'attends la suite de l'histoire du fameux Pedro, grand-père de Luís. Je regarde l'heure. Il me reste exactement quarante minutes avant l'heure butoir de minuit que ma mère m'a fixée pour la rejoindre au bar. Aurai-je le temps ?

Je le vois au loin parler avec Diego. Je le rejoins et j'attends impatiemment que se termine leur conversation au sujet d'Alexandre. Il semble clôturer sur ces mots :

— Eh bien, quelle histoire !

Je profite de cette réplique pour lui répondre :

— Oui… et… en parlant d'histoire…

Devant Diego, je préfère ne rien dire et j'espère qu'une transmission de pensée fera comprendre mon sous-entendu à mon amoureux.

— Ah oui ! Bon, je te laisse Diego. À demain !

Ouf ! Il a compris, il me prend la main et me demande :

— Tu as encore un peu de temps ? Tu ne repars pas avec Barbara ?

— Non, elle rentre avec Yann, ça me laisse quelques minutes.

— Ah *muy bien*. Bon, alors, j'en étais où ?

— Eh bien, j'ai cru comprendre qu'un des complices de Pedro s'est fait arrêter et a fini en prison.

— Oui, ma grand-mère s'est lâchée, juste après l'enterrement. Dans les allées du cimetière, elle a fait une halte devant une tombe. Mes parents et moi l'avons rejointe et sur la stèle était gravé le nom d'un couple, « Jimenez Sanchez ». Après avoir fait son signe de croix, elle s'est sentie investie d'une mission, car elle a commencé ainsi : « Il faut que je vous dise. Après toutes ces années, je me dois de vous parler du malheur de ces pauvres gens qui étaient nos amis. J'en veux tellement à Pedro pour ce drame ! » Je me souviens que, sous un soleil de plomb, elle nous a confié le côté sombre de l'histoire de son mari.

Effectivement, Pedro avait été la proie de puissants manipulateurs, mais l'influence qu'il avait eue sur son entourage n'en avait pas moins été désastreuse. Sa principale victime avait été Oliver Jimenez Sanchez, son ami d'enfance. Un homme bienveillant, qui se mettait en quatre pour aider ses proches et son entourage. Et c'est justement de cette générosité que Pedro avait profité. Ses camarades le voyaient régulièrement s'absenter pour des « services à Pedro » et le mettaient en garde : « Ta bonté te perdra ! » Ils ne croyaient pas si bien dire. Oliver n'était pas le seul, car d'autres comme lui arrondissaient clandestinement leurs fins de mois grâce à ce trafic. Néanmoins, il était celui qui s'investissait le plus, en y mettant naïvement tout son cœur. Pedro pensait qu'il pouvait compter sur lui à tout moment, pour n'importe quoi. Mais son ami était trop honnête, dans ses émotions et dans ses actes, pour se livrer à des fourberies. Or, les actions déloyales ne peuvent être effectuées avec droiture.

C'est au cours d'un banal contrôle de police qu'Oliver perdit tous ses moyens, en bredouillant maladroitement un discours qui ne tenait malheureusement pas la route. On sut ce qu'il s'était passé car parmi ces policiers se trouvait le petit-fils d'un habitant du village. À la suite de cela, il avait été interpellé, accusé de recel et condamné à faire des années de prison en plus d'une amende exorbitante. Mais c'est surtout ce qui suivit qui bouleversa complètement la quiétude du village.

En effet, après quelques mois passés derrière les barreaux, Oliver avait mis fin à ses jours en laissant une lettre d'adieu à sa femme. Il lui faisait part de ses tourments et des cruautés de la vie carcérale, qui lui étaient devenus insupportables. Effondrée, et malgré le soutien de la grand-mère de Luís, sa seule amie, la veuve ne réussit pas à reprendre le dessus. Sans famille ni enfant pour l'encourager, elle se laissa dépérir et sa voisine la retrouva un jour morte, dans sa maison.

La presse manifesta peu à peu de l'intérêt pour cette affaire et Pedro sentit l'étau se resserrer. Il eut alors le bon sens de cesser net toutes ses pratiques frauduleuses. Ceci ne dut pas plaire à sa compagne qui le quitta aussitôt. Pendant toutes les années qui suivirent, ni lui ni son commerce ne se firent remarquer. Et un beau jour, on vit sa maison s'ouvrir à nouveau. Mais le revenant ne se montrait pas. On l'entendait tousser de façon inquiétante, on le voyait marcher dans sa cour avec souffrance. Personne ne réussit à l'aborder. Il ne sortait pas et ignorait quiconque sonnait à sa porte. En fait, de graves problèmes pulmonaires l'avaient incité à revenir chez lui. Il vécut ainsi en ermite, de son potager et de ses poules, jusqu'à l'âge de soixante-dix-huit ans.

Luís me rapporta que cette affaire avait été savamment étouffée par les villageois. Ils s'étaient réunis et s'étaient mis d'accord pour que rien ne se sache. Ils avaient souhaité en faire un secret pour les générations à venir. À l'époque, il n'y avait pas de journal local et les citadins ne s'intéressaient pas aux histoires rurales. Le village ne s'entacherait pas de vilaines affaires, celle-ci serait jetée aux oubliettes. D'ailleurs, sur le mur de la mairie n'était-il pas gravé « *la cabeza alta* » ? Car c'est bien la tête haute que ce village s'était sans cesse reconstruit.

— Et la mystérieuse maison alors ? Y a-t-il habité ?

— Non, quand mon père a su qu'il était de retour au village, il est venu lui rendre visite. Mon grand-père ne pouvait pratiquement plus marcher, alors il a trouvé bon de lui proposer d'entrer dans une maison de retraite. Mauvaise idée. Mon grand-père l'a mis à la porte, dans une colère noire.

— Donc, le mystère reste entier !

Luís me regarde d'un air perplexe, montrant les paumes de ses mains en signe d'ignorance :

— Même ma grand-mère ne l'a jamais su !

— Incroyable.

Il ajoute qu'à ses quatorze ans, Juan Pedro avait voulu faire la connaissance de son père. Sa mère lui avait donné son adresse. Ainsi, père et fils s'était régulièrement rencontrés dans la capitale espagnole. En pleine gloire, Pedro lui vantait à outrance son succès commercial et ses connaissances culturelles. Cependant, il n'avait jamais parlé de sa compagne ni même de l'acquisition d'une maison.

— Oui mais maintenant, ton père va hériter de cette maison, il va donc enfin savoir où elle se trouve !

— C'est ça. Il a rendez-vous chez le notaire jeudi prochain.

— Oh là ! En parlant de rendez-vous, je vais me faire tuer, il est minuit vingt !

Course folle à travers les rues du village, le bar où se fête l'anniversaire est situé en contrebas, et à l'opposé de l'endroit où nous sommes. Nous croisons mon oncle Alfredo et ma tante Silvia, je les salue hâtivement et leur dis que ma mère m'attend, pour qu'ils comprennent que je n'ai pas le temps de leur faire la causette. Je les fais rire. Luís remarque : « Ça fait deux fois que je le croise en courant, ton oncle, il va penser que je cours tout le temps, que je suis un fou ! » Je pouffe et je lui crie : « Ah, oui ! Quand je te présenterai à lui, je lui dirai : je te présente Luís alias Forrest Gump, l'homme qui court toujours ! »

Ce bar réunit beaucoup de monde. Ce n'est pas facile de se frayer un chemin à travers toutes ces personnes debout qui tiennent leurs verres remplis. Me voyant arriver, ma mère brandit son portable devant mes yeux pour me montrer l'heure et me lance : « Alors, mademoiselle Victoria, tu n'as pas vu l'heure ? Je t'avais dit minuit pour que tu voies ta petite cousine Emma avant qu'elle n'aille se coucher ! Bon, elle est encore là, mais… c'est juste ! »

J'ai remarqué que les parents ont toujours les mêmes répliques, on dirait qu'ils étudient un manuel avant d'avoir des enfants. Avant que je parte, ma mère me demande toujours « Tu as rangé ta chambre ? » et souvent, elle me dit « Faut que je te le dise dans quelle langue ? » Bien sûr, elle a le choix entre deux ! Parfois, elle me dit « Tu me parles autrement, je ne suis pas ta copine ! » alors que d'autres fois, elle veut que je lui raconte tout, comme à une amie. Et mon père, c'est « Tu ne vas pas t'habiller comme ça, quand même ! » ou « Tu ne sors pas comme ça ? » et « Tu sors avec qui ? », « Ah non, ça ne va pas se passer comme ça ! » Donc, là, le « Tu n'as pas vu l'heure ? », c'est un refrain auquel je réponds souvent par « Ben non, ça passe trop vite ! »

Je souris à la pitchounette qui mâchouille son doudou. Elle me regarde timidement et je m'avance près d'elle pour lui présenter mes excuses en déposant un petit bisou sur sa chaude joue. Je fais remarquer à sa maman combien son air de famille est flagrant. Mais peu à peu, la fillette se met à gigoter dans sa poussette. Sa petite main frotte ses yeux et elle commence à se plaindre pour manifester son impatience. Sa mère, attentive, attrape le guidon et toutes deux nous saluent avant de s'éloigner. Et comme pour les remplacer, Rosita et José font leur apparition à nos côtés. Elle nous interpelle :

— Ben alors, les jeunes, vous sortez ? Vous allez où comme ça ? Je regarde Luís qui me lance un sourire complice et nous éclatons de rire.

— Qu'est-ce qu'il y a ? J'ai dit un truc qu'il fallait pas ? demande Rosita.

- 8 -

Ce dimanche matin, mes parents ont prévu une journée de repos. Je peine à ouvrir les yeux, perdue dans mes rêves, incohérents comme d'habitude. Soudain, me faisant sursauter, Hugo entre dans ma chambre en criant : « C'est cool, on va pique-niquer en montagne ! » Et il m'incite à me lever pour me préparer. Mais comment te dire, petit frère, que nous n'avons pas le même âge et donc pas les mêmes centres d'intérêt ? Ce programme ne m'enchante pas du tout. Il est inconcevable que je ne rejoigne pas Luís et mes autres amis aujourd'hui. Un peu embarrassée, je vais voir ma mère que je trouve en train de préparer des sandwichs. Je lui fais part de ce que j'ai prévu de mon côté. Et c'est mon père qui, en se retournant vers moi, répond à voix haute, de façon à être entendu par Yann : « Mais bien sûr ! Yann et toi, vous êtes libres de ne plus nous suivre, maintenant ! » C'est vrai que j'ai dix-huit ans, et même si on dit que ça ne change rien… Moi je dis que ça change tout !

Yann, qui avait les yeux rivés sur son portable, lève le nez en entendant son prénom et sans dire un mot, monte dans sa chambre. Puis redescend presque aussitôt, un sac sur l'épaule, en signalant qu'il part lui aussi pour la journée. Je me rends alors compte que je vais me retrouver seule à la maison, ou… peut-être pas ! De plus, je me souviens que Barbara m'a dit que sa tante lui avait demandé son aide pour débarrasser son grenier. J'attrape rapidement mon portable et envoie un SMS à Luís. Le cadeau est trop rare pour ne pas se l'offrir !

J'ai juste le temps de me doucher et de ranger ma chambre que Luís est déjà à la porte d'entrée.

Dès cet instant, nous avons l'impression d'être hors du temps et même de l'espace. Quelques discussions nous mènent jusqu'à l'heure du déjeuner. Je décide alors de faire cuire des spaghettis que je marie avec une sauce espagnole prête à l'emploi. Nous partageons ce plat avec gourmandise. Mais la sauce ne prend pas à la manière romantique de la Belle et le Clochard. Et pour cause, nous sommes incapables de retenir nos éclats de rire à la vue de nos commissures enduites de tomate. En revanche, au moment du dessert… La crème glacée fait des siennes. Paradoxalement, elle se met à réchauffer nos cœurs. Une note finale qui donne un avant-goût de la suite de notre dégustation.

Nous finissons l'après-midi dans la fraîcheur du salon, installés confortablement dans le canapé moelleux. Nous regardons un film d'horreur.

À un moment crucial, je me colle nerveusement contre Luís. Pour ainsi dire, nous sommes juste derrière Kelly qui, batte de baseball en main, avance à pas de velours dans la maison. La nuit est tombée et elle a éteint les lumières. Seul l'éclairage extérieur transperce la porte vitrée de l'entrée. Tout comme elle, nous sommes aux aguets. La jeune fille ne respire plus et des gouttes de sueur perlent sur ses tempes. Nous sommes aussi en apnée. Elle pose délicatement ses pieds sur le sol en priant pour ne pas faire de bruit. De notre côté, nous entendons les terribles notes répétitives et agaçantes d'un piano. L'angoisse monte, tant pour elle que pour nous. Il faut dire que le meurtrier de sa copine, couteau en main, est maintenant à ses trousses. Par chance, il ne sait pas qu'elle l'observe et qu'il est à sa portée. Si elle reste silencieuse, elle va pouvoir le surprendre et l'assommer. Elle est tout près de lui. Elle le voit, renversant des cartons dans le garage à sa recherche. Elle s'approche, encore et encore, c'est interminable.

Mais d'un seul coup, notre porte d'entrée s'ouvre dans un tel fracas que je sursaute et pousse un cri en agrippant violemment Luís. Des éclats de voix envahissent la maison. Les parents, les Rivière et les Rolando ruinent lamentablement notre moment de grâce. Pour couronner le tout, mon frère nous demande : « Alors, *que pasa en casa* (que se passe-t-il à la maison) ? » Et sans gêne, il nous décrit sa partie de pétanque dans les moindres détails. Son comportement autant que son monologue m'horripilent. Il ne se rend même pas compte que nous sommes plus attentifs à l'écran qu'à ses bêtises ! Marlone s'en fiche également et bondit joyeusement sur nos genoux. Ainsi, tant bien que mal, Luís et moi entrevoyons Kelly frapper à plusieurs reprises sur la tête de l'assassin. C'est déjà un soulagement, je laisse échapper un « Ah ! » Et comme si cela ne suffisait pas, ma mère nous achève en déclarant : « La télé vous hypnotise ou quoi ? » Partageant des sourires gênés, Luís et moi décidons de capituler. Mais alors que je cherche la télécommande, un match de football apparaît à l'écran. Luís, étonné comme moi, me questionne : « C'est toi qui as mis du foot ? » Je viens de comprendre en voyant la patte du chien écrasant l'appareil et, amusée, je lui réponds : « Non, regarde, c'est Marlone qui a zappé ! Il est plus convaincant que ma mère ! »

Devant le fait accompli, nous n'avons pas d'autre choix que d'écouter le récit de leur « chouette randonnée », selon les paroles de Rosita. Ils nous décrivent la vue surprenante sur le village une fois le haut-plateau atteint. Leur émerveillement fait plaisir à entendre et nous ferait presque regretter de ne pas être allés avec eux. À côté, Hugo, Lucas et leurs deux copains trépignent d'impatience et quand ils prennent enfin la parole, c'est pour nous rapporter qu'ils ont aperçu des marmottes. Au vu de leur exaltation, je veux bien les croire. Je les comprends, découvrir ce genre d'animal est un moment précieux. En revanche, je me demande si cette randonnée a vraiment eu lieu car ils n'ont pas du tout l'air épuisés. On dirait même que le grand air les a redynamisés ! Et quand je leur en fais la remarque, les voix s'élèvent et des rires éclatent. Les voilà se moquant des adultes qu'ils accusent d'avoir eu une autre source d'énergie. Lucas commence gentiment : « Ouais, il n'a pas plu mais le repas a été bien arrosé ! » Et Hugo continue franchement : « Si tu les avais vus, les darons, ils racontaient n'importe quoi, ils étaient tous pétés ! » Ma mère, qui les a entendus, s'en offusque et le corrige aussitôt : « Mais enfin, Hugo ! Nous avions marché pendant trois heures, alors évidemment, nous étions claqués et le peu d'alcool qu'on a bu nous a fait plus d'effet que la normale, c'est tout ! » Cela n'empêche pas les garçons de rire jusqu'à ce que Francisco déclare : « Oui, mais la cigale, quand même… » Les moqueurs n'avaient apparemment pas toutes les explications sur ce fou rire des parents. Il nous raconte alors qu'en descendant à travers une vaste pinède, ils auraient clairement aperçu une cigale, mais que ma mère était la seule personne à ne pas l'avoir vue. Alors évidemment, cela avait été un motif de raillerie. Malgré tout, et c'est comique aussi, ma mère essaie de se rattraper aux branches en prétextant que son regard se croise involontairement et qu'elle a besoin de retourner chez l'ophtalmologue pour faire ajuster ses lentilles de contact. Ses paroles déclenchent chez Christophe un rire éclatant et démesuré. Il ajoute : « Il va plutôt falloir que tu ailles voir le podologue ! » Se tenant debout, il l'imite en train de tituber. Et mon père renchérit : « Oui, c'est vrai, ton excuse est comme toi : elle ne tient pas debout ! » Ma pauvre mère préfère les laisser parler et balaie la remarque d'un geste de la main avant de partir ranger les affaires. Hugo, qui a trouvé son père très drôle, continue son imitation.

— Ah oui, quand elle était devant le tronc d'arbre, comme ça, elle tanguait, comme ça, et elle se frottait les yeux en disant : « Ouh là ! Ouh là ! Faut vraiment que je prenne rendez-vous, je vois tellement flou que j'ai la tête qui tourne ! »

Rosita rit comme les autres, mais trouve un argument pour défendre sa sœur :

— Quel morveux, celui là, c'est bien le fils à son père ! Mais, au fait ! J'y pense, il y en a un qui a failli pleurer sa mère aujourd'hui !

— Comment ça ? rétorque mon frère en fronçant les sourcils.

91

— Eh oui ! Qui a marché dans une belle bouse de vache bien fraîche, en pleurnichant parce qu'il avait bousillé ses nouvelles chaussures ? Ah oui ! Bousillé ! C'est le cas de le dire !

Les hommes et les garçons partent dans un fou rire communicatif, et Enzo déclare :

— Ah, j'adore ta famille ! Tu me réinvites quand tu veux !

Après le dîner, je vais chercher Barbara pour aller à *El Ocho*. Elle m'a expliqué par message que tout s'était bien passé avec Yann la veille, et aussi qu'elle avait quelque chose à me dire en chemin. Je suis impatiente. Cependant, le moment venu, elle commence par m'interroger. Autant dire que le résumé de ma journée en amoureux avec Luís se fait presque en une phrase. Je sais que la route n'est pas si longue, alors je veux lui laisser suffisamment de temps. Comme pour me faire languir, elle commence par sa journée « vide-grenier » avec Alberta.

— Oh, je suis hyper crevée de cette journée ! Ma tante m'a tuée ! Elle voulait absolument qu'on nettoie son grenier, mais il était plein ! Alors, on a fait deux tas : ce qu'elle voulait garder et ce qu'elle voulait jeter. Des meubles, des lits, des boîtes, des livres, des draps, des outils, des vêtements, de tout en fait. Il y avait même des boîtes à chaussures qui ne contenaient qu'une seule chaussure ! Sûrement laissées par un commerçant. On a attaqué tôt le matin, mais ça a duré longtemps parce qu'elle ne pouvait s'empêcher de me raconter les souvenirs qu'évoquait pour elle tel ou tel objet. J'ai cru qu'on allait y passer plusieurs jours !

— Eh oui, c'est normal…

— Mais bon, j'ai fait une drôle de découverte…

— Ah bon !

— Oui, dans un carton rempli de journaux. Mon grand-père gardait les articles qui pouvaient l'aider pour son travail, dans plusieurs cartons. Sur le dessus de l'un d'entre eux se trouvait une petite enveloppe. Une écriture assez tremblante la destinait à Sr Roberto De Gracia Montejo – c'est-à-dire mon grand-père – avec l'adresse de son bureau d'avocat à Madrid. Comme elle était ouverte, j'ai machinalement sorti la lettre qui y était glissée…

Barbara aime faire monter le suspense chez son interlocuteur. Dans ces moments, elle plisse les yeux, affiche un sourire malicieux et marque une pause, avant de lancer un « Devine ! » Je cesse de marcher en la regardant dans les yeux. Elle attend que je fasse des propositions, mais par mon air perplexe je lui montre que je sèche. Un avocat reçoit tellement de courrier ! Je ne vois pas ce qui la met dans cet état. Pourtant, à son regard, je comprends que cela doit être important… Mais pourquoi ?

— Écoute, je rigole, je ne sais pas non plus qui a envoyé cette lettre, mais elle m'interpelle car elle est énigmatique et je ne sais pas quoi en penser.

Elle sort l'enveloppe de son sac, en retire un petit carré de papier qu'elle me tend. Je lis silencieusement.

Roberto,

Je suis passé mais tu n'étais pas là, je voulais te dire que je suis d'accord.

J'accepte ta proposition.

Je viendrai la semaine prochaine voir ta secrétaire afin de fixer le rendez-vous.

À croire que Dieu me pardonne à moitié.

Ces mots me laissent coite (j'adore cet adjectif qui me rappelle un fou rire que nous avions eu, en cours de français, avec mes camarades !). Après une deuxième lecture, je lui rends le bout de papier sans pouvoir faire de commentaire.

— Tu as vu ? En plus elle n'est pas signée ! Je crains bien que mon grand-père ait fait du chantage à une personne… J'ai toujours entendu dire qu'il était très juste et honnête. En même temps, on dirait que la personne y trouve son compte… Cette affaire m'intrigue, mais comment en savoir plus ?

Effectivement, cela pourrait ressembler à un chantage ou peut-être un abus de fonction… Ou alors, il s'agit d'un bon arrangement, insignifiant.

— Non mais, Barbara, il ne faut pas voir le mal partout. Ton grand-père demandait des honoraires et on peut supposer qu'il a pu faire du troc, tout simplement. À l'époque, ça se faisait pas mal.

— Oui, bien sûr, je n'y avais pas pensé. Mais quand même, la personne s'en réfère à Dieu et parle de pardon, comme si c'était grave ! J'essaierai de cuisiner ma tante, sans parler précisément de cette lettre.

Honnêtement, j'ai tellement hâte de savoir comment s'est passé le chemin du retour avec Yann que je fais peu de cas de sa découverte au grenier.

— Bonne idée ! Et sinon… tu devais me raconter ta discussion d'hier soir avec Yann !

Sa première réponse se traduit par un long soupir, puis par une moue. Elle a l'air plus embarrassée qu'enchantée. J'appréhende. Elle m'a dit que leur causette s'était bien passée, mais je commence à penser qu'elle a juste voulu me rassurer.

— Au début, nous étions en plein débat sur l'amitié. Nous évoquions nos expériences respectives, autant féminines que masculines. Et lorsque nous avons abordé l'amitié virtuelle, sur les réseaux, j'ai sans doute été maladroite. Je lui ai demandé si la rumeur de sa liaison que m'avait confiée Alexandre était fondée. C'est à partir de là que son humeur a changé. Il s'est mis en colère contre Alexandre. « Mais il est sérieux ? C'était pour déconner ! Alors oui, je lui ai raconté que j'avais tchatté avec des potes, et notamment avec une Espagnole. Elle m'avait tenu des propos coquins, et ça nous avait fait bien rire… Mais c'est tout ! Une déconnade entre mecs, tu comprends ? » Il était d'autant plus furieux que Luís lui avait dévoilé la cause de la bagarre. Je te jure, il était vénère. Du coup, on n'a plus parlé que d'Alexandre.

— Tu m'étonnes, je comprends qu'il ait voulu se défendre ! Et donc, il t'a confirmé qu'il était célib ?

— Ah ça, oui, il m'a dit : « N'écoute pas les méchancetés des autres, si j'étais avec quelqu'un je ne vois pas pourquoi je le cacherais ! »

— Aaah ben voilà ! Tu vois, je te l'avais dit, Yann n'est pas un fourbe, il est entier. Tu dois être soulagée, non ?

— J'sais pas.

Elle hausse les épaules, incline la tête et esquisse un timide sourire. Malgré ma volonté de la rassurer sur l'honnêteté de

Yann, Barbara se montre frileuse envers lui et je peux le comprendre.

Diego nous fait de grands signes. Nous saluons oralement nos amis et prenons les fauteuils qu'ils nous ont réservés. À partir de ce soir, nous ne nous faisons plus la bise. C'est toujours comme ça ici, il est de coutume de s'embrasser uniquement au début et à la fin du séjour. Pablo se lance dans les souvenirs de notre chasse aux trésors de l'année dernière. C'est un sujet qui nous fait rire, à coup sûr il y a toujours des histoires croustillantes. Nous nous accordons à dire que nous ne pourrions pas faire une seconde édition, et ce constat nous fait prendre conscience que nous sommes entrés dans l'âge adulte.

Mateo nous annonce que la météo prévoit une journée caniculaire le lendemain. À l'unanimité, l'après-midi « pisciiine ! » est voté. Seules Alyssa et Ana sont moins enthousiastes, réquisitionnées pour une journée en famille.

Quand je me couche, je repense souvent à ma journée. À cet instant, c'est à Barbara que je réfléchis. L'amoureuse qui s'est torturée pendant toute une année scolaire à essayer de comprendre ses désirs et jauger l'intensité de ses sentiments se retrouve ainsi déboussolée, face à de nouvelles données. Et le choix, si compliqué fut-il, lui est servi sur un plateau d'argent. Peut-être que l'évidence est parfois si éclatante qu'on n'ose pas la regarder en face. Enfin, avec ça, moi aussi je peux me tromper.

9

Je ne les avais pas encore croisées depuis mon arrivée. Ces Françaises d'origine espagnole, comme moi, qui ne méritent plus mon estime : Laura, Mélissa, Inès et Léa. Tous les ans, nous nous retrouvions ici et passions nos vacances ensemble. L'année dernière, nos chemins se sont radicalement séparés. Cela ne m'empêche pas de garder de bons souvenirs d'enfance, mais je ne peux pas dire que leur compagnie m'ait manqué. Je me suis aperçue qu'il y a plusieurs chapitres dans une vie. Il faut se rendre à l'évidence : en grandissant, nos façons de voir les choses divergent. Et ainsi, de virgule en virgule, le point final s'impose. Inévitablement, les pages se tournent. Il est impossible de relire et relire toujours les mêmes phrases.

Et là, à la piscine, en sortant de ma cabine je me retrouve nez à nez avec Mélissa. Ma surprise est double : premièrement, par le hasard qui la plante devant moi, et deuxièmement, par son apparence qui me frappe. Elle qui était d'un beau châtain clair arbore aujourd'hui fièrement une chevelure blond polaire avec deux mèches rose foncé qui encadrent son visage pâle. Elle me fait l'effet d'un spectre, avec son teint diaphane. Si elle se veut originale, c'est gagné ! Toutes les personnes ici ont plutôt des peaux hâlées et non des pots à lait ! Excepté Barbara, mais à elle, cela lui va bien. Je me dis que Mélissa doit vouloir faire comme les Asiatiques qui fuient le soleil, et ce ne doit pas être chose facile en terre ibérique ! La froideur de sa mentalité a-t-elle contaminé sa peau ? Étonnamment, la reine des neiges laisse échapper un « bonjour » du bout de ses lèvres gelées. Les miennes ne peuvent se décoller pour lui répondre ; aucune importance, elle ne m'a pas attendue de toute façon ! Je me retrouve médusée, comme si elle m'avait pétrifiée en statue de pierre avec ses serpents dans les cheveux (je sais, il faut que j'arrête de lire des bouquins de mythologie !). Et je la vois s'éloigner en dandinant exagérément ses fesses dans un maillot rose qu'elle semble avoir gardé depuis ses dix ans. Je la trouve tellement ridicule qu'elle force mon sourire et je me félicite de ne plus marcher à ses côtés. Je peux être tolérante, mais il y a une chose qui m'est impossible, c'est de jouer les hypocrites en faisant semblant de partager des opinions diamétralement opposées aux miennes. En revanche, je dois admettre que Mélissa mérite tout mon respect pour une chose : elle est restée bien polie ! Je la vois rejoindre ses consœurs, que je reconnais toutes les trois (pas de changement capillaire !). Je croise une voisine que je salue, et au loin je distingue Inès, tout sourire, qui brandit son portable pour réaliser des selfies. Elles se sont installées à l'autre bout de la piscine, et cela m'arrange : « Loin des yeux, loin du cœur » !

Les garçons ont entassé leurs serviettes sur l'herbe et sont déjà en train de brailler dans l'eau. J'étale la mienne à côté de Barbara, absorbée par un livre. Un coup d'œil me suffit pour comprendre que ce sont des notes de musique qui la captivent et font bouger ainsi ses lèvres. Je me permets de la déranger :

— Tu trouves toujours un moment pour étudier, toi ?

— Oui et non, c'est une nouvelle mélodie que j'ai trouvée, c'est espagnol, regarde !

— D'accord, mais Barbara, souviens-toi, tu as dit que tu mettrais un frein à tes révisions ! On est venues nous baigner ! Allez, viens avec moi !

Je me lève et l'attends. D'abord, elle s'agenouille et met sa serviette en place, puis elle rassemble ses affaires sur le côté, et enfin, elle se lève en réajustant la bretelle de son bikini. Tous ces gestes me font comprendre qu'elle n'est pas vraiment à l'aise. Pourtant, son corps est parfait et sa peau claire ne gâche en rien sa belle allure élancée dans son maillot de bain blanc. Ce n'est pas seulement sa beauté qui attire les regards, mais il se dégage de son allure, ses gestes, sa façon de s'habiller et de s'exprimer un charme mystérieux. Si l'on suppose que moi, je me fais remarquer par mon dynamisme en bousculant souvent mon entourage, Barbara s'impose à tous par une sorte d'aura qui intrigue. Elle accepte de passer devant moi, mais sa timidité est flagrante avec son pas incertain et sa tête baissée. Elle ne voit pas, comme moi, les regards qui la suivent sur son passage. Elle arrange ses cheveux et je sais que ce n'est pas pour accentuer sa séduction, mais plutôt par nervosité. Elle a l'habitude de ces regards indiscrets et indécents de certaines personnes et ne les aime pas. De fait, elle ne met pas longtemps à se glisser dans l'eau. Contrairement à moi qui, frileuse, stagne sur le deuxième barreau de l'échelle. Luís quitte les garçons pour me rejoindre et m'encourager. Mais finalement, c'est Diego qui me permet d'entrer rapidement dans cette eau glacée. « *Disculpa, espero que no te haya hecho daño !* (Excuse-moi, j'espère que ça ne t'a pas fait mal !) » Sans que j'aie eu le temps de le voir venir, le ballon qu'il a manqué s'est plaqué de plein fouet sur la surface de l'eau, juste devant moi. Merci Diego, ta maladresse n'a fait que m'arroser. J'ai échappé à un mauvais coup, je dois l'avouer. Mes cheveux dégoulinent sur mes yeux, mais quel gain de temps ! Deux secondes plus tard, je nage pour rejoindre mes amis. Barbara se tient au bord de la piscine, essayant de se débarrasser d'un fou rire qui l'immobilise. Je l'avertis clairement, je vais lui faire la misère !

Essoufflées après quelques poursuites et mises sous l'eau, nous nous asseyons sur le rebord. À côté, les garçons discutent avec trois autres jeunes se trouvant dans le bassin. Ils semblent avoir passé des accords qu'on ignore, jusqu'à ce qu'ils nous appellent. De courtes présentations suffisent pour démarrer une partie de volleyball. Manuel, Carlos et Rodrigo sont espagnols avec un accent prononcé, genre andalou. Nous nous efforçons de former deux équipes équilibrées en nombre, mais surtout en muscles, parce qu'il faut le dire, les trois loulous, ils sont balèzes !

Finalement, je fais partie des gagnants, et cela me permet de charrier Barbara qui avait choisi de me défier en rejoignant l'autre équipe ! Afin de célébrer plus notre rencontre que la victoire, nous offrons un verre à nos nouveaux compagnons de jeu. Une fois sortis de l'eau, on note qu'ils sont non seulement plus musclés, mais aussi plus âgés que nos amis. Ils sont apprentis tailleurs de pierres et travaillent à la rénovation du grand château médiéval du village voisin. Après leur journée, ils ont pris l'habitude de se rendre à vélo à cette piscine pour se détendre. Ils trouvent l'eau plus chaude que la piscine naturelle, et le bassin est plus grand que celui de leur village. L'un d'entre eux, Manuel, ajoute « Et surtout, il y a plus de filles ici ! » et les autres acquiescent tout en gardant en ligne de mire le groupe des sardines. Ces dernières sont en effet occupées à étaler leurs huiles. Seule Inès, aux aguets, remarque les regards insistants posés sur elles. La maligne repose sa fiole et feint aussitôt de consulter son portable et je devine, dans ses gestes que je connais tellement, sa délectation de se sentir ainsi épiée.

Admiratifs de leur travail, les garçons interrogent Manuel, Carlos et Rodrigo. Ces derniers prennent alors plaisir à se lancer dans tous les détails de leurs spécialités respectives, et surtout, nous font l'éloge de leur passion commune pour la conservation du patrimoine espagnol. Alors qu'on ne s'y attendait pas, ils réussissent à nous entraîner dans leurs projets, comme on imagine un pays paradisiaque. En tout cas, je me sens concernée par cet état d'esprit qui se veut garant des meilleures réalisations artistiques de nos ancêtres.

Et puis, les pierres nous amènent à parler des constructeurs et des habitants. « Pourquoi il y a autant de jeunes par ici ? », demande Rodrigo. Luís lui répond. Il commence à leur faire un petit topo historique pour expliquer nos obligations familiales et ce qui nous incite à revenir d'année en année. Après ce résumé, les trois mousquetaires se voient soudain investis d'une mission envers quatre prétendues Ladies que l'on voit se préparer pour la baignade.

Les quatre scintillantes sardines se déplacent en banc. Barbara me regarde avec ses yeux rieurs en se mordant les lèvres pour ne pas s'esclaffer. Manuel hoche la tête pour les désigner, et demande si nous les connaissons. Alors que nous cherchons les mots appropriés pour une réponse correcte, mais sincère, Antonio, lui, répond presque sans réfléchir : « Ah, ces filles ! Laisse tomber, il paraît que c'est leur dernier été avant d'entrer au couvent… » Déclaration largement approuvée par ses camarades. Oh, ces mecs ! Ils y vont fort, quand même !

À croire que ces types sont affamés, à la sortie de la piscine je vois Manuel, Carlos et Rodrigo s'avancer près de Barbara. Avec ça, je me doutais bien qu'ils allaient tenter une petite approche ! Du coup, quand les garçons proposent de terminer l'après-midi par un tour à notre QG, *El Ocho*, les trois baraqués ne se font pas prier.

Je ne sais pas pourquoi les hommes avancent toujours vite. Ce n'est pas grave, avec Barbara nous fermons la marche, et cela nous arrange. À l'abri des oreilles indiscrètes, nous pouvons procéder à notre petit compte-rendu de l'après-midi. Nous faisons des commentaires sur le quatuor féminin qui n'est pas près de faire son retour parmi nous, et sur le nouveau trio masculin qui pourrait en revanche intégrer notre « orchestre » cette année. Je ne peux m'empêcher de taquiner Barbara : « Pas mal le grand Rodrigo, non ? » Je sais en effet que la taille est une caractéristique physique importante pour elle. Elle dit toujours qu'elle ne pourrait envisager une relation avec un amoureux plus petit qu'elle. Il se trouve qu'Alexandre est plus grand qu'elle, et Yann semble être de sa taille.

À peine finissons-nous nos réflexions hautement philosophiques que nous entendons les cris d'un singe… poussés par Thomas. Il sautille, boitille, se plaint à l'excès, et pour cause : il vient de craquer sa tong qu'il brandit dans sa main comme un trophée. Il finit pieds nus. Comme sa maison est très proche, on lui propose de l'y accompagner afin qu'il récupère une autre paire de chaussures. Je rattrape mon chéri que je prends par la main, tandis que Barbara va parler à Mateo.

Il fait moins chaud, les villageois commencent à sortir de chez eux. Luís salue une cousine que l'on croise, accompagnée de son petit chien. Une fois arrivés, tout le monde s'assoit par terre pour attendre le va-nu-pieds !

Soudain, je sens une tape sur l'épaule. Barbara s'approche de mon oreille pour me montrer discrètement une maison sur notre droite. À peine dix mètres nous séparent d'une dame assise sur sa terrasse qui lit un journal. Son air paisible ne laisse pas présager les deux fléchettes que ses yeux nous envoient violemment lorsqu'elle porte son regard sur notre groupe. Le soleil chauffe moins, mais là, ça jette un sacré froid. Nous sommes où, là ? *Holà* ! Bonjour ! Non ? Ah bon. Histoire sans parole. Ceux qui l'ont remarquée murmurent des mots d'incompréhension devant ce visage habité par la haine. Je me sens carrément dans la peau d'une délinquante ! Diego ne peut s'empêcher de clamer « C'est quoi son problème, à elle ? ». Je le prie de baisser le ton et questionne mon amie :

— T'en sais plus, toi, Barbara ? C'est qui, en fait ?

— Eh bien, je la reconnais, c'est elle qui a fait honte à ma tante, à l'épicerie !

— Sérieux ? Ah ben… le hasard fait bien les choses ! En tout cas, ça ne peut pas continuer comme ça !

Je maîtrise ma colère, mais elle monte en moi comme la lave d'un volcan. Quand ça m'arrive, je ressens un séisme interne de grande intensité. J'ai cette envie infantile de rentrer dans le lard de ceux qui me contrarient, c'est mon côté garçon manqué ! Mais comme j'ai appris que la violence n'assouvit que notre propre agressivité, je me retiens. Il vaut mieux boxer des punching-balls (ou combattre des moulins à vent !), ça fait d'abord mal, mais après on se sent mieux ! Et ensuite ? C'est à nos neurones de trouver l'arme qui règlera le problème. Mais… c'est la partie la moins facile, bien sûr !

Ainsi, il faut réfléchir pour comprendre. Entrevoir les choses sous un autre angle peut être une bonne méthode. C'est simple, on inverse les rôles : les méchants prennent le fauteuil des gentils et vice-versa. On envisage le pire : mensonges, trahison, faute grave voire très grave ? Cette dame reproche quelque chose à Alberta, mais quoi ? Seul le passé pourra expliquer le présent. Il faudra réussir à délier les langues pour en extirper le « pourquoi du comment », comme dit Rosita. La théorie n'est crédible qu'avec l'approbation de la pratique. La pratique, c'est la justice, il faudra passer à l'acte et à la communication.

Je pense à tout ça assise par terre, en jouant avec des cailloux. Luís a rejoint les garçons. Nous attendons tous Thomas qui finit par sortir de chez lui, les mains sur le guidon d'un vélo.

— Eh les mecs, regardez ce que j'ai trouvé en passant ! Ça vous dirait une petite balade, demain par exemple ?

— Ah ouais, moi j'suis chaud ! répond aussitôt Yann.

Et s'ensuit une confirmation unanime, à l'exception de Barbara qui me regarde en faisant la moue. Tandis que nous marchons vers le bar, elle me confie qu'elle n'a plus fait de promenade à deux roues depuis sa petite enfance. Elle souligne qu'elle n'est pas à l'aise car elle garde un mauvais souvenir d'une chute. Une fois au bar, j'essaie de la rassurer comme je peux. Je lui rappelle d'abord la loi de Murphy, car oui, il y a toujours une possibilité de se faire mal, mais il ne faut justement pas se la donner. Comme je ne la vois pas convaincue, je poursuis mon argumentaire en repensant à cet adage populaire qui dit « Ça ne s'oublie pas, c'est comme le vélo ! » et elle rétorque : « Aaah ! Avec toi, il n'y a jamais de problème ! » Alors cette fois, j'emploie les grands moyens : la musique. Ou plutôt, j'improvise une chansonnette : « Eh oui ! Il n'y a pas de problèèèmes, il n'y a que des solutions ! Et s'il n'y a pas de solutions, c'est qu'il n'y a pas de problèmes ! Donc, demain, la petite Barbara, elle va rouleeer ! Elle va pédaleeer ! Et elle va kiffeeer ! Les doigts dans le neeez ! Et... la tête dans le guidon ! » Ma petite folie passagère réussit un peu à la détendre. Elle sourit mais je comprends qu'elle n'est pas encore rassurée quand elle termine ma chanson par ces mots « Et... Bim ! Patatras, elle va tomber dans le fossé... et se casser le nez... dans le guidon ! » À côté de nous, Diego roule des yeux vers le haut et se moque : « Eh les mecs, je crois que les filles ont bu un peu trop vite ! Elles sont déjà pétées ! »

À mon tour, je raconte à Barbara mes aventures cyclistes, dont je ne suis pas fière. Pendant ce temps, les conversations autour de nous portent sur les équipements. Thomas finit par annoncer aux convives que « le calcul est bon ». En comptant Alyssa et Ana, il y aura bien onze bolides à pédales pour notre tour du village. Manuel, Carlos et Rodrigo nous ont déjà annoncé qu'il ne leur serait pas possible de participer, à cause de leur taf. Cependant, ils nous proposent d'aller leur rendre visite sur leur chantier. Après tous mes efforts, mon amie me récompense en acceptant de dépasser ses craintes : « D'accord, je le ferai pour toi ! »

Le soir, Luís dîne avec nous. Pendant les préparatifs, on nous chasse de la cuisine. DJ Rosita et DJ Alex se chargent à nouveau de l'animation. Il est question de coupe et de cuisson des pommes de terre pour la tortilla. Le tout saupoudré d'une bonne dose d'humour, j'adore. J'avoue que je prends plaisir à ce genre de spectacle, mais ce soir je fais un clin d'œil à Luís et je l'invite à me suivre dans la chambre. La journée entière en compagnie de nos amis nous fait apprécier ce précieux tête-à-tête, aussi court soit ce moment.

À table, les discussions portent sur nos orientations professionnelles. Luís explique qu'il s'est inscrit dans une classe préparatoire à la formation de masseur-kinésithérapeute à Bordeaux, en plus de la fac. Il nous parle de ce qui lui plaît dans ce métier. Son souhait de participer à la rééducation, à la récupération, et surtout à l'atténuation des douleurs de personnes souffrantes. Ce sentiment d'être utile, tant sur le plan physique que moral. Son discours est passionnant et correspond tellement à son âme charitable ! Nous sommes tous en admiration devant un tel engouement, et mon amour pour lui décuple. Ce n'est pas que j'aurais perdu quelque ferveur en chemin, mais il me rappelle, à ce moment-là, combien tout ce qu'il dit résonne en moi comme s'il était mon jumeau. Si j'avais été un garçon, je serais lui. Pourtant, quand plus tard mon père me dit « Il a la tête sur les épaules, ton Luís ! », je me dis que je suis peut-être plutôt tout son contraire : celle qui passe son temps à rêver en musique, sa baguette à la main comme une fée !

Yann ne parle pas souvent de ses études, car il ne sait pas trop vers quoi s'orienter. Il s'est décidé pour un BTS en génie civil, mais sans conviction. Alors, quand son tour arrive c'est terrain glissant, autant dire mauvais signe pour un choix dans la construction ! Mais finalement, il s'en sort par un discours emprunté aux conseillers d'orientation : « Le bâtiment, ça recrute, et j'aime bien l'idée de travailler dehors… Je verrai bien si ça me plaît ou pas. » Il est entendu et approuvé ! Je me dis qu'il a raison, la vocation n'est pas toujours une évidence, et c'est parfois en tâtonnant que l'on trouve l'interrupteur de la lumière (proverbe contemporain de moi-même). En revanche, pour Lucas et Hugo il n'y a aucune hésitation : c'est sur internet que ça se passera ! Hugo prétend fourmiller d'idées pour devenir influenceur, métier que Lucas considère comme le futur remplaçant des acteurs de spots TV. Pourtant, leur enthousiasme débordant ne réussit pas à conquérir leur public. Luís tente un argument en leur faveur : « On ne sait jamais, certains se débrouillent vraiment pas mal ! » Mais malgré son grain de sel, la mayonnaise ne prend pas, les parents demeurent silencieux et dubitatifs.

Alors, comme pour sauver l'émulsion, Rosita se lève bruyamment et récupère un plateau dans le réfrigérateur.

Pendant qu'elle nous tourne le dos, on l'entend parler toute seule, certainement pour mieux s'organiser tandis qu'elle enlève les films plastique. Enfin, elle nous présente des ramequins de crème aux œufs espagnole. Nos compliments débridés lui font prendre des couleurs au fur et à mesure qu'elle distribue ses créations. C'est alors que Lucas et Hugo interpellent Luís : « Prépare-toi à manger les meilleures *natillas* au monde ! » On laisse à notre invité l'honneur de commencer la dégustation. À la minute où il met en bouche sa première cuillérée, tous les regards sont rivés sur lui. Le moment en est presque solennel. Il émet alors un « Hum ! » tout en opinant de la tête pour confirmer la réputation du dessert, et ajoute : « Ah c'est sûr, je retrouve le goût de celles de ma grand-mère maternelle ! Bravo, Rosita ! » En face de moi, mon frère entame le gâteau appelé biscuit Maria qui est posé sur la crème, et la bouche pleine, il interpelle sa tante : « Eh, Tatie, au lieu de rougir, dis-moi, tu as fait du rab ? »

Je monte à l'étage pour me préparer quand je reçois un message de Barbara. Il y a un changement de programme, c'est Yann qui ira la chercher pour aller au bar. De fait, je croise le fringant chaperon en me rendant à la salle de bain.

— Je récupère Barbara ! me lance-t-il en répandant son parfum aux fortes notes de musc.

— Ah oui, je viens de l'apprendre !

Je redescends, finalise le rangement avec Luís, puis nous nous échappons à notre tour.

Dans la rue, nous emboitons le pas à d'autres couples qui se dirigent eux aussi vers le centre. Il fait encore très chaud ce soir, des femmes agitent leurs beaux éventails.

À notre arrivée au bar, nous prenons les deux places libres, à côté de Thomas. Le temps passe et comme Yann et Barbara se font attendre, une conversation s'engage à leur sujet. Étant la plus proche de leurs confidences respectives, je me vois prise pour cible. On m'assaille de questions pour me soutirer l'une ou l'autre information indiscrète. Mais manque de chance, je ne peux répondre que vaguement : le flou de Barbara et le mutisme de Yann m'évitent bien des embarras. Thomas a du mal à clore le sujet, il aurait bien insisté si les deux protagonistes n'étaient pas justement arrivés.

Les visages de Barbara et Yann ne laissent paraître aucune émotion. Dommage, pas de matière pour les blagueurs ! C'est même à se demander s'ils ne se sont pas disputés en chemin. La soirée se déroule sans qu'elle ne se rapproche de lui. Elle échange quelques mots avec Thomas, mais c'est en grande partie avec les jumelles qu'elle passe son temps. Il faut dire qu'Alyssa et Ana ont abordé son sujet préféré, la musique, et qu'elles ont de quoi l'alimenter avec leur large éventail de connaissances. Quant à moi, je jongle entre leur conversation et celle de Luís avec Antonio.

10

Mira Sofia
(Tu vois, Sofia)
Sin tu mirada, sigo
(Sans ton regard, je vais de l'avant)
Dime Sofía… Cómo te mira
(Dis-moi Sofia, comment il te regarde)
Sé que no, sé que no
(Je sais qu'il ne le fait pas, je sais qu'il ne le fait pas)
Sé que solo, sé que ya no soy oy oy oy
(Tout ce que je sais, c'est que je ne suis pas là là là)
« Sofia », chanson d'Alvaro Soler

Le mardi, les cycles et les cyclistes se retrouvent chez Thomas. Sa maison a l'avantage de disposer d'un vaste terrain, c'est plus facile pour un tel rassemblement. Alyssa et Ana ont répondu présentes au rendez-vous. Pourtant, elles m'ont avoué que, tout comme Barbara, elles appréhendent de reprendre la conduite de cet engin faisant partie de leur insouciante enfance. Pour ne rien arranger à leur angoisse, Antonio, en tant qu'aîné de la bande, nous fait des recommandations en nous rappelant que la route qui mène au village d'à côté est mauvaise par endroits, et qu'il faut faire attention aux automobilistes. En effet, les virages sont nombreux, étroits et pentus. J'apprécie cette mise en garde, il ne faudrait pas qu'il nous arrive un évènement fâcheux qui gâcherait les vacances. La préparation des vélos est assez longue, mais c'est une phase rassurante pour les filles. On regonfle les pneus, ajuste selles et guidons, et vérifie les freins. Quand tout est terminé, les garçons s'efforcent d'offrir à Barbara, Alyssa, Anna et moi-même les meilleurs modèles. Alors que nous y voyons d'abord de la galanterie, Mateo nous ramène tout de suite sur terre en balançant : « Faut pas leur donner du matos pourri, sinon c'est elles qui vont nous pourrir la vie ! »

Je regarde Ana qui paraît décidée. Son pied attrape la pédale et appuie vaillamment. Tout à l'air de bien commencer, du moins c'est ce que je pense pendant les trois premières secondes. Et puis, à la quatrième, prise de panique, la cycliste perd le contrôle. Elle se met à faire pivoter son guidon de gauche à droite, de façon saccadée. Alyssa la dépasse, et ce n'est pas pour lui donner l'exemple. En effet, elle a l'allure de celle qui va se jeter directement au diable, ou plutôt dans le premier fossé venu. Par chance, la route est dégagée : pas de fossé en vue ! Et toutes deux laissent échapper des petits cris aigus. Devant ce spectacle, Luís et moi renonçons à les rejoindre pour les aider, pliés de rire sur nos selles. Il m'avoue même : « J'ai jamais vu ça ! T'es sûr qu'elles ont déjà fait du vélo dans leur vie ? Elles le font exprès ou quoi ? » Mais il est clair que leur affolement est trop évident pour être simulé.

Petit à petit, d'effort en effort, Ana réussit à maîtriser son équilibre autant qu'Alyssa ses freins. Quant à moi, j'expire, soulagée de les voir s'entraîner en faisant des allers et retours.

En revanche, celle qui m'inquiète un peu, c'est Barbara : elle n'est pas encore partie. Le regard fixé sur les deux apprenties en difficulté, elle semble clouée au sol. Finalement, voyant qu'elles s'en tirent, elle se décide à empoigner le guidon. Une longue inspiration et un sourire vers moi l'encouragent à se lancer. Je sais ce qu'elle pense : *Forza, andiamo* ! C'est la phrase en italien que lui dit souvent sa mère. Oui, allez courage, allons-y ! Elle s'élance d'un coup et je la vois s'éloigner de nous, la tête haute et le dos droit comme un i.

Luís et moi partons à notre tour. Il ralentit à mon niveau pour me confier ; « Ça se voit qu'elle est nocive ! » Je le corrige gentiment : « Tu veux dire "novice" ! » Il me répond dans un clin d'œil : « Oh, ça va ! Ne me punis pas, maîtresse ! » et me taquine en parodiant mon accent français.

Pendant ce temps, le groupe a pris de l'avance et pour le rattraper, une petite course s'improvise entre nous deux. Comme à chaque fois, ses mollets musclés m'empêchent de gagner. À charge de revanche, évidemment ! Car j'ai horreur de perdre.

Ah le vélo ! J'adore faire du vélo. J'en fais à chaque fois que je viens ici. À Bordeaux, c'est moins facile : je n'en ai pas ! Je réalise que les voitures nous privent de tous les détails visuels, olfactifs et auditifs qui nous entourent. Par exemple, quand on atteint le haut du petit mont qui sépare les deux villages, c'est vraiment spécial. La route traverse une forêt de pins semblable à celle que je connais en Gascogne. L'odeur mentholée de la résine est inimitable. Je suis étonnée de remarquer que, sur certains troncs, un pot est accroché. Sans doute pratique-t-on encore le gemmage pour récupérer cette substance précieuse ? Renouveau dans la pratique ou simple démonstration ? Il faudra que je me renseigne.

Ce que j'aime surtout, ce sont les descentes en roue libre. L'air rafraîchit le visage et fait voler les cheveux longs. C'est étourdissant. Nous rejoignons maintenant la rue principale. Changement de décor. La circulation est plus dense, il faut faire attention. Même si la température est évidemment identique à celle de notre village, ici tout semble plus froid, comme une fête sans joie. On me dira chauvine mais je trouve qu'aucun autre village n'égale la beauté du nôtre. Néanmoins, au détour d'une rue, une chose en impose. Ah ça, on n'a pas son pareil de l'autre côté de la colline ! Le véritable bijou de cette localité, c'est son château. Incontestablement le plus grand et le plus beau des environs, il n'est cependant pas le moins touché par les ravages du temps. Je suis toujours en admiration devant le travail des hommes d'autrefois. Certains n'en ont pas conscience. D'autres encore sont capables de les dévaster. Manque total de respect ou pure idiotie.

Il ne nous faut que quelques minutes pour arriver au pied du château. Grâce aux travaux en cours, le portail habituellement fermé est grand ouvert. Yann et Thomas se dévouent pour partir en éclaireurs. Ils posent leurs vélos contre un muret et se laissent guider par le son de la frappe continue d'un outil. Pendant ce temps, Pablo et Diego, installés dans un coin, semblent se livrer à des trafics. Ils sortent de leurs sacs à dos toutes sortes de gourmandises. Charcuterie, chips, gâteaux et bonbons n'ont échappé à personne et on se jette littéralement sur eux ! Pas la peine de se faire prier pour un encas improvisé.

Cette pause est l'occasion de discuter de la route parcourue. Encore agitées par leur périple, les jumelles et Barbara nous confient ne pas regretter d'être venues avec nous. Et encore, je les trouve relativement placides au vu des étoiles qui brillent dans leurs yeux. Une euphorie de courte durée : Mateo nous fait « non » du doigt et prend la parole. Rapidement, celles qui affichaient une parfaite maîtrise de leur deux-roues se font maintenant laminer. Il nous en fait tout un spectacle. C'est d'abord Barbara qui en prend pour son grade. Il la mime, se tenant droite sur son vélo en bougeant sa tête de droite à gauche. Puis il se livre à une affreuse grimace censée la représenter en train de pleurer à cause d'un moucheron noyé dans l'œil. Enfin, il pousse un petit cri reproduisant sa surprise quand elle a roulé sur une bosse de goudron. On est tous pliés de rire, même Ana et Alyssa qui ne vont pourtant pas être épargnées. Mateo regarde Ana comme pour l'avertir qu'il va s'occuper de son cas. Il la contrefait au moment où elle serre à fond ses freins tout en criant qu'elle va mourir. Quant à Alyssa, il la fait passer pour la râleuse de l'équipe tout le temps en train de bougonner : une selle trop dure, une chaîne trop bruyante, un vent qui la décoiffe…

Encore pris dans nos fous rires, nous apercevons Yann et Thomas qui reviennent avec des mines penaudes nous obligeant à retrouver notre calme. Apparemment, on ne pourra pas voir les garçons aujourd'hui, leur patron est sur le terrain. Au loin, Rodrigo le leur a fait comprendre. Résigné, Thomas reprend son vélo : « Pas de veine, c'est pas pour aujourd'hui ! » Yann, lui, ne le voit pas de cet œil et s'insurge :

« Quoi ? Je suis trop dég ! Pour une fois qu'on pouvait les voir travailler ! J'ai vu qu'ils étaient en train de restaurer des remparts. Aucun engin, tout à la main, un taf de ouf ! Vous auriez vu comme ils taillaient les pierres ! Comme au Moyen Âge. Ils les façonnent pour leur donner le même aspect que celles qu'ils remplacent. On n'est pas restés longtemps à cause du boss qui tournait autour d'eux, mais le peu que j'ai vu m'a… » Thomas profite de sa recherche de mot pour mettre un terme à son discours élogieux et le rassurer : « Oui, on a bien compris : t'es à donf ! Mais t'inquiète, on va bien trouver un autre moment pour y retourner ! »

Après avoir rangé les restes du goûter, nous retrouvons les vélos. Pour le retour, les garçons décident de prendre un autre itinéraire. Nous remarquons aussitôt que ce circuit s'avère plus compliqué, bien que Pablo nous l'ait vendu comme un raccourci.

— Eh bien, heureusement que nos sacs sont plus légers ! fait remarquer Yann.

— Bon, c'est vrai qu'il y a longtemps que je n'ai pas mis les pieds ici, reconnaît Pablo, mais vous allez voir, on est vite rendus au village, c'est sûr.

Ces paroles ne nous encouragent qu'à moitié, car de toute façon nous n'avons pas d'autre choix que de continuer. Plus loin, le constat est sans appel : le chemin de terre laisse progressivement place à de hautes herbes. De plus, les cyclistes en tête du peloton se plaignent de se prendre des toiles d'araignée dans la figure, tant la fréquentation de ce raccourci est rare. Et soudain, Pablo qui était le premier s'arrête net. Nous nous entassons, un à un, derrière lui. Que se passe-t-il ? Une impasse ? Pire encore, nous nous trouvons dans ce que l'on appelle une patte-d'oie. Se présentent ainsi devant nous deux chemins superbement arrogants. Thomas interpelle Pablo :

— Rassure-nous : t'as pas de doute, là ?

Pablo racle sa gorge et balbutie :

— C'est pas ça ! Avant, il n'y avait qu'un chemin !

Excepté Ana que l'on voit écarquiller les yeux de frayeur, nous sommes pris d'un fou rire nerveux. « Mais, arrêtez ! C'est pas drôle ! », clame-t-elle. Nous attrapons nos portables et le pire, c'est que les GPS se contredisent. Qui a raison, qui a tort ? Je suggère un vote à main levée. Avec un peu de chance, l'union fera la force et la raison du plus fort sera la meilleure !

Le vote ne se révèle pas aussi convaincant que prévu car si le chemin de gauche est élu, ce n'est qu'à deux voix près. Manque de bol, c'est celui qui monte le plus mais il a le mérite de rejoindre une véritable allée de cailloux dans les bois, à notre grand soulagement. Cependant, j'ai appris qu'il faut toujours se méfier de l'eau qui dort ou des pierres trop douces ! De fait, Pablo ne reconnait toujours pas l'endroit. Nous retrouvons une once d'espoir quand, après avoir pris un long virage en côte, nous faisons face à un petit château. Sauf quand on s'aperçoit qu'il n'y a que lui… et que nous sommes dans un cul-de-sac.

— Alors, Pablo, on est arrivés chez toi ? crie Diego.

Les mains en l'air comme s'il se trouvait devant un agent de police, notre guide se défend :

— Ah non, moi je n'y suis pour rien, j'avais voté pour l'autre côté !

Découragement général. Pose des vélos pour une pause boissons. On ne sait plus trop quoi dire ni quoi penser. Les jumelles et moi attendons Barbara qui arrive enfin, suivie de Yann. Ils faisaient quoi, ces deux-là ? Son visage est empourpré et luisant de sueur, mais je me plais à penser que son effort n'est peut-être pas la seule cause de son feu aux joues. Tous les autres les regardent avancer ensemble. Alyssa exprime haut et fort le questionnement général :

— Eh bien ! Qu'est-ce que vous faisiez tous les deux, les soldes ou quoi ?

— Ouf, il faut que je me remette au sport, moi ! s'écrie Barbara en guise de réponse.

— Ouh là ! On veut pas forcément tout savoir ! fais-je, histoire de rigoler.

En voyant Barbara me lancer un regard assassin, je m'aperçois que la situation va virer au naufrage car tout le monde a entendu. Alors, avant que coule le Titanic, j'attrape le premier sujet qui me vient à l'esprit comme bouée de sauvetage.

— Eh, Barbara, t'as vu le château ? Tu trouves pas qu'il ressemble à celui de ta tante ?

Elle pose son vélo contre un arbre et souffle. Un souffle qui a une double signification. Extirpant sa gourde de son sac à dos, d'un sourire en coin elle me signifie sa reconnaissance pour avoir si vite corrigé mon allusion déplacée. Après une petite gorgée et un furtif regard vers l'édifice, elle ne tarde pas à répondre :

— Ah non ! Pas du tout, même si cela y ressemble…

J'ai bien compris que son objection est une réponse à mes deux suggestions. J'enchaîne. J'assouvirai ma curiosité ultérieurement, en aparté.

— Luís et moi avons remarqué qu'il y a pas mal de ruines aux alentours…

Après les bouées, les phrases bateau sont bien utiles. Elles permettent de passer facilement sur une autre rive sans trop se mouiller !

Barbara acquiesce et, consciente de mon effort, m'aide à ramer. Elle reprend son sérieux pour parler d'un sujet pourtant tant de fois abordé ensemble.

— C'est clair. Ma tante m'a dit que certains châteaux sont restés dans leur famille d'origine. Mais d'autres ont profité d'une période où les prix de l'immobilier avaient baissé pour se débarrasser de leur patrimoine en état de délabrement croissant en raison des guerres et du temps…

Le thème est passionnant et les garçons mordent facilement à l'hameçon. La pêche est bonne : chacun y va de ses anecdotes et de son opinion. Barbara et moi pouvons, à présent, abandonner le navire. Je me tourne vers elle :

— Pardon pour tout à l'heure, je…

— Ça va, ça va, tu t'es bien rattrapée !

— Ouais, j'ai un don pour ça.

Après mon clin d'œil, elle me prend par le bras et m'éloigne un peu plus des autres.

— Je t'explique ce qu'il s'est passé. Dans le champ, des brindilles se sont prises dans les rayons de ma roue arrière. Pendant que je les enlevais, Yann a voulu m'aider, mais il s'est piqué avec l'épine d'une ronce, et il m'a dit un truc qui m'a touchée : « Tu me fais mal, mais je t'aide quand même. »

— Ah oui, c'est troublant.

— Oui, c'est drôle, on dirait qu'il est jaloux d'Alexandre, comme si je le voyais encore... Enfin bref, je me suis juste excusée, avant de repartir le plus vite possible. C'est pour ça que j'étais sans doute encore rouge en arrivant !

Si je comprends bien, il s'est tout de même passé un truc entre eux ! Nous rejoignons le groupe. Barbara se dirige vers les jumelles, et moi vers Luís qui me tend une bouteille. Je m'assois à côté de lui. Perdu dans ses pensées, il me pose une drôle de question : « Tu rêverais, toi, d'habiter dans un château ? » Je souris et prends, à mon tour, un air nostalgique. Je me rappelle l'état d'esprit dans lequel je me trouvais l'été dernier. J'avais concrétisé mes souhaits. Beaucoup de personnes ont tendance à penser, comme moi, que les rêves peuvent s'accomplir pour peu qu'ils soient réalisables et, surtout, que l'on s'en donne les moyens. Luís continue son discours sur le thème des rêves et argumente en évoquant les sacrifices des sportifs de haut niveau, uniquement pour atteindre leur graal. En voyant plus loin, je lui fais remarquer que la réalisation d'un rêve ne conduit pas nécessairement au bonheur. Cela peut s'avérer parfois piégeux et le rêve peut se transformer en cauchemar. Luís partage mon point de vue et nous raconte une anecdote. Il a entendu parler d'un gagnant au loto qui avait fini dans une grande misère. De mon côté, je cite un exemple plus proche de nous : le grand-père de Barbara. Il s'est offert un château qui, en fin de compte, s'est avéré un véritable gouffre financier. Pas étonnant que son fils l'ait cédé à sa tante Alberta, privilégiant sa vie familiale en France. Et, in fine, c'est Barbara qui en héritera un jour. D'ailleurs, je ne sais pas si ce château lui plaît. Avec sa tante, elles se plaignent régulièrement de son entretien, si contraignant. Moi, je me verrais bien assise sur le banc que j'ai aperçu dans la salle à manger, au bord d'une grande fenêtre. Je me dirais : « En ce lieu, dans des temps lointains, contemplant son grand jardin, rêvait une châtelaine… » Une dame privilégiée de pouvoir profiter de la protection de ces pierres. Tout comme quand j'étais gosse, je fais abstraction des cruautés et malhonnêtetés du peuple de l'époque et ne vois que le raffinement et la douceur de vivre. Parfois, c'est bon d'avoir une âme d'enfant, tellement salutaire de voir le bon côté des choses ! Je me demande si beaucoup de personnes conservent cette faculté…

Alyssa et Ana nous apportent un gros gâteau qu'elles ont préparé pour l'occasion. Elles sont vraiment trop cool ces filles : un bon savoir-vivre et un sourire à toute épreuve. Et puis, j'ai remarqué qu'elles cherchent toujours à nous connaître davantage pour s'intégrer dans le groupe. Si en plus, elles nous prennent par les sentiments avec des gourmandises… Pourtant, par moments, j'ai du mal à comprendre la finalité de leurs questions. Là, justement, Ana me demande :

— Ils s'entendent toujours bien, Pablo et Thomas ?

Il y a un truc que je ne sais pas ? Pourquoi cette question ? Je suis prête à le lui demander mais la pause prend fin et chacun retrouve son vélo. Il est décidé, à l'unanimité cette fois-ci, de revenir sur nos pas pour prendre l'autre direction. À notre grand soulagement, une chaussée goudronnée accueille enfin nos montures crottées qui s'ébrouent dans une chevauchée devenue plus silencieuse. Seuls hennissent les pédaliers et les coups de frein, par intermittence. Tiens, nous apercevons de beaux chevaux au passage ! Puis nous entamons une descente. Et soudain, je ne sais quelle mouche pique Antonio, en tête de cortège. Il se met à émettre des sons, comme pour chauffer sa voix. Des notes plus ou moins hasardeuses s'échappent sur son sillage. Personne n'ose le contrarier mais je me dis que ça ne va pas tarder. Les « lalala » et les « dududu » laissent progressivement place à des mots, une mélodie prend forme. Je reconnais aussitôt l'air car c'est la chanson espagnole du moment. Il chante vraiment bien… Pourtant, plus il déploie généreusement sa voix et plus je suis persuadée qu'il va se faire lyncher. Mais non ! Il n'en est rien et je suis agréablement surprise par le bon comportement de mes camarades. Sacré Antonio, il réussit même à contaminer les autres ! Tout le monde cale plus ou moins sa voix sur la sienne et chante à tue-tête. Je n'avais jamais entendu pareil ensemble vocal ! Ce moment si fort, si viril, me touche. Je me tourne pour jeter un rapide coup d'œil vers Barbara. Pas de doute, à ses yeux ahuris et son large sourire, je comprends qu'elle apprécie autant que moi cette exubérance masculine. Finalement submergées par cette déferlante assourdissante, nous ne pouvons que surfer sur cette vague vocale avec nos amis. Antonio nous fait entrer dans un autre monde. J'ai l'impression d'être dans un dessin animé, happée par les rayons d'un arc-en-ciel. Je suis dans la peau du petit Elliott qui transporte E.T. l'extraterrestre dans le ciel. Plus j'avance et plus il me semble pédaler en arrière, sur les pas de mon enfance. Peut-être que les autres ressentent la même chose. Nous nous égosillons à en perdre la voix, à en perdre la raison, à en perdre les pédales…

Cependant, ne dit-on pas que toutes les bonnes choses ont une fin, sinon ça ne serait pas rigolo ? Et une drôle de fin, c'est encore mieux ! Quand on s'envole sur un arc-en-ciel imaginaire, on oublie que tout en haut, il faudra entamer la courbe descendante et se préparer à atterrir. Et cet atterrissage ne se fait pas toujours dans la douceur – même si le mot « atterrissage » double ses consonnes pour renforcer le freinage (ha ha ha !). C'est Alyssa qui nous en fait la démonstration.

À l'approche des premières maisons du village, par respect envers les habitants nous avons progressivement atténué notre élan musical et sommes, de ce fait, descendus de notre nuage enchanté. En concluant le chant par des « lalala » et des « dududu », la boucle et les bouches étaient bouclées. Subitement, le bruit d'un claquement mécanique suivi d'un cri aigu nous pousse à nous retourner. Loin derrière nous, Alyssa dévale la pente à vive allure. Elle ne contrôle plus rien, les pieds tendus en dehors des pédales, les mains crispées sur le guidon et les yeux sortis des orbites. Une seconde nous suffit pour comprendre qu'il en va de notre sécurité de déguerpir avant son vol plané assuré. Et fatalement, ce qui devait arriver arrive. Sa course folle prend brusquement fin… lorsqu'elle vole dans les plumes de Thomas ! Heureusement, il se frotte juste le coude et elle se relève aussitôt, à peine ébouriffée. Cependant, elle doit encaisser ce qu'il lui lance à la volée :

« Mais quelle gourde ! Tu es débile ou quoi ? Elle me fonce dessus comme une dinde ! Les freins, c'est pas pour les chiens ! Tu m'as pris pour un perchoir à bécasse ou quoi ? » Elle, implorante, se défend en répétant : « J'te jure, j'avais plus de freins ! » Quant à nous, cette petite dispute accompagnée de noms d'oiseaux nous a d'abord rassurés sur l'état de santé des deux victimes avant, il faut l'avouer, de nous faire bien rigoler !

Après cela, à part Thomas nous nous inquiétons pour Alyssa car elle garde les yeux larmoyants. Ana pose sa main sur l'épaule de sa sœur et la réconforte à voix basse. Celle-ci s'obstine à clamer son innocence et implore la clémence de celui qu'elle convoite. Pour toute réponse, Thomas sort le vélo flanqué dans le fossé et commence à contrôler le système de freinage. D'autres garçons lui viennent en aide. Quelques secondes leur suffisent à certifier que les freins fonctionnent parfaitement, mais la chaîne est sortie des dents du pignon.

Soudain, Barbara me tapote le bras tout en hochant la tête pour me montrer le bâtiment d'en face. Je découvre alors que nous nous trouvons devant la maison de la femme qui a insulté sa tante. L'entrée est spacieuse. Yann et Thomas y trouvent un bon emplacement pour un dépannage. Sereinement, Yann renverse le vélo et, chaperonné par ses camarades, s'applique à remettre la chaîne en place. Je vois Barbara se ronger les ongles et tout comme elle, je croise les doigts pour que l'opération ne s'éternise pas. Son regard oscille entre la maison et Yann. Enfin, elle finit par dire : « Bon, c'est super, on va pouvoir repartir maintenant ! »

Pablo attrape le vélo et le remet sur pied (plutôt sur roues) car Yann s'est noirci les mains avec le cambouis de la chaîne. Il s'essuie le front avec sa manche et cherche un peu de végétation pour tenter de se nettoyer. Mais c'est peine perdue, il n'arrive pas à s'en débarrasser. Tout le monde se moque, bien sûr, alors il trouve une solution inattendue : « Regardez ce que je vois devant moi ! » Aussi invraisemblable que cela puisse paraître, un bac rempli d'eau se campe dans la pelouse face à nous. Ce n'est pas la barrière en bois haute comme trois pommes qui va arrêter un grand Majax-Mesmer comme lui ! Diego et Pablo l'encouragent et, ni une ni deux, il saute l'obstacle et entame sa petite toilette. On le voit frotter énergiquement ses mains et arracher de l'herbe pour éponger. Conscient qu'il se donne en spectacle, il se met à chantonner tout en se tamponnant les joues de ses mains engluées d'un mélange de graisse et d'herbes sèches. Seule Barbara le presse : « Dépêche-toi, quand même ! » Les autres prennent un malin plaisir à rire de son échec de nettoyage. Il a même étalé du cambouis sur sa joue. Mais les rires s'étouffent et certains toussotent. Yann ne l'a pas encore remarqué, mais derrière lui, autre chose commence à faire tache. Une silhouette sombre, indéfinie et silencieuse, apparaît à l'arrière-plan. Elle se détache peu à peu du coin de la maison très ombragé et s'approche lentement de nous. J'entends Barbara murmurer : « Oh non ! » La femme au regard froid que nous avons vue hier s'avance distinctement. C'est précisément ce moment que choisit Yann pour nous crier : « Vous avez vu, avec l'herbe, mes mains qui étaient noires sont maintenant vertes ! Ah ah ! Je deviens l'ogre Shrek ! Whouaah ! »

D'abord, il s'inquiète que sa blague capote de la sorte, mais quand il entend une voix rauque et forte qui l'interpelle, il comprend mieux notre réaction.

— Eh ! *Hombre* !

Yann virevolte.

— *Pero bueno qué estás haciendo chaval ?* (Et alors, que faites-vous, jeune homme ?)

Pendant que les garçons essaient de contenir leurs rires, il doit répondre de son illégale intrusion. Avant même d'ouvrir la bouche, il commence par montrer ses mains. Puis bafouille.

— Euh… *Buenos dias, señora.* C'est que je… *Estoy muy…* (Je suis très…)

Afin de dépêtrer Yann de son embarras, Luís s'avance et s'adresse poliment à la dame. Pendant la plaidoirie, nous observons son interlocutrice. Un air renfrogné creuse deux sillons verticaux sur son front et dévitalise ses yeux. Sur ses maigres épaules voutées tombent des cheveux longs et grisonnants. De plus, le style minimaliste de sa tenue reflète une austère sobriété. Néanmoins, elle ne semble pas aussi âgée que son allure pourrait le laisser penser.

Malgré sa tentative, Luís ne parvient pas à détendre l'atmosphère tendue et hostile. Tout au contraire, la mégère relève le menton et nous fusille du regard. Et puis, c'est tout son corps qui entre dans une rage aussi ahurissante qu'incompréhensible. Bras levés, poings fermés, elle nous ordonne de sortir immédiatement de chez elle en nous traitant de voyous. Sur ces bonnes paroles, Yann franchit la barrière encore plus vite que la première fois et nous filons à toutes pédales.

Une fois arrivés sur la grande place, les freins crissent et nous ralentissons. À bout de souffle, nous posons le pied à terre avec soulagement. « Eh, les mecs, on va boire une pression pour faire tomber la pression ? », lance Thomas pour apaiser les esprits. Si certains, comme lui, se mettent à rire de la situation, d'autres sont encore sous le choc. Pour ma part, je commence à regretter cette fuite. J'aurais voulu désamorcer la colère que cette femme m'a transmise. Luís remarque que je ne desserre pas les mâchoires. Il vient me réconforter et réussit, comme toujours, à me décrocher un léger sourire.

Yann s'inquiète lui aussi : « Ben alors, qu'est-ce qu'il t'arrive ? » De fait, je ne partage pas leur exaltation et ce n'est pas dans mes habitudes. Cela m'embête de cacher ce que je sais, mais je respecte le choix de Barbara. Je pince les lèvres, ne sachant quoi répondre, alors je m'approche d'elle pour la consulter. À mon grand soulagement, elle prend la décision de raconter l'épisode malheureux d'Alberta avec cette femme. Au fur et à mesure du récit, le ton du groupe change et laisse place à l'indignation puis à la volonté de riposte. L'état d'esprit et le comportement de cette mégère sont décriés. Antonio suggère carrément de trouver une mauvaise blague à lui infliger. Les jumelles se mettent, elles aussi, à élaborer des plans de vengeance. Barbara et moi écoutons toutes les propositions qui nous amusent plus qu'autre chose. Car il faut bien le dire, aucun de nos amis n'est fondamentalement malveillant. Ils souhaitent juste qu'Alberta cesse de subir ce mauvais traitement.

En ce qui me concerne, j'ai appris l'année dernière, avec mes ex-amies d'enfance, combien la jalousie peut mener à la haine. C'était lors de notre rencontre avec Barbara. Notre passion commune pour la musique nous avait fait nous revoir, puis devenir les amies que nous sommes aujourd'hui. Mais mes anciennes amies en avaient été jalouses, au point de me détester et de m'exclure du groupe que nous formions depuis notre plus jeune enfance. En fait, cet évènement avait déclenché ce qui stagnait depuis longtemps en elles. Comme des eaux polluées et nauséabondes se cachant sous une épaisseur de glace immaculée. J'observe Barbara, je me dis que oui, j'admire son talent et toutes ses autres qualités, mais non, je ne l'envie pas. On connait tous des facilités et des obstacles, dans la vie. À chacun de mettre à profit ses points positifs. De plus, je ne pense pas que l'on obtienne un quelconque bénéfice à déverser autant de haine. Je dirais même que dépenser autant d'énergie est non seulement improductif mais finit par épuiser. Enfin, pour en revenir à cette femme : serait-elle jalouse d'Alberta ?

- 11 -

C'est dans ton cœur que sont les étoiles de ton destin.
Friedrich Schiller

Nous sommes mercredi, et comme nous l'avons annoncé, Barbara et moi lâchons tout le monde pour une parenthèse musicale. Nous étions trop impatientes de nous retrouver au piano. Plus qu'une envie, un besoin. Les écoutes en visio ont leurs limites.

À son accueil particulièrement chaleureux, je comprends qu'Alberta se fait également un grand plaisir de me recevoir. Dès mon arrivée, sa main chaude sur mon épaule m'invite à la suivre, faisant pratiquement abstraction de Barbara. « *Vamos y mira* » (allez viens et regarde), sa voix mêlant douceur et joie me guide vers le grand salon. Sur une petite table, deux copieux plateaux garnis de tapas et boissons n'attendent que nous ; autrement dit, des canapés m'attendent devant le canapé (ah, la langue française !).

Je m'assois et Barbara s'installe près de moi. En face, je remarque aussitôt que les murs ont été repeints et quand je complimente Alberta pour son bon goût, celle-ci exulte. Elle m'avoue l'avoir fait elle-même alors je la félicite d'autant plus.

129

Elle m'explique que tous les hivers, elle effectue quelques travaux de réparation ou d'amélioration. « Mais je prends mon temps, faut faire attention quand on est seule ! »

Très vite cependant, elle change de sujet : c'est moi qui l'intéresse. Ma vie actuelle, mes études, mes projets. Elle veut tout savoir : en un an, j'ai l'impression d'être devenue une célébrité et de répondre à une interview. Je parle aussi de la nouvelle occupation de mes parents. Le seul bémol, c'est que je suis obligée de mastiquer à toute allure les appétissantes saveurs salées. Sans compter qu'elle m'invite sans cesse à me resservir ! Heureusement qu'elle s'exprime lentement, cela me permet de vider ma bouche.

Quand elle voit que Barbara et moi sommes vraiment rassasiées, elle se lève. Nous échangeons un regard complice, prêtes à prendre la tangente, mais aussitôt un nouveau plateau se présente à nous, garni cette fois de jolis gâteaux. Je ne sais pas pour Barbara mais moi, je suis au bout de ma vie. C'est bien simple, si je mange encore, ce n'est pas le piano que je vais aller voir mais la salle de bain ! Mon ventre est plein à craquer. Alberta trouve toujours une ramification à tout sujet et ses histoires sont sans fin. Sommes-nous dans la maison de la sorcière d'Hansel et Gretel ? Prises au piège d'une avide de compagnie ? Le mieux que je puisse faire est de piocher le plus petit dessert que je vois et…

Oh, joie ! Barbara vient à ma rescousse : « Alberta, si cela ne te dérange pas, on reprendra d'autres gâteaux plus tard. » Elle a trouvé la parade, rusée comme une Gretel ! Elle nous mènera à notre trésor : la musique. Je soutiens son idée, ou plutôt sa promesse :

— Oui, nous viendrons nous servir. Dis-je, en espérant conclure. je pense que mes parents auraient aimé acheter un château comme le vôtre, mais financièrement, ce n'était pas possible… Et en fin de compte, la maison qu'ils ont trouvée est bien assez grande et leur suffit.

Oh, quel malheur ! Quelle maladroite je fais ! J'ai sous-estimé le débit du moulin à paroles d'Alberta. Je vois Barbara plaquer la paume de sa main sur son front, désespérée. De fait, je viens de relancer la roue.

La grandeur du château ? « *No me hables de eso* (ne m'en parle pas) ! » Ah ben si, je l'ai fait ! Et c'est reparti. Elle va d'abord me raconter son arrivée ici. En héritant de ce château familial, elle avait cru à la belle vie, mais très vite, elle avait déchanté. Elle m'explique combien il est difficile de vivre entre ces vieux murs. D'abord, les installations, présentes depuis des décennies, tombent en panne l'une après l'autre. Et puis, l'isolation est pratiquement inexistante et la hauteur des plafonds ne facilite pas le réchauffement de l'habitat, glacial en hiver. Après ses chats, son poêle devient alors son meilleur ami.

— *Ven aquí que te enseñe* (viens, je vais te montrer).

Il n'y a pas doute, c'est d'elle qu'elle veut maintenant parler. Elle a trouvé la personne à l'écoute de ses petits et grands soucis et semble s'en délecter. Bienvenue au bureau des pleurs... Barbara tente bien de réfréner ses ardeurs, mais c'est peine perdue. Résignée, elle nous suit en se raclant la gorge, les bras sur sa poitrine. Elle a bien compris que mon empathie réconforte sa tante et l'encourage à poursuivre. Je sens qu'après ça, elle va me tuer.

Tout en me parlant, la maîtresse de maison me prend le bras et nous nous retrouvons devant une immense porte que j'ai toujours vue fermée. La couleur foncée du bois, les sculptures rudimentaires aux finitions épaisses et mates évoquent robustesse et durabilité. Ainsi à ses pieds, sa grandeur s'impose à moi comme si je me trouvais devant un grand chevalier en armure. Ce style masculin me séduit autant qu'il m'intrigue. Alors désolée Barbara, mais j'ai trop hâte de savoir ce que cache ce gardien si charismatique.

Alberta me lâche enfin le bras afin de saisir la grosse poignée en fer forgé. Elle pousse alors de toutes ses forces le lourd battant qui se meut dans un insupportable grincement ou plutôt un rugissement d'un autre monde. « Cette porte aurait besoin d'un bon litre d'huile ! », s'exclame-t-elle.

Étonnant. C'est le mot qui me vient à l'esprit quand je découvre la pièce secrète. En fait, le grand chevalier gardait une toute petite pièce ronde. Autrement dit, le chevalier de la pièce ronde ! Un bureau en chêne, des fauteuils garnis et une très belle méridienne s'y côtoient, presque les uns sur les autres. À ma gauche, je remarque une porte qui semble se camoufler derrière son velours vert foncé. Et en face, entourée de rideaux épais, une minuscule fenêtre laisse tout de même passer un bon rayon de soleil. Cet ensemble d'éléments fait de ce lieu un endroit particulièrement chaleureux.

Étonnée. C'est ce que je suis quand j'avance et me retourne sur la droite. Un tableau représente des chevaliers au combat. J'étais finalement dans le thème en personnifiant la porte ! Je m'exclame en l'observant et Alberta se rend compte de mon intérêt. Ainsi, après un court répit, la voilà partie dans un récit nous racontant l'histoire du château. Je sens que ça va être long cette fois-ci. Elle s'applique à articuler lentement, comme si je ne comprenais pas l'espagnol, et surtout, comme s'il fallait que je savoure sa narration.

C'est à ce moment-là que se confirme toute l'ambiguïté de sa personnalité. Elle reconnaît en effet son bonheur de vivre entre ces murs, en dépit des désagréments. En fin de compte, elle aime sa demeure. Elle lui permet d'exprimer sa créativité, dans plusieurs domaines. Alberta cite notamment la rénovation de certains meubles. Mon émerveillement la galvanise. Une nouvelle fois, je ne peux plus l'arrêter, elle veut tout me montrer. Je me vois obligée de la suivre dans le grand escalier. Des marches que j'avais déjà empruntées l'année dernière quand Barbara m'avait montré sa chambre. Je me souviens combien la hauteur des plafonds et la décoration éclectique m'avaient impressionnée. L'harmonieuse mixité entre objets du passé et ameublement contemporain m'avait surprise. Le tout enveloppé de couleurs ouatées, à l'image de Barbara. C'est d'ailleurs la première porte qu'Alberta ouvre, après la permission de son habitante. Celle-ci ne manque pas de signaler que je la connais déjà. De fait, je retrouve cette chambre intacte. Notre guide continue le cours de sa visite en ouvrant les portes les unes après les autres. Je me crois dans un jeu, ou mieux, dans un rêve où l'on nous offre plusieurs opportunités. Heureusement que Barbara me fait revenir à la réalité en me montrant sur sa montre que l'heure tourne. Les paumes face à elle, je lui signifie que je n'y peux pas grand-chose.

De pièce en pièce se révèlent non seulement l'habitat mais aussi l'habitante. Trois chambres à coucher se succèdent, les lits sont tous identiques, seuls les meubles diffèrent. Chacune possède son style propre. Ce que je préfère, ce sont les imposantes tentures drapées de chaque côté des hautes et étroites fenêtres et au-dessus des lits. Elles réchauffent les chambres avec raffinement. Qu'ils soient anciens, d'un rouge sombre et usés, ou plus modernes, d'un beige clair et neufs, tous ces tissus ont été posés avec beaucoup de soin. Sur le pan latéral d'un des rideaux modernes émerge un rayon de soleil révélant de jolies petites fleurs brodées au point de croix.

À l'entrée d'une quatrième pièce, Alberta se poste devant moi et, appuyant sa main en haut de l'encadrement, m'annonce magistralement que nous allons pénétrer dans la plus belle de toutes les chambres. Une étincelle anime son regard quand elle m'invite à entrer la première. La luminosité y est éblouissante et agréable. Le soleil répand sa couleur dorée en traversant les ouvertures vitrées pourtant plus étroites, mais plus hautes qu'ailleurs.

Cependant, une barrière invisible semble m'empêcher de distinguer le fond de la pièce plongé dans la pénombre. Je pense d'abord que mes yeux sont aveuglés par cette abondance de lumière. Je m'avance, mais sans trop d'amélioration. Je ne comprends pas l'enthousiasme d'Alberta pour ce lieu tellement paradoxal. Je cherche des arguments pour lui faire de vrais compliments, car je ne n'aime pas mentir, mais seul le mot « déroutant » résonne dans ma tête.

Le lit à baldaquin en bois foncé se distingue à peine dans cette froide obscurité. Il est drapé d'une ancienne étoffe rougeâtre défraîchie et de passementerie à franges dorées qui s'effilochent. De part et d'autre, deux fauteuils couverts du même tissu lui tiennent piteusement compagnie. Et au pied de ce lit, devant l'édredon généreusement garni, se dresse un bureau austère avec sa chaise sobre et trop droite. Tout semble abandonné, comme dans un vieux cimetière où les pierres s'enfoncent lourdement dans la terre.

La verve d'Alberta révèle un avis contraire au mien. Elle s'embarque dans un discours dithyrambique sur un soi-disant baron écrivain et prend le large en décrivant son travail. Elle me le présente comme l'auteur d'œuvres littéraires du registre fantastique. Pourtant, quand je lis les titres des livres qu'elle me montre, tout porte à croire qu'il s'agit plutôt de romans inspirés par la haine. Intriguée, je lis le résumé d'un de ces ouvrages et je suis saisie d'une rage intérieure. Un vaste coup d'œil autour de moi et j'ai l'impression que tous les murs sont empreints d'animosité. J'imagine cet homme du XVIIIe siècle, plume à la main et tête penchée sur son bureau. Je me le figure avec un nez crochu et des pustules. L'apparence, l'odeur, le regard acerbe, et surtout l'exiguïté de l'esprit de cette vision fantasmagorique me répugnent.

Sortir de ce lieu inhospitalier devient une urgence. Je tourne les talons mais Alberta ne remarque pas mon malaise, paraissant faire abstraction de la personnalité de son illustre prédécesseur. Elle traîne derrière moi en s'obstinant à me montrer des objets qui lui ont appartenu. Puis finalement, elle écourte ses descriptions et change de sujet. Elle prétend me réserver une autre surprise. Visiblement nous n'avons pas la même notion des surprises ! J'appréhende. Si c'est encore une pièce-musée du baron de Machin-chouette, ça ne va pas le faire, je sature ! C'est sûr, je prendrai la poudre d'escampette à pleines poignées !

Dans le couloir, devant une horloge murale, je me rends compte que trente minutes se sont déjà écoulées depuis la grande comtoise de l'entrée. Barbara a fini par nous fausser compagnie alors que sa tante s'est faufilée pour me précéder. Arrivées au bout du corridor, nous prenons un autre escalier, moins imposant que le premier. Pendant que nous montons, je la regarde se déhancher. Son entrain fait plaisir à voir. Elle avance dans la pénombre avec confiance et va ouvrir les volets d'une fenêtre. Et dire qu'il n'y a pas si longtemps, mes ex-amies et moi l'appelions « la vieille Alberta », la considérant comme une femme triste et sauvage !

Les salles de l'étage n'ont pas trop d'intérêt. Deux d'entre elles sont convenables et font office de débarras. Les autres ne sont pas meublées, pour cause, les murs sont en pierre brute. Les pièces de façade ne reçoivent la lumière qu'à travers un ensemble de vieux morceaux de verre. À l'inverse, celles qui donnent sur l'arrière du château disposent de larges et hautes fenêtres à arcades. Mais aussi étrange que cela puisse paraître, l'intégralité de cet étage semble figée dans une autre époque, sans aucune modification depuis sa construction. J'ai la subtile sensation qu'une personne vêtue de sombres et lourdes étoffes de velours va faire son apparition. Une image saisissante et mystérieuse. Je comprends qu'Alberta n'ose rien toucher ici.

Arrivées à la dernière pièce, ma guide s'exclame « *Venga !* » (Viens !) et disparaît dans un coin. C'est quoi ce délire ? Après avoir cru percevoir l'apparition d'une revenante, je vois s'éclipser une vivante ! Me sentant un peu seule, je souris nerveusement de cette situation qui pourrait en faire paniquer plus d'une. Personnellement, c'est plus le côté énigmatique qui me bloque que la peur. Je m'approche et se dévoile, sur ma gauche, une cavité latérale cachée. Elle donne sur un escalier de pierre en colimaçon. En haut, j'entends d'abord résonner les pas d'Alberta puis elle se met à me crier « *Ven aquí, no tengas miedo !* » (Viens là, n'aie pas peur !)

Je réalise alors que je suis dans la tourelle visible de l'extérieur. C'est fou, j'étais convaincue qu'elle n'avait qu'un rôle décoratif ! L'ascension ne dure pas, on tourne une fois et hop, le dernier grand pas nous hisse au point le plus haut du château. Je m'en aperçois une fois arrivée, éblouie. Mes cheveux volent violemment sur ma gauche, fouettés par un petit vent soudain mais bienvenu. Je me rapproche du bord du mur crénelé pour mieux me rendre compte de la hauteur. Barbara nous a rejointes sans que je l'aie vue ; elle me tape sur l'épaule et me fait sursauter. Avec emphase, elle clame : « Alors ? Il n'est pas au top notre rooftop ? » Ah ça, elle ne pouvait pas dire mieux !

Quasiment toute la vallée est à nos pieds, jusqu'aux massifs montagneux. La nature se met en scène : une représentation visuelle qui nous émerveille. Sur notre droite, les maisons du village se serrent pour laisser place au déploiement des champs d'oliviers. À gauche, des petits sentiers sinueux vagabondent au gré des vallons, tandis que le grand chemin de randonnée de la route romaine impose sa ligne historique. Plus loin, les courageuses zones verdoyantes escaladent les montagnes jusqu'à ce que les falaises hostiles leur coupent l'herbe sous les pieds. Et plus loin encore, se dessine un filet d'eau qui lui s'enfuit à toute hâte, à la rencontre de plus de vies. Car en bas, des milliers d'êtres grouillent. Mais les grands privilégiés, ceux du premier rang, ceux qui voient tout, ceux qui savent tout, sont ceux qui planent fièrement au-dessus de toute cette féerie.

Après l'étrange impression de l'antichambre de la peur, cette beauté rend l'atmosphère plus légère. Je prends quelques photos de ce paysage pour les montrer à Luís. Barbara me confie ne pas se sentir à l'aise avec le vide. Elle me laisse à ma contemplation et descend. Je profite encore un peu de cette vue. Je pose mes mains sur le muret chauffé par les rayons du soleil, bombe le torse et prends une grande inspiration de cet air pur. Pile en face de moi, un rapace flotte dans le ciel. Et comme s'il avait vu que je l'observais, se dirige vers moi puis se ravise. Il semble affirmer sa domination. Il me déstabilise en me démontrant l'équilibre incertain entre le bien-être et le danger. Je profite de son éloignement pour retourner vers l'escalier. Cependant, avant que je l'emprunte, deux chaises longues rangées le long du mur arrondi attirent mon attention. Pendant quelques secondes, je nous vois, Luís et moi, allongés côte à côte, admirer les étoiles.

Galvanisée après ce bol d'air, je dévale les escaliers et m'assois juste à côté de Barbara qui déjà se chauffe les doigts au piano. « J'ai cru que tu ne viendrais jamais ! », me dit-elle à voix basse pour ne pas être entendue de sa tante. Je la pousse gentiment sur le banc et pianote au hasard, histoire de la perturber. Nous rions et commençons par jouer n'importe quoi. Une transition nécessaire pour nous plonger plus sérieusement dans le bain. Nous sommes toutes deux impatientes de dévoiler nos nouveautés musicales. Pour ma part, j'ai surtout hâte de lui montrer mes progrès. De mélodie en mélodie, nous retrouvons notre plaisir de jouer ensemble. Comme l'an dernier, nous discutons de nos réussites et de nos difficultés, de notre volonté de progresser, mais sans oublier de nous amuser. Nous retrouvons notre complicité, tout simplement.

À l'heure de partir, je joue les premières notes de *Imagine* de John Lennon, ce tube dont Barbara avait fait, l'année dernière, notre *chanson du souvenir*. Elle m'accompagne et nous en interprétons une version longue, comme pour répondre à une voix intérieure qui implore « encore, encore ! ».

*I*ci, les jours se suivent mais ne se ressemblent absolument pas. Ce jeudi, Luís et moi le passons avec les parents, les Rivière, les Rolando, Rosita et José. Afin de fêter l'anniversaire de Francisco, nous faisons une virée à la capitale. Mon petit doigt me dit qu'on ne va pas s'ennuyer.

Le matin, il est prévu la visite du musée d'art du Prado. Luís l'a déjà faite. Yann et moi nous accordons à dire qu'il faut s'intéresser à toute forme d'art, pour avoir des références et ne pas être ignorants. Évidemment, ce n'est pas du tout de l'avis de mon frère et de Lucas qui n'ont pas cessé de rouspéter : « On fait une sortie scolaire ou quoi ? Ça se passe comment : en rang par deux ? Y'aurait pas un bar où on peut vous attendre ? Il paraît qu'il y a un centre commercial où on peut faire du ski, ça vous tenterait pas, à la place ? » Tout le long du trajet, Charlotte a pourtant tenté de les motiver en précisant qu'ils avaient de la chance de pouvoir découvrir l'un des plus importants musées d'Espagne, et même du monde, possédant une grande collection de tableaux, et que ccla leur servirait non seulement à l'école, mais aussi pour leur culture générale. Ma mère a également fourni des arguments, mais rien à faire : ils s'entêtent à répéter qu'ils ne regarderont rien.

L'éducation des enfants est souvent le fait de convictions qui influencent leurs comportements. En d'autres termes, nous avons tous notre flamme, celle qui nous attire plus que toute autre et c'est elle que nous allons suivre du regard. Et Yann réussit l'exploit de trouver celle qui va animer nos jeunes insensibles. Loin des oreilles des parents, il leur fait remarquer que les musées ne sont pas uniquement fréquentés par des personnes âgées et qu'on peut aussi y faire de belles rencontres. La métamorphose a lieu alors que Luís et moi sommes près d'eux. Nous pouvons voir leurs visages s'illuminer d'une jubilation aussi soudaine qu'imprévue. Donnant un coup de coude à son comparse, Lucas s'exclame : « Eh oui, Hugo ! La culture générale, c'est important ! » Les mères, bien que très étonnées, ne cherchent pas à comprendre. Après cela, plus aucune plainte ne se fera entendre. Pff, les ados et leurs hormones !

Ainsi, tous motivés, nous nous présentons au guichet. La smala réunit treize personnes. « Quoi ? 13 ? Ah ben, ce n'est pas folichon, chon, chon ! Ça promet ! » Nous entendons Rosita se lamenter comme si elle apprenait une mauvaise nouvelle. Ma tante est superstitieuse, mais surtout elle voit le mal partout. C'est une pessimiste qui déclenche le signal d'alarme à tout bout de champ, et il faut sans cesse la remettre sur les rails.

Tout va bien se passer, Rosita ! Dès l'entrée, Hugo va juste marcher sur son lacet et s'entraver dans la lanière de son sac. Le genou finira en sang, mais là encore, tout sera question de conviction. L'équipe de sécurité arrivera tout de suite, il pourra donc recevoir rapidement des soins avec le beau pansement qui va bien ! Et il se consolera étonnamment vite.

Dans le musée, à chaque fois qu'ils le peuvent, on voit les garçons s'arrêter et s'asseoir sur un banc ou par terre. Luís et moi, persuadés que mon frère souffre en silence, passons notre temps à l'attendre. Mais nous ne tardons pas à découvrir son petit manège. S'agissant probablement d'une manigance typiquement masculine, c'est Luís qui a compris le premier. Je m'aperçois à mon tour combien la pathétique grimace de la douleur est surfaite. La blessure lui sert en réalité d'outil puissant pour susciter la compassion des filles qui passent devant lui. Une grossière technique de drague : attirer l'attention pour engager la conversation. Ils m'auront tout fait ces deux-là ! Amusés, Luís et moi observons la scène. Cachés assez loin des deux complices, nous sommes curieux de voir si la pêche va être bonne. Car ils sont comme des pêcheurs sur leur banc au bord d'un lac. Seulement, les seuls regards qu'ils réussissent à accrocher dénotent plus d'indifférence que de pitié. Pourtant, ils ont bien choisi leur endroit, assez fréquenté, en face du tableau des trois grâces de Rubens. Je confie à Luís que je ne la trouve pas si mal, cette idée des parents de nous avoir confié la surveillance de ces petits gars foisonnant d'imagination. Notre parcours est lent et laborieux, mais le spectacle est tellement divertissant !

Au bout d'une vingtaine de minutes, ils finissent par quitter leur siège. Ils doivent certainement se rendre à l'évidence : ils sont bredouilles ! Nous allons enfin pouvoir passer à une autre salle. Ils s'agitent, se concertent, mais n'avancent pas. Ont-ils un autre plan ? Les yeux levés vers les œuvres, ils semblent s'y intéresser. Je me demande ce qui leur prend. Se résignent-ils ? Hugo déambule, les mains dans le dos, et s'approche des tableaux comme s'il voyait mal. Non loin de lui, Lucas tapote un doigt sur ses lèvres en plissant les yeux, mimant la réflexion. Je crois voir des agents du FBI en pleine investigation. Ils semblent à l'affût, guettant les gens qui arrivent derrière eux. Luís me dit : « On dirait deux petits vieux ! » Il met sa main devant sa bouche pour se retenir de rire devant le sketch. Et soudain, il me donne un coup de coude. Deux filles se sont avancées vers eux. Lever de rideau sur une pièce de théâtre qui débute. Coup de chance, personne autour pour faire diversion. Lucas, les yeux rivés sur une œuvre d'art, toussote et semble examiner avec minutie ses différents éléments. J'avoue que son jeu est tellement convaincant que je pourrais m'y méprendre. Quant à Hugo, il s'éloigne, faisant mine de préférer une vue d'ensemble. Puis il se rapproche en bousculant l'une des filles. Tel un gentleman, il présente ses plus plates excuses sans manquer de poser sa main sur l'épaule de la demoiselle. Lucas se retourne et feint de réprimander son accompagnateur. Luís me chuchote : « C'est tellement basique, leur truc ! » « C'est vrai, mais j'admire leurs talents de comédiens. Ils devraient s'inscrire à la section théâtre du lycée l'année prochaine ! »

Au moment où nous nous apprêtons à assister au « final », un groupe de touristes débarque, faisant disparaître dans la masse nos apprentis comédiens. Nous sommes contraints de nous avancer pour les voir et de nous cacher derrière ces personnes bruyantes à souhait. Malheureusement, les garçons s'éloignent de nous puis, à notre grande surprise, nous commençons à suivre deux couples côte-à-côte, portables en main. Contrairement à ce que nous pensions, les filles ne se sont pas enfuies, et elles ne semblent pas désabusées par ces « relous ». Ils échangent à présent leurs numéros de téléphone. J'ai peine à y croire : l'objectif est bel et bien atteint. Luís me dit tout bas : « Ils sont malins ! » Je me tourne vers lui avec un air qui demande : « Tu es sérieux ? » Malins, ce n'est pas le mot que j'aurais utilisé pour les qualifier. Chanceux serait pour moi plus approprié.

Ce qui est bien dans cette histoire, c'est qu'ils avancent enfin plus vite. Ce qui est moins bien, c'est que le spectacle est plus ennuyeux. Nous nous recentrons alors sur les peintures qui se présentent devant nous, donnant nos avis sur certaines. Soudain, mon téléphone sonne. Catastrophée, ma mère m'explique qu'ils ont perdu Manuela et Francisco depuis un petit moment et qu'ils sont injoignables. Connaissant les Rolando, je ne prends pas sa panique au sérieux et lui réponds, un peu agacée :

— Je ne les ai pas vus, tout ce que je vois, c'est mon frère et son copain qui abordent n'importe qui et ils nous ralentissent !

— Oui, bon… Garde bien un œil sur eux, il ne manquerait plus qu'on les perde eux aussi !

Au loin, nous distinguons notre groupe à l'arrêt.

— Ah ! Ils sont tous là ! dis-je à Luís. Les mioches vont être obligés de faire leurs adieux à leurs chéries !

Celui-ci me regarde bizarrement :

— T'es pas sympa, quand même, de dire qu'ils sont moches !

Sa réflexion me fait rire et lui encore plus quand je lui explique le malentendu. Rosita nous voit arriver et tout en agitant les bras, elle nous crie :

— Vous voyez ? Je savais bien qu'il nous arriverait une tuile !

Une tuile ? Ce mot commence à m'inquiéter. Fait-elle allusion à Manuela et Francisco ? Que leur est-il arrivé ? Devant mon air inquiet, Christophe me rassure :

— Mais non ! C'est pas grave !

En effet, cela ne doit pas l'être. Devant nous, mon père et les autres s'efforcent de retenir des éclats de rire par respect pour les visiteurs présents autour d'eux. Et surtout, Manuela et Francisco sont non seulement ici, mais ils arborent un franc sourire. Christophe reprend son souffle et nous raconte ce qui est arrivé.

Tout d'abord, ma mère les a retrouvés en ayant l'idée d'aller faire un tour aux toilettes. On peut dire qu'elle a eu du flair… Enfin, je parle de l'instinct ! Après s'être faufilée à travers un attroupement, elle a trouvé Francisco. Contrairement aux badauds affolés, ce dernier affichait un air lassé. Il était planté, les bras croisés, échangeant quelques mots avec un agent de la sécurité. Tous deux regardaient vers les toilettes pour dames. Un autre agent tambourinait violemment contre une porte avec un outil. Seule la voix criarde de Manuela faisait écho à ces grands coups. Avertis par ma mère, les autres étaient arrivés sur les lieux et avaient également assisté à la scène.

Christophe ne peut s'empêcher d'imiter la détresse de la pauvre victime qui, apparemment, répétait en boucle : « Oh vraiment, jé souis désolée Missieu dé vous déranger, j'ai fermé trop fort, jé crois ! Oh vraiment, jé souis désolée Missieu dé vous déranger ! » Par pudeur, ma mère le prie de cesser ses moqueries, mais les Rolando ne semblent pas vexés car ils rient eux aussi de leur aventure.

« Où sont les garçons ? », demande soudain Charlotte. On les aperçoit alors, assis dans un coin, à rire eux aussi. J'avais tort de penser qu'en retrouvant les parents, ils quitteraient leurs conquêtes. Ils jouent les prolongations. Mais l'échange culturel prend fin quand le groupe passe la porte de la sortie. Les garçons traînent derrière nous et on les entend lancer : « On se tient au courant ! » « Ouais, comme on a dit ! », répondent les filles.

Dehors, la chaleur est accablante. Pourtant, Manuela annonce avoir besoin d'un bon café pour se remettre de ses émotions. Luís et moi n'avons rien contre le fait de nous asseoir (enfin !) pour siroter un petit jus de raisin bien frais. Par chance, nous ne marchons pas trop longtemps avant de trouver une large terrasse ombragée. Nous faisons le bilan de notre visite, nos préférences et nos ressentis. Pour ma part, je ne sais pas pour quelle raison, mais je retiens la peinture des « Ménines » de Vélasquez. Immanquablement, nos mésaventures reviennent animer nos conversations. Charlotte, particulièrement en forme, lève machinalement sa tasse de café et nous lance : « À la vôtre ! » Son étourderie nous amuse. Et puis, comme si elle n'en avait pas fini, dans son élan elle ajoute, tout en faisant fondre son sucre : « Bon, après tout ça, ce serait fort de café qu'il nous arrive encore autre chose ! »

Et pourtant. Si, si, c'est possible.

Il est quatorze heures quinze. Les rues sont bondées. Des touristes passent de magasin en magasin. Des Madrilènes se retrouvent pour le déjeuner. Les premiers flânent et s'exclament d'admiration, les seconds s'activent et parlent fort. Parmi cette agitation, nous essayons de trouver un restaurant. Ce n'est pas chose facile car nous n'avons pas tous les mêmes envies. Mon père nous traite d'enfants gâtés. En un sens, il n'a pas tort. L'une d'entre nous veut manger du poisson. Un autre rêve d'une grande salade. Un autre n'est pas contre un simple steak-frites. Un autre encore se prendrait bien une petite pizza, et le suivant a « grave envie d'un gros hamburger » ou pourquoi pas, d'une assiette de pâtes à la bolognaise. Et je passe sur ceux qui veulent avec ou sans oignons, olives, crème, sauce, etc. Stop ! Dans ces cas-là, tu as juste envie de flanquer non pas une bonne claque à tout le monde – quoique ! – mais une bonne paëlla au milieu de la table, et basta ! Mais étrangement, on n'en trouve pas. En ce qui me concerne, j'ai juste faim. Heureusement que nous sommes en Espagne, nous ne craignons pas la fin de service, la fameuse « heure espagnole » est bien commode !

Finalement, nous faisons confiance à mon chéri qui connaît bien la ville. Il nous mène vers un établissement du genre couteau suisse. Effectivement, à la vue des plats affichés à l'extérieur, ce restaurant propose des mets très variés qui pourraient plaire à chacun d'entre nous. Déjà en entrant, nous savons que nous avons fait le bon choix. La salle à manger est spacieuse, avec un style très chic typiquement hispanique. Les meubles, les suspensions et les éléments du décor nous donnent l'impression de nous trouver chez un habitant du pays. Une fois installés, la musique latine et un serveur nous accueillent chaleureusement. Et ce n'est rien, à côté de la carte des plats. C'est bien simple, nous changeons tous d'avis par rapport à nos précédentes envies. Nous sommes charmés. Ah, l'ambiance ! C'est elle qui fait les trois quarts du job. C'est le cas dans plusieurs domaines. Tout comme pour notre petit village, quoi qu'on y fasse, rien ne compte plus que l'ambiance. Cette chose indescriptible que chacun ressent de façon différente, en fonction de son imagination. Telle la magie d'une simple mélodie.

Ainsi alléchés, nous commandons tous des spécialités. « Allez, on va essayer ça ! », disent certains. « Ce plat est très espagnol ! », s'enchantent ma mère, Manuela et Rosita avec la nostalgie de leur enfance. Les garçons et moi ne sommes pas très attirés par l'apparence de ces mets que nous goûtons du bout des lèvres. Ma mère les nomme *cochinillo*, *morros de ternera guisado*, *orejas* à la plancha et *callos*, mais c'est surtout quand elle nous explique leur composition que nous reconnaissons que ces spécialités culinaires sont vraiment très « spéciales ». Il faut dire que nous n'avons pas l'habitude de manger ces parties du porc : tête, museau, oreilles, tripes… *Dios mío !* Je veux du jambon !

À la fin du repas, repus, nous parlons tous en espagnol ! Non, je plaisante. Mais nous nous apprêtons bel et bien à chanter dans cette langue. Car c'est le moment où Francisco, surpris, voit arriver quatre serveuses avec un dessert qu'elles posent devant lui. Sept petites bougies torsadées surplombent un beau gâteau crémeux. Avec les clients de la salle qui se sont retournés, nous tapons dans nos mains et chantons en chœur : « *Cumpleaños feliz ! Cumpleaños feliz !* » (Joyeux anniversaire !) Empourpré d'émotion, Francisco a du mal à éteindre les mèches allumées.

On peut dire que ce repas a été pimenté par certaines sauces mais aussi par des récits, des blagues, quelques taches et un peu de casse aussi... Tout d'abord, c'est Manuela qui a commencé à faire des bêtises. Elle a souhaité se rendre aux toilettes. Peu confiante, elle a demandé à se faire accompagner : « On ne sait jamais ! La loi des séries ! » Charlotte l'a suivie et en revenant, sourire aux lèvres, elle a levé ses pouces en l'air pour annoncer la bonne nouvelle : la porte fonctionnait bien ! Malheureusement, en rejoignant sa place, elle a bousculé la chaise de Lucas, l'arrosant d'un éclatant filet rouge de sauce au chorizo. Yann, en riant, lui a lancé : « Ah ben ça y est, tu es dans la sauce maintenant ! » Peu après, lorsque nous nous sommes levés de table, le portable de José est tombé de sa poche et l'écran s'est fendu en allant se fracasser contre le pied d'un meuble.

Notre groupe sort satisfait dans la rue. C'est drôle, les hommes sont contents d'avoir bien mangé, alors que les femmes se plaignent d'avoir trop mangé ! Faisant partie des deux équipes à la fois, j'acclame vivement la proposition de ma mère qui suggère une promenade digestive au parc du Retiro. En chemin, Charlotte nous rappelle notre tour en barque à rames, sur le lac, l'année dernière. Ce fut une bonne partie de rigolade que mon père et Christophe nous racontent à nouveau et nous sommes une fois de plus gagnés par un fou rire collectif.

Nous passons le portail du parc et, toujours en train de nous bidonner, nous ne remarquons pas un groupe de filles arrivant en face de nous. L'une d'elles accoste Luís et Yann. Forcément ! Ils étaient devant nous : quelle aubaine, n'est-ce pas ? Notre marche se trouve interrompue et nos rires avec. Je pense d'abord à une technique de drague classique : elles prétextent chercher leur route. Mais lorsque je m'approche d'elles, je m'aperçois qu'elles portent toutes des déguisements. Dans un français sans accent, l'une d'elles explique qu'elle fête son enterrement de vie de jeune fille. Elle porte un costume de lapin. Le défi que ses comparses lui ont lancé est de trouver une personne dont l'anniversaire se situerait dans le mois courant. Oreilles tombantes, cette demoiselle lapin affiche une mine déconfite. Le visage transpirant, elle se lamente d'avoir interrogé le tout Madrid, en vain. « C'est sûr, je vais droit au gage ! » Moi je souris, j'ai compris « droit en cage ! » Curieux, Yann veut en savoir plus. Le gage n'est en effet pas drôle : elle devra sortir en boîte de nuit avec les autres… vêtue de l'encombrante et clinquante peluche rose et blanche. Ses amies la charrient par avance. L'une d'elles se lance même dans des imitations en perspective de la soirée : lapin qui ronge, lapin qui boit, lapin qui danse, etc.

C'est alors que, sortant de nulle part – enfin si, de derrière nous –, l'homme de lumière entre dans l'arène. Il ne s'agit pas des toreros Francisco Romero ou Francisco Montes, mais bien du grand Francisco Rolando avec son t-shirt rouge ! Il avance vers nous en levant le bras, comme pour brandir une muleta. Il s'approche lentement, dans un paseo, faisant tourner les têtes des aficionadas moqueuses, et d'une voix hésitante déclare :

— Euh… Alors, vous n'allez peut-être pas me croire…

La situation est tellement improbable que notre groupe sombre dans un incroyable fou rire. L'incompréhension est totale pour les filles qui nous observent comme d'étranges créatures. L'une d'elles doit penser : est-ce que ce matador fou peut me sauver la vie ? En tout cas, la première pique est ressentie comme une éventuelle bonne nouvelle. (Olé !)

— Eh bien, il se trouve que c'est mon anniversaire aujourd'hui.

En face de lui s'ouvrent alors des yeux bien ronds et des bouches sans mots. Banderilles dans le dos (Olé !), cette fois c'est bien l'estocade. Miss Lapin pousse un couinement de joie :

— Ah ouiii ? C'est pas possiiible ?

— Ben si, c'est aujourd'hui ! affirme le septuagénaire.

— Yes, yes, yes ! (qu'on peut traduire par Olé Olé Olé !) crie la future mariée. Vous me sauvez la vie ! Vous me sauvez ma soirée ! Merciii !

Comme à la fin d'un spectacle, les filles s'unissent dans une exclamation aussi soudaine que bruyante. Elles me font penser à cette liesse, il n'y a pas si longtemps, lors des résultats du bac. Francisco leur montre sa pièce d'identité, fier de lui. Elles reprennent de plus belle leur danse de célébration, toutes autour de lui. Il devient le soleil d'une tribu amérindienne, le pape François entouré de ses fidèles, le San Francisco ! L'heure est ensuite à l'immortalisation, avec photos et selfies. Privilège des gens célèbres ! Sa bouille amusée se fige et il se laisse encadrer par l'agitation de ses pseudo-admiratrices qui forment des cœurs avec leurs doigts. En nous quittant, la future mariée enlève sa capuche de lapin comme elle lèverait son voile et dépose une bise sur la joue de Francisco. Un grand moment pour lui, qui se sent comme comblé d'un présent : un cadeau d'anniversaire.

Nous poursuivons notre promenade sans événement notable. De cette manière, je ne peux m'empêcher de conseiller à Rosita de changer d'école : la fatalité n'existe pas. Mais non, pour elle, c'est la chance qui s'en est mêlée : « À mon avis, y'a quelqu'un qui a dû marcher dans le caca du pied gauche ! »

Je repense à ce groupe de filles du parc. Ma soirée sera sûrement moins rigolote que la leur. Comme dirait mon père, je n'en mène pas large ! En fait, comme toute fille qui va dîner chez ses futurs beaux-parents, j'appréhende un peu. Un moment à passer, quoi ! Je me douche et je choisis des vêtements classiques. J'aurais donné n'importe quoi pour choisir une tenue afin d'aller danser, moi aussi ! C'est la première fois que je vais me retrouver en tête à tête avec eux. Non que cela me déplaise, mais je ne veux pas faire mauvaise impression, paraître maladroite dans mes gestes ou mes paroles. Bref, je crains de ne pas leur plaire et qu'ils en parlent à Luís. Ce dernier m'a pourtant maintes fois rassurée sur le fait que leur opinion sur moi ne comptera jamais pour lui !
Après être passée chez Francisco l'épicier pour acheter des fleurs, je me tiens devant la porte. Bouquet pastel devant

ma robe grise sans faux plis, j'ai l'impression d'être une nonne en sortie autorisée.

Luís ouvre la porte et me toise avant de plaisanter :

— Oui, bonjour Madame ! À qui ai-je l'honneur ?

Je fais la moue et il continue :

— Très jolie la robe, mais… comment dire…c'est pas toi !

— Ben, il y avait une ceinture rouge qui allait avec, mais j'ai préféré ne pas la mettre. Je n'aime pas trop me faire remarquer.

— Quoi ? Que veux-tu dire ? J'ai fait une gaffe quand je suis venu chez toi habillé normalement ?

Comment lui expliquer que nous, les filles, nous ne voyons pas les choses de la même manière que les garçons ? Je ne sais pas si on se complique la vie, mais j'ai l'impression que certaines notions sont genrées et que la simplicité ne fait pas partie de notre nature. De ce fait, on ne peut nier la pertinence de son observation. Il est vrai que je n'aurais peut-être pas apprécié s'il s'était présenté avec un style différent du sien, par exemple avec des cheveux lissés et une cravate au cou ! Il marque un point. Et moi, maintenant, je me sens ridicule avec ma robe de vieille !

Heureusement, Anita et Juan Pedro me mettent tout de suite à l'aise. C'est marrant, leur accent est identique à celui de Luís et cela donne un air de famille qui me touche. Sa mère est aux petits soins : « J'ai fait un *picadillo*, tu aimes ça ? » En plein dans le mille : ce plat à base de chorizo haché avec des légumes est l'un de mes préférés. Et tandis qu'elle le pose sur la table, elle ajoute : « J'ai aussi tenté la purée orange que le cuisinier fait à *El Ocho*, les *patatas peluchonas*, j'espère que je les ai réussies ! » Alors là, on peut dire que la flèche a atteint le cœur du mille ! Elle ne pouvait pas faire mieux, j'en raffole. On discute de cette recette qui est appelée *patatas revolconas* ailleurs en Espagne. Comme moi, Anita est très gourmande et ce n'est pas « chiffons » que nous parlons ensemble mais plutôt « bouffe ».

Juan Pedro toussote et avance doucement vers nous, cherchant une occasion de s'immiscer dans notre conversation. Il réussit à intervenir en disant « et aussi… Luís m'a dit que tu as une véritable passion pour la musique, n'est-ce pas ? » Vu sa culture musicale évidente, il montre un réel intérêt pour mon projet professionnel. Il complimente mes choix et m'encourage. « Mais c'est tout à ton honneur ! C'est bien d'être déterminée à ton âge. C'est une voie qui demande beaucoup d'heures de travail mais tu seras récompensée plus tard ! »

Nous dînons dans la fraîcheur de leur jardin, au son des petits oiseaux du soir. J'apprécie vraiment ce cadre et il me plaît de penser qu'un jour mes parents pourront eux aussi sortir la table d'extérieur. Nous discutons calmement jusqu'à ce que trois filles très bruyantes fassent leur apparition. Anita me présente ses nièces. Elles sont au village pour quelques jours. Les deux plus jeunes, une dizaine d'années, commencent par jouer aux trouble-fêtes, ou plutôt font la fête en tournant autour de la table. Tamara, l'aînée, essaie d'attraper ses sœurs pour les faire taire. Elle a l'air d'avoir notre âge. Je me souviens l'avoir croisée dans une rue, tapotant sur son portable. Elle est plus réservée que les petites qui se révèlent absolument imbuvables. Outre le fait qu'elles ne tiennent pas en place, elles se mêlent à nos conversations en ramenant tout à elles : « Ah oui, moi aussi, j'ai eu ce problème ! Il m'est arrivé la même chose cette année… », etc. Leur indiscipline est déconcertante. Ni la tante ni l'oncle n'ont d'ascendant sur ces pestes. Le seul bon côté de la chose est qu'elles me permettent de ne pas être l'unique centre d'intérêt ! Pendant que les adultes les écoutent et répondent à leurs questions inopportunes ou insensées, je peux réfléchir à mes répliques. En effet, même s'il est légitime que Juan Pedro désire en savoir plus sur l'élue de son fils, il finit par m'accaparer un peu trop.

Je suis à l'affût de la moindre transition. Alors, quand la famille devient le nouveau sujet de conversation, j'en profite pour lui tendre la perche afin qu'il me parle du fameux Pedro. Luís m'a intriguée avec cette histoire. J'aimerais bien savoir où se trouve le château dont il héritera peut-être un jour.

J'attaque donc direct, sûre de mon coup : « Toutes mes condoléances, je suis désolée pour votre père. » Mais peine perdue, Juan Pedro lâche la perche. Après m'avoir remerciée, il se lève pour aider Anita à débarrasser la table. Il se plaint du lave-vaisselle, qu'il promet de réparer. Bien évidemment, je n'insiste pas. Ce n'était probablement pas le bon moment, avec ces filles turbulentes, ou alors il ne souhaitait tout simplement pas en parler. Et puis je me souviens que, quelquefois, il suffit d'être réactif face à une porte qui s'entrouvre subtilement. Glisser le pied au bon moment pour pouvoir l'ouvrir complètement. En effet, à la fin du repas, alors que Luís signale qu'il va sortir, son père l'interpelle :

— Ne rentre pas trop tard, tu m'as promis de m'aider à débarrasser la remise de Pedro demain matin !

C'est à cet instant qu'une idée géniale me vient à l'esprit.

— Est-ce que je pourrais venir vous donner un coup de main ?

— Bien sûr ! On ne refuse jamais des bras ! me répond son père enchanté.

Étant sur son lieu d'habitation, nous pourrons sans doute plus facilement discuter de Pedro.

Sur l'écran de *El Ocho* défilent les clips des chansons du moment. Luís et moi entonnons *Echame la culpa* en même temps que Luis Fonsi. Mes yeux traînent au hasard et se posent sur Yann, pas directement en face, mais tout près de moi. Sa façon de se trémousser sur sa banquette au son de la musique me fait sourire. Puis il ralentit son rythme, à mesure que son regard semble s'attarder sur ma voisine de droite, Barbara. Je n'ose pas tourner la tête vers elle, mais je comprends qu'elle le regarde aussi. Il devient sérieux, la connexion est flagrante. Et puis, les paroles de la chanson semblent venir à point pour lui, car il fredonne comme un aveu :

No eres tu, no eres tu, no eres tu, soy yo
(Ce n'est pas toi, ce n'est pas toi, ce n'est pas toi, c'est moi)
No te quiero hacer sufrir
(Je ne veux pas te faire souffrir)
Es mejor olvidar y dejarlo asi

(Il vaut mieux oublier et laisser comme ça)
Echame la culpa
(Rejette-moi la faute)

Yann me fait un drôle d'effet. Il a vraiment l'air sincèrement désespéré, posant sa main sur la poitrine à chaque fois qu'il répète *Echame la culpa*. On dirait un type qui veut laisser entendre que c'est sa faute s'ils ne sont pas ensemble. Je sais qu'on fait souvent des imitations de ce genre, en suivant une chanson pour s'amuser, mais là… Je sens qu'il se passe quelque chose de spécial. Plus tard, en y réfléchissant, je me demande si mon analyse est exacte… À quelle faute ferait-il allusion ?

- 13 -

Ces gens, qui, de temps en temps, prennent le temps d'utiliser leurs sens
Pour que leur vie en ait un,
Et qu'ils retrouvent dans le silence,
Quelques odeurs, quelques parfums !
« Le temps », chanson de Tryo

Juan Pedro lève brutalement le rideau métallique puis ouvre les deux vantaux de la grande porte en bois. Luís l'aide à les pousser. Derrière eux, l'antre de Pedro le cachotier. Sésame, ouvre-toi !

Mon imagination s'efface d'un coup. Oubliée l'image de la caverne d'Ali Baba étincelant de trésors merveilleux. Devant nous, c'est la poussière qui règne. À gauche se serrent les uns contre les autres des meubles de toutes les époques et de tous les genres. À droite, sur une longue table, s'alignent vaisselle, poteries et bibelots. Et plus loin s'amoncèlent luminaires, chaises, fauteuils et autres objets reliés entre eux par des toiles d'araignées. La luminosité s'affaiblit au fur et à mesure que nous avançons. Dans le fond, on distingue des tableaux posés sur le champ, recouverts de draps. Je commence à regretter d'avoir eu cette idée géniale ! Même si j'ai prévu les gants, la simple pensée de toucher à tout ce foutoir me rebute.

Mais la vie est parfois surprenante. Le père de Luís nous guide vers une porte en fer. Dans un atroce grincement, elle donne accès à une arrière-boutique. Deux salles, deux ambiances. Ici, tout est presque vide mais tellement plus lumineux. Une baie vitrée donne sur une cour intérieure et laisse généreusement entrer les rayons ocres du soleil. Juan Pedro nous présente cet endroit de façon théâtrale, tel un Monsieur Loyal. Il hausse la voix en ouvrant fièrement les bras : « Et voici l'atelier de l'artiste ! » Comme le clou du spectacle, cette pièce semble imprégnée de précieux souvenirs. Luís et moi nous adossons au mur en écoutant la description du travail de l'antiquaire restaurateur. Je m'apprête à entendre l'admiration d'un fils nostalgique de ces quelques moments passés avec son père. Mais je me trompe, le récit prend très vite fin. Juan Pedro marque une pause, inspire longuement et secoue la tête de gauche à droite. Car c'est plutôt de sa déception qu'il veut nous fait part.

— C'était un homme très doué de ses mains et très imaginatif, mais il a préféré – Ahh ! *Cómo se dice, Luís ?* (Comment dit-on ?) Oui, c'est ça, il s'est fait avoir. Attiré par l'argent facile et le prestige de la fortune, il a tout délaissé, son travail et même celui qu'il était. Par la suite, il n'était plus le même. Il était devenu un homme d'affaires. Et moi, j'ai disparu de sa vie.

C'est à moi qu'il s'adresse principalement et cela m'émeut. Luís et moi, nous ne trouvons pas les mots pour le réconforter. C'est la sonnerie de son téléphone qui arrive à point pour combler le silence. Il répond à son appel en sortant et nous laisse dans cette ambiance de désolation.

Dans cet atelier, tout ce qui nous entoure n'est que pots de peinture, outils, planches et chiffons entassés. Un désordre signe d'abandon. Luís profite de ce moment pour m'enlacer et me dit :

— Tu sais, c'est très rare qu'il parle de son père. Je pense que tu lui as permis de s'exprimer et je sens que ça lui a fait du bien. Merci d'être venue. Et je ne dis pas ça pour la force de tes gros bras musclés !

Un sourire qui détend l'atmosphère. Dire que je voulais juste trouver des indices, avancer dans ma petite enquête sur son grand-père ! J'ai un peu honte d'oser vouloir mener une telle démarche dans pareilles circonstances. Je suis là pour lui apporter mon aide mais je m'aperçois que les liens de l'amour m'impliquent plus que je ne l'avais pensé.

Nous retournons dans le magasin. Juan Pedro, toujours au téléphone, indique à son interlocuteur comment se rendre ici. Je me souviens qu'il nous a dit, dans la voiture, qu'il avait donné rendez-vous à plusieurs acheteurs. La plupart des meubles et objets ont été méticuleusement évalués, sélectionnés puis étiquetés. Ce qui ne l'est pas ira à la déchèterie, notre mission est d'entasser tout cela dans la remorque.

Après avoir enfilé nos gants, nous nous lançons vaillamment dans une série d'allers et retours. Occupé par ses acheteurs qui se succèdent, Juan Pedro ne nous aide pas beaucoup. Des fourgons arrivent, s'emplissent et repartent. La pièce se vide et c'est assez motivant. De temps en temps, il m'arrive de m'attarder sur des choses qui m'intriguent. Luís le remarque :

— Mon père a dit qu'on pouvait prendre ce qu'on voulait, alors n'hésite pas à mettre de côté les choses qui te plaisent !

Cela me fait penser aux vide-greniers auxquels je me rends quelquefois avec ma mère. Elle est toujours en admiration devant des objets de son enfance. Des vieilleries face auxquelles je soupire car je les trouve laides. On utilise le mot anglais *vintage* pour leur redonner de l'intérêt mais pour moi, c'est plutôt *has been* !

La fatigue aidant, je me laisse aller à un peu de fantaisie. Un chapeau de flamenco rouge et noir avec des pompons rouges m'inspire un brin de folie. Je le pose sur ma tête, face à Luís, et je me lance dans un chant puissant, une mélodie flamenco que j'ai entendue dans la rue : « *A la puerta de Toledo !* » Je tape du talon et prends les postures d'un danseur passionné. Il me regarde et sourit. Puis ses yeux se portent au-dessus mon épaule. Contre toute attente, Juan Pedro m'observe, lui aussi amusé. Je bredouille un « Oups ! Pardon ! » Je suis confuse mais il disparaît aussitôt. Luís me glisse :

— Tu viens de détruire la fille à la petite robe grise !

— Ma mère serait là, elle me dirait : « Ah, c'est bien ma fille, toujours à faire des gaffes ! »

Dans un coin, comme si elle se cachait, une petite table de chevet en bois, sans étiquette, me fait de l'œil. Son apparence patinée me séduit particulièrement. Elle est haute sur pied, surmontée d'un plateau en marbre rose aux veinures contrastées. À l'avant, des lions sculptés soulèvent un blason et des ornements floraux sur le tiroir lui donnent un air royal. Mes doigts et mon imagination s'emballent et je visualise son ancienne et riche propriétaire. Elle y pose délicatement des bijoux, un mouchoir brodé, un chandelier en argent ou pourquoi pas un joli bouquet de fleurs. Luís s'approche et me tape sur l'épaule :

— *Tómalo !* (Prends-le !)

Un sentiment d'honneur m'envahit. Prendre possession d'un tel objet me remplit d'un bonheur presque enfantin. Cet intérêt soudain pour un meuble ancien ne me ressemble pas et me surprend. Déjà, je ne suis pas très matérialiste, mais en plus, je n'aime pas la seconde main. Pourtant aujourd'hui, j'ai envie de prolonger la vie de ce meuble, avec une autre histoire, la mienne. Je continue de travailler et ce chevet occupe mes pensées. Je me félicite de ma bonne action.

Après quelques heures et deux voyages à la déchèterie, on commence à y voir plus clair. L'efficacité de Juan Pedro est admirable. Nous chargeons tout ce que nous avons réservé et le lieu replonge dans l'obscurité et le silence. Ce bâtiment vide est désormais prêt à accueillir de nouvelles vies. Les barres chocolatées que nous avons grignotées dans la matinée nous permettent de ne pas être affamés, mais l'invitation à déjeuner de Juan Pedro me réjouit.

— *Vamos a comer un buen plato combinado !* (Allons manger un bon plat combiné !)

Nous prenons la voiture et parcourons quelques kilomètres en rase campagne. Au bord de la route, Juan Pedro ralentit pour se garer sur l'immense parking d'un restaurant à l'enseigne lumineuse clignotante. En sortant, il lance un rapide coup d'œil au contenu de la remorque.

— Je suis très content de vous, vous avez bien travaillé ! Je vois que vous avez pris des choses… C'est pour toi, Luís, le *futbolín*?

— Oui, papa, et on dit un baby-foot. J'ai aussi pris un ancien poste de radio et des tableaux publicitaires que je mettrai dans ma chambre de la maison du village !

Nous nous attablons. Luís cherche quelque chose dans sa poche et nous le montre.

— Regarde, j'ai gardé cette grande clé.

Cette clé est digne d'ouvrir un château-fort tellement elle est imposante. Tout comme moi, Juan Pedro écarquille des yeux étonnés en la découvrant.

— Mais où as-tu trouvé ça ?

— Elle était accrochée à une pointe, cachée derrière une poutre.

Je ne peux m'empêcher de remarquer :

— Une grande clé, c'est pour une grande porte !

Juan Pedro me lance un regard furtif mais ne répond pas et change de sujet :

— Et toi, Victoria ? Qu'est-ce que tu as trouvé ?

— Une magnifique table de chevet en bois et marbre, des cartes postales représentant des lieux du village et un ventilateur, très utile ici !

— Oh, très bien ! En marbre… Oui, tu as remarqué comme les Espagnols aiment le marbre ? Ils aiment ce qui est beau ! Quant à moi, je ne sais pas si vous avez vu le vélo et le fauteuil. Ce sont ceux de mon père. Ah, et il y a aussi ça…

Visiblement, la nostalgie a pris le dessus sur la colère. Et manifestement, Juan Pedro souhaite que nous partagions son émotion. Il pousse son assiette pour faire de la place sur la table et y dépose délicatement un étui en bois sombre. Les dorures qui protègent ses coins sont si brillantes qu'on croirait qu'elles ont été récemment frottées au chiffon. Il décolle un à un les fermoirs à bascule, dans de petits cliquetis. Je me sens un peu gênée, je regarde autour de nous : étaler une arme à la vue de toute une salle n'est pas prudent ! Mon imagination me joue des tours. Ce n'est évidemment pas une arme. Il ne manquerait plus qu'après le trafic d'objets d'art du père, le fils se lance dans ce commerce ! C'est une magnifique clarinette ancienne emmitouflée dans son écrin de velours grenat depuis des décennies. Et même si on ne l'a jamais vue, le passé nous saute aux yeux. Le bec et tous les autres éléments sont intacts. Passant son doigt dessus, Juan Pedro nous confie :

— Ma mère disait qu'il en jouait très bien. Moi, j'ai appris cet instrument à l'école mais celle-là est très ancienne ! J'ai très envie d'entendre ses sonorités…

Tout en rabattant le couvercle, il nous expliqua qu'un jour, son père lui avait parlé d'un certain Manuel Gomez, célèbre clarinettiste espagnol qui se produisit devant la reine Victoria (encore elle !), mais qu'il n'avait jamais joué devant lui. Luís s'interroge :

— Mais alors, pour quelle occasion grand-père jouait-il ? Est-ce qu'il faisait partie d'un groupe de musique ?

Il me vient une boutade à l'esprit, je me retiens de répondre : « C'est clair et net ! » À la place, je reprends mon sérieux pour suggérer à Juan Pedro :

— Peut-être qu'il jouait pour les fêtes du village !

Des scènes de films d'autrefois apparaissent sur le mur de mon imagination. Je vois des villageois avec des drôles de tenues. Ils dansent par deux sur des planchers en bois. Ils tournent, ils rient et ils s'aiment. Accordéons, violons ou guitares les entraînent dans les ritournelles du moment. Mes grands-parents se sont justement rencontrés lors d'un de ces bals populaires de plein air. Je leur raconte tout ça. Juan Pedro, qui m'écoute pourtant attentivement, fait « non » de la tête. Il a sûrement du mal à se figurer son père dans un pareil divertissement. Je n'insiste pas. Je ne voudrais pas qu'il me prenne pour une illuminée. Afin de changer de sujet, j'attrape le menu et commente les photos alléchantes qui représentent les plats proposés. Nous échangeons sur nos préférences gustatives, faisant naître une fringale soudaine.

En fin d'après-midi, Juan Pedro me dépose en bas de ma rue. Celle-ci est trop étroite pour y circuler en voiture et c'est justement ce qui la rend agréable. Le seul moteur que l'on a l'habitude d'entendre ici, c'est celui du petit tracteur de Pedro, le voisin. Il le prend de temps à autre pour se rendre dans ses champs. Je cale le carton sur le chevet et j'attaque la montée.

En chemin, je croise Rosita et José. Ils se proposent gentiment de m'aider mais je décline leur offre, prétextant que c'est bon pour mes biscotos ! Finalement, je le regrette un peu, les derniers mètres me font tirer la langue.

Lorsque je pousse la porte d'entrée, la sensation de pénétrer dans un réfrigérateur me saisit puis m'apaise. Ma mère m'a un jour expliqué que cette fraîcheur était due au fait que le rez-de-chaussée avait été conçu comme une cave. Autrefois, il abritait des animaux. La porte d'entrée était une porte fermière à deux battants, comme dans *Aglaé et Sidonie* dit souvent ma mère. Je ne connais pas ce dessin animé, mais ça les amusait beaucoup, avec ses sœurs. Et l'habitation se trouvait à l'étage. Ma mère se souvient surtout de la cuisine. En hiver, au temps de mes arrière-grands-parents, il n'y avait pas besoin de chauffage car la chaleur animale du bas ainsi que la mitoyenneté, par les côtés et l'arrière, suffisaient. C'était cent pour cent écologique ! Même s'ils n'étaient pas très riches, ils se débrouillaient bien. Ma mère et mes tantes se souviennent des importants travaux effectués par mon grand-père. C'était une période de grands changements. Les habitants, regorgeant de courage et d'espoir, procédaient à la transformation de leur logis et s'aidaient toujours les uns les autres.

Il n'y a personne. Tout le monde est parti de bonne heure à la nouvelle maison. En apercevant les deux courgettes et les poivrons de Padrón que tonton Jorge nous a donnés, je repense à ma mère qui m'a dit : « Si t'a le temps, ce serait bien de les faire cuire… » Elle m'a montré comment les cuisiner avec un filet d'huile d'olive. Alors, nouant son tablier autour de ma taille, je décide de lui faire plaisir. Il faut que je fasse honneur à ce qui écrit dessus : *Aquí, yo soy la jefa* (Ici, je suis la cheffe). Je me lave les mains et c'est parti !

Malgré le crépitement de la cuisson de ma poêlée, j'entends toquer à la fenêtre. C'est Cristina, une vieille dame qui vient nous voir quelquefois. Le problème, c'est qu'elle est atteinte de la maladie d'Alzheimer et demande toujours des nouvelles de ma grand-mère. Aujourd'hui, je ne sais pas si c'est à cause du tablier que je porte, mais elle me prend pour ma mère. Je ne la contredis pas, tout comme maman l'aurait fait ; je lui réponds qu'elle va bien, mais qu'elle n'est pas là. Comme à chaque fois, ces quelques paroles lui suffisent pour repartir avec le sourire.

Une fois que tout est cuit et la vaisselle faite, je suis satisfaite mais aussi très pressée de monter dans ma chambre pour apprécier mes trouvailles. Je commence par brancher le ventilateur afin de vérifier son bon fonctionnement. L'hélice se met à tourner si fort que je dois l'arrêter aussi sec. Tout a volé dans ma chambre et surtout les cartes postales en noir et blanc que j'avais posées sur mon bureau. Cette puissance m'a surprise, puis amusée. En les ramassant une par une, je les découvre plus en détail. Elles me plaisent ces vieilles photos ! Elles montrent les endroits les plus populaires du village. Il y en a plusieurs de la grande place centrale. En bas de l'une d'elles on peut lire, en belles lettres cursives, *El parque*. Il y a aussi d'autres places comme celle de la mairie, qui servait autrefois d'arène pour les corridas, celle de la fontaine et celle de la montagne avec sa chapelle. Je reconnais des ruelles, des points d'eau, des maisons, l'église et ses grands escaliers, la statue du saint originaire de la ville, les champs d'oliviers et des vues d'ensemble. Il me semble qu'il y a plus de commerces qu'aujourd'hui, plus d'enseignes, plus de vie. Les personnes ici immortalisées témoignent d'une autre époque par leurs vêtements, leurs coiffures, leurs chapeaux. Je trouve drôle de songer que peut-être, sur l'un de ces clichés, se trouve l'un de mes aïeux. Ouh, mes aïeux ! Ils sont partis pour me laisser la place… Une idée moins drôle, du coup !

Je rassemble toutes ces images légèrement jaunies et tordues éparpillées sur mon lit. Et hop ! J'ouvre le tiroir de la table de chevet pour les y ranger.

Mais quoi ? Comment se fait-il que je n'aie pas eu la curiosité de l'ouvrir plus tôt, ce tiroir ? Il se trouve qu'il n'est pas vide. Je le tire à fond et découvre qu'il contient un bloc de papier à lettre et des crayons dans un étui. C'est excitant ! Et si j'avais mis la main sur des lettres d'amour ? J'examine toutes les feuilles une à une, mais rien. Rien que des lignes prêtes à recevoir des mots, absents. Et pourtant, c'est difficile à expliquer mais ce papier ne me parait pas inconnu. Je m'assois sur mon lit et me concentre sur ces pages aux teintes pastel. Et d'un coup, c'est la main de Barbara qui me vient à l'esprit. Je la vois me tendre la lettre aux phrases énigmatiques. C'est ça ! C'est exactement le même papier ! Peut-être de la même époque et/ou du même endroit.

C'est à ce moment qu'arrivent les parents. Je ferme aussitôt le tiroir et descends. Ma mère me félicite pour le dîner, les autres me remercient. Ça tombe bien parce qu'ils sont « lessivés » dit ma mère, « essorés » ajoute mon père, « carpettes » renchérit Rosita ! À l'inverse, je leur dis que ma soirée sera certainement longue, ce soir.

Vingt-deux heures. C'est l'heure qu'on s'est fixée pour se retrouver à *El Ocho* et pourtant, je suis encore à discuter avec les parents. Ils me racontent leur journée et moi la mienne. Rosita me parle de son pied. Elle m'explique qu'elle a une cloque. Elle appuie tellement sur le mot que mon père, qui se trouve dans l'autre pièce, l'entend et lui crie :

— En cloque ? T'es pas un peu trop vieille ?

— Tu sais ce qu'elle te répond, la vieille ?

Mon père et Christophe sautent sur toutes les occasions pour dire des absurdités ou, au pire, des obscénités. C'est la version tardive des bêtises de gamins ! Mais ça met de l'ambiance car Rosita ne les loupe pas.

J'enfile mes chaussures et j'attends Yann comme il me l'a demandé. Je m'impatiente.

— Bon, Yann, qu'est-ce que tu fais ? On dirait une meuf !

Depuis qu'il fait partie de mes amis du village, je lui apprends l'espagnol et lui m'a initiée à la batterie. Pendant l'année scolaire, nous nous sommes rapprochés, comme un frère et une sœur. Nous nous entendions déjà bien avant, grâce à l'amitié de nos parents, mais maintenant il se confie un peu plus à moi, même s'il n'oublie pas de me taquiner.

— À ton avis, je mets du gel dans mes cheveux ou pas ? Ils sont trop longs, j'ai du mal à les coiffer !

— Rhoo ! On dirait mon frère ! Oui, moi je préfère avec, mais ça n'engage que moi !

— Tu as raison, c'est mieux, c'est plus stylé. Bon voilà, c'est fait, allez, on peut y aller !

— Ouf, pas trop tôt ! El Señor Don Yann de la Riviera est enfin prêt !

Juste avant d'arriver, nous sommes rejoints par Luís. Je lui prends la main, il sent bon et il est beau comme jamais. On se détache de Yann et je lui parle du papier à lettre. Pour lui, ne faut pas tirer de conclusions hâtives car on ne sait pas si ce chevet a appartenu à Pedro ou à un client de son magasin. Il me promet de demander à son père.

Quand on arrive au bar, Barbara est en train de montrer des objets qu'elle sort d'un sac. On dirait qu'elle raconte une histoire à des enfants. Son public est très attentif, je l'entends dire : « Ma tante m'a dit qu'avant, les écoliers… » En nous voyant nous installer, elle s'interrompt et me lance avec enthousiasme :

— Ah, Vic ! On parlait de l'école d'autrefois. Regarde ce que j'ai trouvé : c'est un plumier ! Et tu as vu, il y a la plume dedans ! Trop mignon, non ? Il y avait même un petit bureau en bois, trop chou.

— Toi, t'as encore gratté dans les pièces du château de ta tante…

— Bah, oui, j'adore !

Chacun de nous passe en revue ses occupations du jour, puis Barbara nous isole à part, Luís et moi. Nous prenons place sur un banc, un peu plus loin. Elle s'accroupit devant nous pour nous dire à voix basse :

171

— Faut que je vous dise : je sais tout sur la femme qui a insulté ma tante. Et devinez qui me l'a dit ?

— Je parie que c'est ta tante ! s'écrie Luís sur un ton moqueur.

— Exact ! Elle m'a tout avoué ! Et ça, grâce à la lettre que je me suis décidée à lui montrer. Bon, la mauvaise nouvelle, c'est qu'elle non plus ne l'a pas comprise. Elle s'est contentée de me dire : « Oh, je ne pense pas que ce soit important, c'est sûrement une histoire de règlement de dette en nature… » Mais ensuite, quand elle a vu les articles de journaux entassés dans le carton, elle m'a raconté ce qui était arrivé dans le village en 1985. Alors, je vais vous le dire, mais… il ne faudra pas le dire aux autres, parce qu'il paraît qu'à l'époque, c'était un secret.

Ainsi, je vais avoir une autre version des faits. Luís me donne discrètement un coup de genou pendant que Barbara vient s'assoir à côté de moi. Tout aussi discrètement, je lui montre mon pouce en signe d'approbation, pour le rassurer : je ne dirai rien de ce qu'il m'a confié sur son grand-père. Exaltée, Barbara débute son récit.

— Elle m'a dit que mon grand-père avait défendu les droits d'une galerie d'art d'Ávila victime de multiples vols de toiles. Les enquêteurs avaient mis la main sur une dizaine de voleurs, et trois de ces hommes avaient quitté le tribunal, menottes aux poignets. Ils avaient fait des aveux pouvant théoriquement mener aux commanditaires, mais rien de précis. Quelques mois plus tard, en juin 1985, la police s'est rendue dans un bar du village pour une autre affaire. Oliver Jimenez, un habitant, a alors gaffé en bredouillant et en rougissant. Les policiers se sont rendus chez lui et ont découvert le pot aux roses : un des tableaux volés. Oliver l'avait naïvement offert à sa femme. L'interrogatoire s'est mal passé et il a été cité à comparaître. Lors de son procès, il s'est retrouvé confronté à mon grand-père, avocat de la partie adverse, mais avant tout son ami d'enfance… À la fin, cet ami a obtenu sa condamnation. Vous vous rendez compte ? Une situation tellement humiliante pour lui ! Peu de temps après avoir été mis sous écrou, il aurait écrit à sa femme une lettre dans laquelle il exprimait sa détresse liée aux conditions carcérales et annonçait son intention d'y mettre fin. Il a été retrouvé pendu. Un journaliste a proclamé « Un autre voleur vient d'être écroué, le réseau des receleurs d'objets d'art d'Ávila se démantèle petit à petit », mais sans faire mention de son acte désespéré.

Je lui permets de reprendre son souffle en lui disant :

— Ah oui ! Quelle histoire !

— Mais c'est pas tout ! Quand elle a lu la lettre, sa femme s'est également suicidée. Sans aucun héritier, leur maison est longtemps restée à l'abandon avant d'être mise en vente. Les habitants connaissaient bien l'histoire du couple, il leur était impossible d'acheter leur habitation. Une agence immobilière a largement diffusé l'annonce et a rapidement vendu la maison. L'acquéreuse était une femme célibataire d'une cinquantaine d'années, infirmière à l'hôpital du village voisin. Elle ne connaissait personne au village et n'a jamais cherché à faire des connaissances. Depuis deux ans qu'elle habite là, personne ne sait comment elle s'appelle, ce qui est très rare ici. Ma tante a attiré son attention car, étant croyante, à chaque fois qu'elle passe devant cette maison pour aller au village, elle fait un signe de croix. Cela ne plaît pas à cette femme et elle pense que ma tante lui jette des sorts. Elle l'a dit ouvertement à l'épicerie : « C'est à cause de toi que mes animaux meurent, et tous les bruits dans la maison… Je ne veux plus te voir traîner devant chez moi sinon... je te tuerai ! »

Luís et moi sommes révoltés.

— Ouh là ! Des menaces de mort quand même ! s'exclame-t-il. Faut qu'elle aille voir un docteur de la tête, elle !

— Oui, un bon psy ou alors une bonne explication. Ça me fait de la peine pour ma tante… Elle qui a déjà eu du mal à se faire accepter !

— Pourquoi ? Son père est du village, non ?

— Alors ça, c'est encore une autre histoire ! On va rejoindre les autres, ils nous regardent et doivent s'impatienter !

Yann lorgne en effet dans notre direction. Nous les retrouvons et attrapons le fil des conversations en cours. Tout en les écoutant, je réfléchis à cette infirmière. Deux aspects me préoccupent. Tout d'abord, je m'étonne d'une telle attitude venant d'une personne qui exerce une profession aussi altruiste. Il me semble qu'elle devrait davantage se soucier d'améliorer la vie des autres ! Ensuite, elle se permet de hausser le ton sur les habitants ? Depuis quand les accueillis troublent-ils l'ordre établi par leurs accueillants ? Luís remarque ma mine soucieuse. Il me sourit et trouve une petite blague censée m'égayer :

— Eh, dis donc, j'y pense, c'est une infirmière, c'est une « dame en blanc » et elle a peur des sorts et peut-être même des fantômes comme « la dame blanche » ! C'est drôle, non ?

— Arrête ton délire ! On dirait Yann ! Je préfèrerais que tu ailles la voir et que tu lui dises ce que tu as dit si justement à Alexandre : « Ici, on se bagarre pas. »

— Ah oui ! C'est une bonne idée ! Je vais y penser !

— Et en vrai ? Pourquoi pas ?

Antonio se lève et met fin à toutes les discussions en demandant le silence. « *Por favor !* »

Nous comprenons à son triste visage qu'il doit avoir une chose désagréable à nous annoncer. Effectivement, il y a un problème pour sa fête d'anniversaire prévue le lendemain soir. Un dégât des eaux rend inutilisable la salle qu'il a réservée.

— J'ai une journée pour trouver un autre endroit car chez moi, c'est trop petit.

Excepté un « Ah ! » de déception, on entendrait une mouche voler. Ce n'est pas seulement sa fête qui va être annulée, mais la nôtre ! Il faut absolument trouver un plan B. Comme les autres, je réfléchis. Mes yeux se perdent au loin sur les lumières qui éclairent les premiers arbres de la petite forêt, celle qui rejoint le château d'Alberta. Je pense d'abord à sa cour très spacieuse. Un lieu parfait pour une fête. Mais Antonio et Alberta ne se connaissent pas. Ce n'est pas une bonne idée. Je garde à l'esprit ce concept de grand air car les soirées à l'intérieur des bâtiments non climatisés sont étouffantes. Et soudain, une idée de génie surgit comme un éclair et comme une évidence. Au moment où Antonio envisage d'abandonner son projet, je lève le doigt comme à l'école.

— J'ai une idée ! Mardi, quand on faisait du vélo, j'ai aperçu un grand champ derrière les bois, tout en haut. Et comme c'est loin des arbres, on pourrait peut-être y faire un petit feu !

Tous les yeux se mettent à briller et je reçois immédiatement une explosion de félicitations. Je ne pensais pas déclencher une telle euphorie ! « On va faire la fiesta, on va mettre le feu », s'écrie Pablo ! Face à cet enthousiasme général, Antonio finit par donner son accord mais nous rappelle le caractère interdit de ce genre de soirée. Pour cette raison, il préconise instamment de ne pas en parler autour de nous. Nous lui promettons alors de garder le secret et d'être vigilants. Mais très vite, la part de malice enfantine s'empare de certains et transforme ces avertissements en excitation. Diego se perd dans ses folies extravagantes en proposant bivouac, strip-teaseuses, etc.

Plus sérieusement, nous devons maintenant nous organiser afin que cette soirée soit une fête réussie pour notre ami. Luís propose d'apporter des bûches qu'il pourra prendre dans la grange de son grand-père – son père a dit qu'il y en avait trop – en précisant que c'est du chêne. Un bois parfait pour un bon feu de longue durée, sans trop d'étincelles. Pour ma part, j'apporterai l'énorme paquet de piques à brochettes métalliques que nous avons à la maison. Et puis, je me charge de récolter, d'ici demain fin de matinée, l'argent nécessaire pour l'achat de viandes et de charcuteries. Il est décidé de ne pas les acheter chez Nuria, la bouchère attitrée de ma famille, par précaution. La mettre dans la confidence serait assez gênant, sans compter que d'autres clients pourraient nous balancer. Je vais donc aller passer la commande à l'autre

176

boucherie que je ne connais pas, au nord du village. Je regrette tout de même, car les produits de Nuria sont excellents et elle est tellement gentille ! Cela fait des années qu'on se sert chez elle. Souvent, quand la commande est importante, nous avons droit à un chorizo ou un saucisson gratuit. J'aime beaucoup aller dans sa boucherie parce que, chose étrange, elle vend aussi des magazines people. De cette manière, pendant que ma mère fait ses achats, je m'assois sur le banc du fond et je patiente en les feuilletant. Il m'arrive même de me laisser tenter et d'en acheter un. En tout cas, sa boucherie est le passage obligé de la fin de séjour au village. Ma mère et sa sœur font le plein, non seulement pour nous mais aussi pour la famille et les amis. Il faut reconnaître qu'en plus d'être délicieuses, certaines spécialités sont introuvables en France.

Pendant que chacun participe à sa façon, Luís dépose un billet sur la table, puis prend ma main en m'invitant à me lever tout en signalant aux autres qu'on les laisse pour ce soir. Bien entendu, nous ne pouvons éviter les sifflements moqueurs. Une fois éloignés du groupe, étonnée, je le questionne sur son geste soudain. Pour toute réponse, il s'arrête de marcher et me dit :

— J'ai une surprise !

Mon petit doigt me dit que sa surprise est coquine, mais je tente l'approche classique :

— Une bonne ?

Sa réponse est sans équivoque.

— À toi de voir ! Mes parents sont partis chez une amie à Madrid et ils y resteront dormir. Alors moi… je vais être tout seul, ce soir…

Il fait la moue de celui qui est triste. Je décide de le taquiner.

— Ah, ok. Si tu veux, on peut jouer aux cartes ou regarder un film !

— Oui, et comme vous dites : et plus, si affinités !

Pour une surprise, c'en est une ! Je me revois dire à mes parents que ma soirée sera certainement longue. En fait, elle a été trop courte.

- 14 -

*I*l est onze heures, ce samedi, quand je descends de ma chambre. J'entends la voix de Yann dans la rue. Je l'observe discrètement par la porte et vois qu'il s'adresse à trois filles en espagnol. Elles sont de dos, mais il ne me semble pas les connaître. Je me demande si ce ne sont pas justement elles qui m'ont réveillée en riant bruyamment. Ou alors, c'est l'odeur qui encense la cuisine. C'est fou comme cette odeur est déroutante, elle me parait autant savoureuse qu'écœurante. Pour moi, tout est question de moment. Le matin, mes papilles rejettent en bloc tout ce qui est salé. Trop agressif. Me lover dans le sucre est le meilleur des réveils.

Mon esprit est ailleurs, encore imbibé de ma douce soirée avec Luís. Pour ainsi dire, je n'étais pas prête à me lever. Je me sers un jus de fruit et m'assois discrètement dans un coin. Plus loin, mon père parle fort ! S'adresse-t-il à moi ? J'écoute, mais ses mots me parviennent difficilement, comme s'ils devaient passer par un épais brouillard. Ils résonnent dans ma tête et sont incohérents. Je réalise que je ne lui ai même pas dit bonjour. Comme une conversation téléphonique hachée, j'entends :

— Coaltar ! Six heures ! Six heures ! Rends compte ?

Je baille et essaie de reprendre mes esprits pour lui répondre :

— Quoi six euros ?

— Mais non, ton père te reproche d'être rentrée à six heures sans nous avoir avertis !

Ma mère, plus conciliante, plaide en ma faveur :

— Tu sais bien qu'elle était avec Luís !

Je me défends également :

— Oui, c'est vrai, je suis désolée, je n'ai pas vu l'heure passer !

Ma mère n'aime pas le conflit et réussit, comme souvent, à mettre un terme à la remontrance.

— Tu sais pas ? On a fait un *cocido* ! C'est Rosita qui a eu l'idée, parce que José ne connaît pas !

— Ah c'est donc ce que j'ai senti en arrivant ! C'est cool ça !

J'aime bien quand Rosita nous prépare le *cocido*. Cette spécialité à base de pois chiches, charcuterie et légumes est vraiment savoureuse, mais il est vrai que nous en mangeons moins pendant l'été. Évidemment, là, si c'est pour José… Je finis de boire mon verre et ma mère s'approche de moi, loin des oreilles de mon père, pour me dire : « Ces cernes en disent long sur ton manque de sommeil ! » Elle s'installe devant moi pour hacher de belles gousses d'ail. Ouh ! L'odeur est tellement forte qu'elle me fait reculer. Tu m'étonnes que ça éloigne les vampires ! Ça réveillerait un mort ! Dans tous les cas, ça réveille l'endormie que je suis. Ma mère a gagné : je me lève et me dirige vers les escaliers pour aller me préparer. Avant que je monte, elle m'intercepte et me dit d'une voix hésitante :

— Victoria, on a demandé à tout le monde de venir nous aider aujourd'hui, mais vu ta tête… Je suppose que tu vas plutôt aller te reposer !

Eh bien, elle me connaît mal ! J'accepte aussitôt. Il est normal que je participe un peu. Ma merveilleuse nuit avec Luís doit être plus un moteur qu'un frein. Hors de question d'être égoïste ! Je dormirai une autre fois ! J'enfile des vêtements de travail et prends mon portable pour échanger quelques mots avec Barbara. Ça tombe bien, elle m'annonce qu'elle doit continuer d'aider sa tante.

J'avais oublié combien les journées avec les parents peuvent être plaisantes ! Lorsque mes amis parlent de leurs parents, c'est en utilisant des adjectifs tels que ennuyeux, fermés d'esprit, exigeants ou intrusifs. Je ne partage pas cette opinion concernant les miens. Ils essaient d'être justes pour mon frère et moi, même si ce n'est pas toujours évident sur le moment ! Leur éducation est largement basée sur la communication. Mais sans parler de leurs relations avec nous, ce sont des personnes agréables. Tous les deux sont souvent d'humeur joviale, prêts à plaisanter et à trouver un bon côté pour chaque situation délicate. Et comme on choisit ses amis, les leurs sont à leur image. Je les soupçonne même de prioriser le sens de l'humour dans leurs critères de sélection. Par exemple, le couple des Rolando est en haut du classement ! Sans rire !

Pour optimiser les tâches, ils ont décidé de former deux groupes en séparant les hommes des femmes. Les uns s'occuperont de la partie technique, les autres des finitions et décorations. Ainsi, mon père, Christophe, Francisco, José, Yann, Lucas et mon frère s'affairent dans la cuisine. Ma mère, Charlotte, Manuela, Rosita et moi sommes affectées aux chambres. Plus précisément, une équipe pour la plomberie, la faïencerie, l'électricité et l'installation des appareils ménagers, et une autre équipe pour la peinture, la pose de la tapisserie et autres décorations.

Première mission pour nous, les expertes : décoller toutes les vieilles tapisseries. Et il y en a ! Heureusement, nous sommes bien équipées : trois décolleuses de papier peint pour cinq femmes (Christophe avait dit : trois décolleuses pour cinq déconneuses !). Ma mère a branché un petit poste de radio rétro et nous pouvons ainsi travailler au rythme de la musique espagnole. Par chance, le papier n'est pas trop récalcitrant. Je trouve même cette corvée amusante. Le seul bémol est qu'il fait épouvantablement chaud ! Pour ma part, je n'en souffre pas trop. En revanche, ma mère n'arrête pas de se plaindre. Il faut dire que, malgré ses origines latines, elle a horreur de la chaleur. Quant à mon père, c'est une autre histoire. En effet, bien qu'il supporte la chaleur, c'est lui qui est olfactivement insupportable ! Un état de fait qui a donné lieu à un moment particulièrement amusant.

Les hommes avaient acheté des ventilateurs de plafond pour les chambres. Ayant pris l'initiative d'en installer un, mon père s'est vite rendu compte qu'il lui fallait une personne pour l'aider à maintenir l'appareil. Tout le monde était occupé à part Charlotte qui s'est donc portée volontaire. Il faisait très chaud, particulièrement dans ces petites pièces. Avec ma mère, Manuela et Rosita, nous nous trouvions dans la chambre juste à côté. Progressivement, on entendait Charlotte qui semblait se plaindre : « Ouh là là ! Tu en as encore pour longtemps ? C'est pas bon, là ? » Piquée par la curiosité, j'ai lâché ma spatule pour aller voir ce qui se passait. Charlotte était en souffrance, le nez à quelques centimètres du t-Shirt auréolé de mon père. Celui-ci avait du mal à fixer le support et Charlotte grimaçait sans pouvoir se pincer le nez. Devant ce spectacle à la fois grotesque et hilarant, j'ai ressenti l'urgence d'appeler les femmes pour leur faire partager mon fou rire !

Une fois le ventilateur posé et en fonctionnement, chacun reprend son travail sérieusement. Malgré ce courant d'air supplémentaire, il fait toujours aussi chaud. Aussi, placée dans un coin de la pièce, la glacière remplie de boissons est notre amie. Nous allons souvent lui rendre visite. Cependant, je constate que je n'y croise jamais Manuela alors je le lui fais remarquer. En me retournant vers elle, je découvre un visage écarlate et perlé de gouttelettes d'eau. Elle me fait un peu peur. On dirait qu'elle a utilisé la décolleuse directement sur elle ! Il ne manquerait plus qu'elle nous fasse une surchauffe ! Alors, on lui impose une pause, pour qu'elle se repose avant qu'elle ne se décompose !

Mais ce n'est qu'une petite frayeur à côté de ce que nous fait Rosita juste après. Alors qu'elle était perchée en haut de l'escabeau, elle rate une marche en voulant redescendre. Ainsi déstabilisée, elle pousse un cri aigu tout en plongeant sur le côté, en direction de ma mère. Celle-ci, surprise mais surtout impuissante, bascule elle-même vers Charlotte. Et toutes trois se retrouvent à terre, sans oser bouger un petit doigt. Après un bref silence, c'est en riant qu'elles affirment aller bien. Je ne peux m'empêcher d'applaudir cette bouleversante cascade ! Manuela m'imite. Elles m'ont fait penser au rugby – à cause des matchs que mon père regarde souvent à la maison — quand un joueur reçoit le ballon pendant l'alignement en touche. Plaquée contre le mur, Charlotte a levé les bras et gardé l'équilibre l'espace d'un instant avant d'être renversée à son tour. Je leur fais part de ma comparaison avec ce sport et Yann regrette d'avoir manqué l'action. Il en est de même pour les autres qui accourent dans la pièce, déçus de n'avoir rien vu. Alors, assistée de Manuela, je raconte comment cette dégringolade a eu lieu. Charlotte et ma mère restent clouées au sol, paralysées par un insoutenable fou rire. Seule Rosita, se sentant fautive, tente de se justifier :

— Ah ben, moi, je suis maladroite, je ne suis pas manuelle !

N'ayant pas compris le sens de sa phrase, Manuela riposte :

— *Cómo, porque dices eso ? Que tù no eres mí ? Yo también soy torpe ! No soy perfecta, sabes !* (Comment, pourquoi tu dis ça ? Que tu n'es pas moi ? Moi aussi je suis maladroite ! Je ne suis pas parfaite, tu sais !)

— Oui, ça, on le sait ! appuie Francisco dépité.

Rosita leur ordonne d'arrêter leurs bêtises et s'explique :

— Mais enfin ! J'ai dit manuelle, pas Manuela !

Nous profitons de cet épisode pour nous accorder un répit. Les parents font un débrief sur leurs travaux. Comme Yann, je consulte mon portable et constate que Luís m'a envoyé un message. Il passe son après-midi avec la bande à la piscine naturelle. Je n'ai pas trop de regrets car cette eau qui descend des montagnes est congelée : j'ai toujours un mal fou à y entrer pour me baigner. Il écrit : « Pablo nous a trop fait rire ! Pas eu le temps de prendre une photo. Il s'est déchiré le maillot sur un rocher, mais il ne l'avait pas vu ! Il est passé devant des filles, elles ont bien ri ! On voyait tout ! Je te jure, incroyable ! » Le SMS était ponctué d'un tas d'émojis exprimant son hilarité. Imaginant la scène, je lui réponds par un gift montrant une personne qui rit aux éclats. Puis je range mon portable, car mes « collègues » ont repris le chantier.

Ma mère accompagne la chanteuse Kylie Minogue qui passe à la radio et annonce, tout en continuant de chanter :

— Ce soir, je vais boire un pot avec quatre copiiines d'enfance, j'ai hâââte !

Charlotte lui répond :

— Ah, c'est vrai, c'est ce soir ! C'est super, ça !

— Ouiii… Nous serons enfin réunies ! Il y a tellement longtemps qu'on souhaite se voir sans arriver à trouver une date possible pour nous toutes !

J'en profite pour lui rappeler l'anniversaire d'Antonio que nous fêtons le soir même. Je signale le changement de lieu mais je fais celle qui n'a pas trop d'informations sur l'organisation. Parfois, on est bien obligé de mentir ! Ou plutôt de ne pas tout dire… De toute façon, je sais pertinemment que l'on ne risque rien car il se trouve qu'Antonio est lui-même pompier, alors côté sécurisation, il s'y connait. Je ne laisse pas non plus à ma mère l'occasion de me poser des questions, je la devance.

— Et je les connais, tes amies d'enfance ?

— Ah oui, tu connais Carmen et Isabel, et les deux autres s'appellent Serena et Leonor. Je ne sais pas si tu t'en souviens… Elles étaient venues pour les *quintos* de ta tante Cristina, il y a cinq ans.

— Non, je ne vois pas…

— On faisait les quatre cents coups avec elles. Un peu comme toi et tes amies d'enfance !

Je lève la main pour lui signifier mon souhait qu'elle cesse d'en parler et, qui plus est, je la reprends.

— Mes nouveaux amis, tu veux dire ?

Elle ne me répond pas. Je crois qu'elle ne m'a pas entendue. Elle ralentit ses gestes et, sourire aux lèvres, commence le récit de ses souvenirs d'adolescence. À ce moment-là, je pourrais parler du feu de camp sans problème. Je pourrais évoquer notre projet de faire une bonne flambée et des grillades qui projettent de la graisse. Bref, elle a pris place dans la DeLorean de *Retour vers le futur*. Elle a atterri dans les années 80 et évidemment, je n'existe pas. De constructions de cabanes en baignades dans les rivières, de soirées bien arrosées en réveils difficiles, tout était tellement bien ! Et puis, s'apercevant que j'écoute ses déboires, elle réfrène d'un coup son exaltation :

— Ah oui, mais à l'époque les filles n'étaient pas autorisées à sortir seules le soir ! Nos parents étaient très stricts !

— Papy et Mamie étaient sévères avec toi ?

Jamais elle ne m'avait parlé de l'austérité de ses parents.

— Non, on ne peut pas dire que les nôtres étaient sévères… Hein, Rosita ? Ils étaient plutôt très protecteurs. Ils nous apprenaient toutes les valeurs et insistaient sur le fait que nous devions être exemplaires d'abord par notre respect envers les autres mais aussi par notre méfiance envers les mauvaises intentions de certains. C'est sûr, on savait bien que dans d'autres maisons, ça criait davantage : il s'agissait plus de punitions que de leçons !

— Et pour la génération d'avant, encore plus !

— Ouh là ! C'est peu dire ! En ces temps de guerre, la discipline était carrément un mot d'ordre, autant militaire que parental !

Le travail avance bien. Rosita baisse la radio, pour cause : Charlotte et ma mère ont visiblement décidé de la remplacer. Pas par des chants mais par du blablabla… Je me rends compte que je viens de lancer un sujet comme on craque une allumette dans une botte de paille bien sèche : le feu prend aussitôt !

Ma mère relate l'histoire que sa propre mère lui avait racontée à propos d'un camarade d'école maltraité par son père. Ce dernier exigeait l'aide permanente de son fils à son atelier d'ébénisterie en ne lui pardonnant aucun écart. Les châtiments corporels étaient couramment appliqués comme méthode de discipline. Et pour les plus chanceux, les corvées quotidiennes et l'exigence d'une éducation sans pli ne laissaient pas, non plus, beaucoup de temps pour s'amuser.

Charlotte se mêle à la conversation en disant que c'était pareil, à la même époque, en France. La discipline était stricte et la rébellion contre les parents ou toute autre autorité était inconcevable. Elle nous apprend que sa mère a écrit un livre autobiographique. Étant l'aînée de la famille, elle avait souhaité faire connaître ses souvenirs d'enfance à ses frères et sœurs. Elle évoquait notamment un évènement qui l'avait marquée, alors qu'elle était petite et que la Deuxième Guerre mondiale touchait à sa fin. Cachée dans les vignes avec ses parents et son cousin, elle avait été contrainte d'obéir, sans comprendre, quand on lui avait ordonné de se taire. Une maîtrise de soi difficilement réalisable quand on n'a que quatre ans. Le fait est qu'elle avait ressenti la peur de ses parents. Un sentiment étrange lorsqu'il vient des personnes qu'elle pensait les plus fortes du monde ! Bien des années plus tard, elle avait compris ce qui l'expliquait. De même, elle réalisa que le ciel qu'elle avait vu ce jour-là n'avait pas été rougi par le soleil couchant, mais par les flammes d'un village martyr. À cet âge, tout n'est qu'insouciance et amusement, mais dans ces années-là, l'autorité des parents n'était pas discutable – et fort heureusement dans ce cas précis. Ainsi, celle qui se réjouissait de jouer à la dinette ou de monter dans le clocher avec ses amis savait aussi coudre, tricoter, cuisiner, faire le ménage et se taire quand on le lui ordonnait. Ses parents et grands-parents étaient aimants, cependant il n'était pas de coutume d'être démonstratif et causant avec ses enfants. Ceux-ci devaient grandir vite et bien, afin d'aider et d'honorer leurs parents.

C'est vrai, les priorités ne sont plus les mêmes aujourd'hui. Autrefois, tout était tiré à quatre épingles, à présent, les épingles n'existent même plus. Ma prof de philosophie disait que grâce à la maîtrise de la parole, nous sommes censés évoluer de génération en génération mais qu'en fait, seules les sciences progressent. L'homme régresse et se complait à rester primitif, haineux et inhumain. Sans autre solution que les guerres pour régler les désaccords. À mon avis, les générations se passent le relais, sans rien comprendre, sans rien apprendre. Comme un oiseau qui perdrait ses plumes multicolores tout au long de ses vols. Peut-être faut-il tout reprendre à la base pour garder les couleurs de l'intelligence, veiller sur le pilon afin qu'il continue à broyer pour les diffuser les vrais pigments de notre vie que sont nos sentiments.

Après ce moment de réflexion, Charlotte ajoute :

— Il y avait aussi beaucoup d'horreurs et même en famille ! Et comme les gens étaient proches de leurs voisins, la réputation de la famille primait. De ce fait, il y avait pas mal de vilains secrets.

Je saute sur l'occasion :

— Comme pour Pedro, le grand-père de Luís, tu le connais ?

— Pedro ? Non, pas trop, je savais juste qu'il était l'antiquaire du village. J'ai connu son fils lorsque j'ai fait la connaissance d'Anita, sa belle-fille, aux jeux pour enfants. Et puis, surtout, quand tu as accidentellement foncé sur son fils !

— Oui, ça tu me l'as assez raconté !

Comme elle se penche pour ramasser les papiers mouillés, je m'approche d'elle et, hésitante, je lui demande tout bas :

— Et… son secret ? T'en as entendu parler ?

Tout en se relevant, elle me lance un regard suspicieux. Autant aller droit au but, j'ouvre clairement la discussion.

— Je veux dire, est-ce que tu sais pourquoi il a quitté le village et n'y est revenu que peu de temps avant de mourir ?

— Pourquoi tu me demandes ça ? Luís doit en savoir plus que moi !

Rosita se retourne, intéressée :

— Vous parlez du secret ? Qu'est-ce qu'il t'a dit exactement ?

Manuela et Charlotte qui ont, elles aussi, entendu notre conversation, attendent également ma réponse. Je comprends que je dois en dire un minimum pour qu'elle parle ensuite, tel un droit d'entrée. En revanche, je reste vague. Je ne vais pas non plus en dire plus que ce qu'elles savent déjà !

— Oui, bien sûr, il m'a parlé de l'ouverture de sa boutique à Madrid, de ses affaires, de la famille Jimenez, aussi… Tout ce qu'il a causé et fui.

Je les vois m'observer, prêtes à entendre d'éventuelles révélations. S'apercevant que je ne m'étale pas plus que ça, ma mère acquiesce et précise :

— Il a dû te le dire : on ne doit jamais en parler en public, devant des étrangers ou les jeunes, s'ils ne le savent pas. C'est la règle !

— Oui, oui… Mais… Vous en savez davantage, vous ?

Elles me répondent non de la tête. Je suis face à un mur. Autant aborder un autre sujet.

— Et tu savais qu'Alberta était importunée par une habitante, une infirmière ?

Je suis surprise par la réponse de ma mère :

— Ah ben c'est drôle, Angel, le père de ma copine Isabel, m'en a parlé justement pas plus tard qu'hier. Il soupçonne cette femme d'être complètement dérangée. Il paraît que Francisco, l'épicier, a dit que si elle recommençait à insulter Alberta, il la mettrait dehors. Il n'était pas là quand ça s'est produit.

— Ah ça c'est sûr, il aurait raison ! Faut pas dépasser les bornes ! dis-je spontanément.

S'il tenait ses promesses, Francisco incarnerait pour moi un super-héros ! Dans la perspective de cette opportunité, je continue à la travailler au corps :

— Et tu lui as déjà parlé, toi, à cette infirmière ?

— Euh, là, je dois dire que non. Je sais juste qu'elle a acheté la maison des Jimenez… Mais je ne vois pas le rapport avec Alberta.

À ce moment-là, à défaut d'en apprendre davantage, je lui raconte le « rite » du signe de croix d'Alberta.

— Oh là ! Mais ça, c'est plutôt une prière, comme une… conjuration… Ah, les gens deviennent fous, je te le dis !

Et maintenant, j'attaque direct :

— Mais tellement ! Et euh… Tu le sais toi, enfin, tu savais que Pedro avait acheté une grande maison dans les environs ?

— Une grande maison ? Où ça ? Non. Je sais où étaient son ancienne boutique et aussi sa maison attenant à son atelier.

— C'est Luís qui me l'a dit, mais son père ne sait pas non plus où elle se trouve.

— Mouais, elle est louche, ton histoire. Il a sûrement une raison très particulière pour ne pas en avoir parlé à son fils… Dans le meilleur des cas, il n'en a pas réalisé l'importance. Et au pire, il ne voulait pas lui en parler parce qu'il cachait un ou même plusieurs morts dans cette maison ! Ou mieux, un gros magot ! Ou alors elle était hantée et il n'y allait plus ! Ou peut-être était-il endetté ?

— Tu regardes trop de films, maman !

À part les suggestions de ma mère, je suis au point mort. La bonne nouvelle c'est que Francisco est apparemment bien remonté. La conversation s'interrompt en même temps que la journée de travail s'achève. Les murs des quatre pièces se dévoilent. Ils sont humides, tachés, fissurés, bosselés mais prêts pour les étapes suivantes de ponçage, rebouchage et lissage, peinture ou pose de papier peint. Tout ce beau programme est prévu pour le surlendemain car le dimanche, les travailleurs s'octroient une journée de repos.

Le soir, dès que je le vois, Luís sort fièrement de sa poche une feuille pliée en quatre. Il me dit d'abord :

— Voilà, j'ai pensé que si je retrouvais l'écriture de mon grand-père, tu pourrais faire la comparaison avec le mot que Barbara a découvert. Alors, cet après-midi, j'ai fouillé et ça n'a pas été facile, mais j'ai fini par trouver un acte officiel. C'est un droit de passage. Je suis allé chez l'épicier pour faire une copie. Je ne voulais pas sortir l'original.

Excitée par ce qu'il me dit, je lance une plaisanterie :

— C'est drôle, c'est un droit de passage, et tu ne veux pas qu'il circule !

Il me regarde et répond, exaspéré :

— Ah, ah, ah !

Je me ressaisis.

— Oui, bon. Tu sais, je ne sais pas si je vais me souvenir de son écriture… C'était dimanche dernier…

Il déplie alors la copie, me la présente et je m'écrie aussitôt :

— Oh, Luís, c'est incroyable, c'est lui ! C'est bien ton grand-père qui a écrit à celui de Barbara, j'en suis sûre !

En effet, une écriture si particulière ne s'oublie pas : large et espacée, penchée vers la gauche, avec de nombreuses grandes virgules et aussi cette barre du « t » tout en haut, ça m'avait marquée.

192

Luís plisse les yeux et, cherchant ses mots, il finit par me dire :

— Tout ça, c'est embêtant.

Effectivement, le secret de son grand-père nous lie, et en même temps, je suis liée d'amitié avec Barbara, qui elle, ne connait pas l'histoire de Pedro. Une situation si délicate que je ne trouve pas d'autres mots pour lui répondre que :

— Oui, c'est embêtant.

¡ Cógelos si puedes !

(Attrape-les si tu peux !)

En fin d'après-midi, on doit tous se rendre chez Diego, c'est le plus proche des bois. Notre brochette de copains habituelle (Alexandre en moins) se complète des trois travailleurs andalous et des amis d'Antonio que nous ne connaissons pas encore. D'ailleurs, je remarque qu'il y a quatre filles et non trois. C'est Diego qui va être content ! Toutes les affaires sont flanquées au sol. Barbara exprime ce que tout le monde pense tout bas :

— Ouh là ! Tous ces sacs ! La route va être longue, avec tout ça à porter ! Il n'y aurait pas une autre solution ? Une remorque par exemple ?

Yann répond :

— C'est surtout pour les glacières que ça va être chaud !

— Mais justement, il ne faut pas de chaud pour les glacières, ha ha ! remarque Thomas. Non, mais sans rire, les porte-bagages sont trop petits !

Yann, sourire en coin, plaisante :

C'est ça : ils sont seize !

— Seize ? Qu'est-ce que tu racontes ? Il n'y en en a que trois ! réplique Thomas, sourcils froncés d'incompréhension.

Alors, Yann s'explique :

— EH oui, moi aussi je sais faire des jeux de mots : treize et trois, ça fait seize !

Mateo, intéressé par leur conversation alambiquée, renchérit :

— Ben oui Thomas, voyons ! On pourrait dire aussi « c'est dix » car « c'est étroit », tu vois, sept plus trois !

Après ça, le plus dur est d'expliquer ces calembours à nos amis espagnols. On rigole bien mais cela ne règle pas notre problème !

Soudain, Pablo tend ses deux index devant lui, en criant :

— *Yó sé* ! (Je sais !)

Que va-t-il encore nous inventer, notre ami Pablo ? On le connait, c'est un farceur ! Alors, quand il perçoit notre hésitation, il déclare : « *No es un chiste* (Ce n'est pas une blague) ! » et Diego lui répond : « *Déjate de tonterías* (Arrête tes bêtises) ! »

— La *ratona* !

Alyssa éclate de rire et s'amuse de sa réponse :

— Ratona, ratona… Qu'est-ce qu'il dit ?

Pablo lui répond en riant :

— *Rat, rat, rat…* (en roulant le « r » et prononçant le « t ») C'est la Ratona !

Et sans attendre d'autres réactions, il s'éloigne en marchant à reculons et nous crie :

— Je vais la demander à mon grand-père. Il me la fait souvent conduire. Je vais lui dire que c'est pour un pique-nique, y'a pas de problème. Attendez-moi ici, je vais la chercher !

Les jumelles se regardent avec des yeux écarquillés de surprise et surtout d'incompréhension. Barbara elle non plus ne semble pas comprendre et m'interroge du regard. Je souris et explique donc à mes trois amies et à tous ceux qui ne le savent pas qu'il s'agit d'un petit camion assez bruyant, avec une benne basculante à l'avant. On peut le traduire par dumper. L'empressement excessif de Pablo et le temps qu'il met à revenir nous incitent à douter de lui, alors nous discutons d'une autre possibilité. Antonio dit qu'il serait prêt à aller demander le 4x4 de son père.

Soudain, nous sommes contraints de nous taire : un vrombissement saccadé s'approche de nous. Secoué par les tressautements du fameux engin, Pablo tient fermement le volant et pousse un cri de joie. Il se gare et ses camarades viennent entourer le fameux joujou pour l'admirer. Nous chargeons un maximum d'affaires et commençons l'ascension du chemin qui mène au bois.

Une fois arrivés sur l'immense plateau, Antonio détermine l'emplacement le plus approprié pour le foyer : éloigné des arbres et dépourvu d'herbes sèches. Même s'il déclare avec humour « Pour mon anniversaire, je ne peux tout de même pas jouer avec le feu ! », il ne prend pas cette expression à la légère. On voit bien qu'il met tout en œuvre pour que la fête se passe au mieux. La pelle de sécurité qu'il sort de la *ratona* en est une preuve. Ensuite, il nous charge de récupérer des grosses pierres pour délimiter l'entourage du feu et poser nos affaires. D'abord désordonnés, nous courons dans toutes les directions, puis une chaîne se forme et s'entassent rapidement diverses tailles de pierres. Pablo ramène la *ratona*. Elle serait trop bruyante pour le retour, dans la nuit. De toute façon, nous aurons logiquement moins d'affaires à rapporter.

Le décor est planté, sous un soleil couchant. Les garçons improvisent une table bien stable et je sors alors des glacières les récipients contenant les viandes, les oignons, les poivrons, etc. D'autres récupèrent du bois et vident les sacs. Cette préparation nous donne l'occasion de faire connaissance avec les dix amis d'Antonio. Nous partageons de petites conversations toutes simples, mais qui rassurent. J'ai très envie de les découvrir pour être sûre qu'ils ne sont pas des perturbateurs, même si je sais que je devrais faire confiance à Antonio. Pour l'instant tout se passe bien, ils se montrent volontaires, et en plus, ne manquent pas d'humour. Ensemble, nous avons construit des petits barbecues à terre, à l'aide de cailloux et de grilles. Quelques braises commencent à rougir.

Malgré l'agitation, nous n'avons pas encore l'esprit festif. Nous nous sommes assis en formant une ronde et attendons, en le contemplant, que le feu brûle de manière continue. Des bières, des cigarettes et des bonbons circulent et aident à délier les langues petit à petit. Les discussions se passent dans le calme de la nuit qui tombe, c'est *el anochecer* comme on dit ici. On parle tout bas, comme s'il ne fallait pas déranger les voisins. Luís, à mes côtés, réfléchit à la lettre que Barbara a trouvée ; il me demande de lui répéter ce qu'il était écrit, pour le noter sur son portable. J'espère ne pas trop déformer en lui disant : « J'accepte ta proposition, Dieu me pardonne à moitié, je passerai voir ta secrétaire, pour un rendez-vous. » Puis il me demande :

— Quelle proposition pourrait faire un avocat ?
— Des pots-de-vin ?

Je fais cette supposition en repensant à un film policier que j'ai vu récemment dans lequel un avocat doit défendre un homme accusé d'avoir assassiné sa femme pour son argent.

— Et en disant « Dieu me pardonne à moitié », tu crois que, grâce à cet arrangement, Dieu lui pardonnera ? Mais pourquoi à moitié ?

Sa question est pertinente, aussi, avec effroi, je suggère :

— Il est forcément coupable d'autre chose : adultère, drogue, crime ?

Comme Barbara se rapproche de nous pour remettre des brindilles au feu, nous stoppons nos investigations. Luís me signale qu'il va nous chercher des assiettes et des couverts. Mon amie prend sa place et regarde les flammes danser devant elle tandis que moi, je brûle d'envie de lui avouer que je connais l'auteur de la lettre. Mais je ne peux pas. Je dois respecter le secret que nous partageons Luís et moi. Il me fait confiance et c'est la base de l'amour. Je prends alors conscience des limites de l'amitié face à l'amour.

Frustrée par cette situation délicate, mon regard vague se pose sur Mateo en train de jouer un sketch. Le voir ainsi faire l'idiot me rappelle ce que Diego m'a raconté sur lui l'année dernière. Mateo avait eu une liaison avec la cousine de Diego. Il s'était montré si possessif qu'elle n'avait pas supporté et avait dû le quitter. Une bonne leçon sur la confiance. Si tu aimes, tu fais confiance, et si tu fais confiance, c'est que tu aimes. Mateo a craint que sa copine lui échappe, mais c'est lui, en fait, qui s'échappait de son amour pour elle.

Barbara rit des mimiques de Mateo. Perdue dans mes pensées, je n'ai pas tout entendu. Il se moque visiblement d'un de ses profs qui s'appelle Monsieur Francisco. Ce prénom résonne aussitôt dans mon esprit et je pense aux propos de l'épicier, rapportés par ma mère. Je dois en parler à Barbara.

— Au fait ! J'ai oublié de te dire, avec tout ça ! Ma mère m'a raconté que Francisco, l'épicier, a averti qu'il n'hésitera pas à virer l'infirmière si elle recommence sa scène devant lui !

— Ah oui ?

Elle accueille cette nouvelle avec un beau sourire exprimant sa reconnaissance envers cet homme. Mais la seconde d'après, sa mine joyeuse disparaît et elle me confie :

— Encore faudrait-il que ça arrive !

En disant cela, elle me donne une idée :

— C'est ça ! Et si on l'organisait cette confrontation ?

— Euh, oui, faut qu'on y réfléchisse…

Alyssa et Ana nous rejoignent et me donnent un coup de main pour faire passer les plats de viande et les chips à toute la ronde. Nous avons l'impression de donner à manger à une meute de chiens ! Les voix s'élèvent et les aliments grésillent sur le feu. Puis, à mesure que les aliments grillent, les paroles s'amenuisent et le calme revient.

Luís est parti voir Pablo et Diego, en grande conversation avec les copines d'Antonio. Tout en surveillant les saucisses, les merguez et les chorizos qui cuisent, j'essaie d'étudier les visages devenus rougeâtres avec la chaleur. Même s'il n'est pas facile de discerner les expressions dans l'obscurité, je trouve qu'il règne un climat bien trop sérieux. Barbara écoute attentivement les plaintes d'Alyssa. Sa tête inclinée laisse transparaître une certaine mélancolie. La chaleur s'atténue, les oiseaux entament leurs chants nocturnes et la lune monte fièrement ses marches impériales. Le crépitement du feu crée une ambiance de veillée d'antan. La nuit est paisible et déteint sur nous tous. Enfin, Barbara tourne la tête vers moi, Alyssa a dû terminer sa discussion. J'en profite pour la questionner :

— Tu es bien pensive… Quelque chose ne va pas ?

Elle nie en invoquant une légère fatigue.

Alors, je décide de réveiller tout le cercle :

— Ohé ! Avant que tout le monde ne s'endorme et que la viande crame complètement, je propose qu'on attaque !

Diego lève le doigt et dit :

— Moi, je suis pour ! Pour tous ceux qui sont pour me suivent !

L'ambianceur galvanise le camp qui se met aussitôt à l'imiter en remplissant des piques à brochettes, des sandwichs ou des assiettes. Les voix s'amplifient et les éclats de rire se succèdent. Plus personne ne fait attention aux éventuels voisins ! Je vois la fête s'amorcer et ça me plaît. Je vais voir Yann pour lui demander de mettre de la musique. Le choix n'est pas facile entre ses différentes playlists ! Les amis d'Antonio et les travailleurs du château se mêlent aux autres. Alyssa et Ana finissent par se séparer. Une seule personne demeure à l'écart de cette liesse : Barbara.

Elle feint d'adresser un sourire à qui la regarde mais je la connais trop pour savoir qu'elle est, en réalité, préoccupée. Je ne sais pas si Pablo l'a remarqué, mais il ne trouve pas mieux que de lui proposer une cigarette ! Elle la refuse, bien entendu.

Tout comme moi, elle ne se laissera jamais influencer par quelque chose qui compromet sa chère indépendance. Même par désespoir !

Je dois aider mon amie, mais comment ? Je vais retourner lui poser ma question. Tant pis si je l'agace.

— Bon, dis-moi ce qui ne va pas !

Dans un soupir, elle bredouille un début de phrase, mais comme les mots ne veulent pas sortir, elle abandonne et se résigne à sourire.

La musique résonne de plus en plus fort. Sa seule réponse est de me proposer une danse. Comme je dis toujours : la musique, c'est magique ! Elle se met à chanter et à se comporter de manière extravagante. Je ne saurais dire si je l'ai aidée, mais je suis vraiment contente de ce changement soudain d'attitude. Une dizaine de personnes viennent nous rejoindre.

Alyssa pointe du doigt une guitare rangée dans un fourreau :

— Et la guitare, là, elle est à qui ?

En posant sa paume sur sa poitrine, Antonio nous fait savoir qu'elle lui appartient. Il s'en saisit et vient s'assoir en tailleur à côté d'Alyssa, ravie. Après quelques accords, il se met à jouer les notes d'une douce mélodie que je ne connais pas. Il s'applique à jouer lentement, chaque note sonne et se révèle captivante.

Tout comme une fan déjà inconditionnelle, Alyssa suit le déplacement de ses doigts comme si elle devait le mémoriser. Mais il est évident qu'il n'y a pas que l'instrument qui la passionne : son admiration pour le guitariste est flagrante. Elle bouge la tête au rythme du tempo et tape dans ses mains en espérant accrocher le regard d'Antonio. Malheureusement, toutes ses tentatives restent vaines. Le charme n'est évidemment pas réciproque. Elle me fait un peu de peine. À l'inverse, Thomas ne se prive pas de se moquer.

— Eh, Antonio ! Alyssa, elle est fan de toi !

Alors qu'elle était en train de manger des chips, celle-ci manque de s'étouffer. Mais sans pitié, Thomas surenchérit.

— Ouh là ! Elle était pas prête, là !

Lèvres pincées et sourcils froncés, Alyssa finit par lui répondre :

— Eh oh ! Moi je trouve qu'il joue bien ! Et toi, tête de nœud ? T'es capable de faire mieux ?

Antonio la soutient :

— Ouais, on dirait qu'il est jaloux !

Antonio joue de plus belle, empêchant Thomas de répliquer. Il nous interprète un échantillon de titres connus, espagnols ou américains. Certains n'hésitent pas à fredonner pour l'accompagner. Barbara a retrouvé le sourire et cela me réjouit. De son côté, Alyssa essaie de se montrer plus discrète.

À la fin de son récital, Antonio reçoit une pluie d'applaudissements. Guitare en main, il se penche vers son admiratrice et, sûrement pour faire un pied de nez à Thomas, lui demande ce qu'elle souhaite l'entendre jouer. Il l'écoute, acquiesce et entame une chanson. Alyssa commençait à y croire quand le charme se brise brutalement.

Un ami d'Antonio s'avance vers lui pour lui murmurer quelques mots à l'oreille. Antonio se libère de sa guitare et la lui tend. Cela semble l'arranger car il n'a pas encore commencé à manger. Quant à Alyssa, son sourire de groupie tombe d'un coup sec, frustrée pour la deuxième fois dans ses tentatives de rapprochement.

Personne ne saisit réellement ce qui se trame. Le nouveau guitariste s'est installé confortablement et se familiarise avec l'instrument. Une de ses amies va lui parler à voix basse puis sort de son sac à dos des chaussures à talon et ce qui ressemble à un déguisement.

Intriguée, toute la ronde reste silencieuse. Nous commençons à comprendre qu'un spectacle se prépare. Deux ou trois personnes tentent de se renseigner, mais ne reçoivent aucune réponse.

Nous observons alors cette fille enfiler une grande jupe rouge et noire par-dessus son short, puis se chausser. Pendant qu'elle boucle les lanières de ses chaussures, on l'entend demander à ses amies de lui trouver une surface plane. Le guitariste a déjà commencé à jouer des notes que je reconnais, c'est la chanson de David Bisbal, *Buleria*. Il se chauffe la voix, puis s'arrête net. La fille est en place, les mains sur ses hanches.

Il s'adresse alors à nous, faisant l'effort de parler dans un français qu'il ne semble pas trop maîtriser :

— Bonsoir ! Jé mé présente : jé m'appelle Federico et voici Lisa. Nous sommes amis dé Antonio. Nous faisons une petite espectacle pour vous. Bon soirée !

Lisa jette sa cascade de cheveux d'ébène en arrière et positionne avec grâce ses bras, légèrement courbés, l'un en l'air et l'autre en bas devant elle. Elle ne bouge plus et attend la note initiale. Je chuchote à Luís « C'est sûr, elle va nous danser un flamenco ! » Mais ce sont des plaintes que commence à émettre Federico, à la manière gitane. Les mains de la danseuse l'accompagnent en mouvements circulaires, lentement, élégamment. Et soudain, Federico se met à gratter vigoureusement les cordes de sa guitare, en chantant « *Buleria, Buleria* ». Le rythme est rapide. Il se révèle être un excellent musicien et chanteur. La *bailaora* fait virevolter joyeusement les volants de sa jupe en formant de grands éventails. L'air se déplace violemment vers nous. Elle et Federico nous transportent dans une ambiance féérique à laquelle on ne s'attendait pas. Certains garçons n'hésitent pas à crier leur excitation. Personnellement, je n'avais jamais assisté à un spectacle de flamenco et je dois avouer que la démonstration de Lisa m'émerveille.

La danseuse poursuit, en projetant une énergie surnaturelle et enflammée, comme les braises qui illuminent son corps. Federico ralentit son rythme effréné, et elle le suit. Lisa pointe ses *tacones* avec précision, talons qui lui donnent un air altier et provoquant. Sa jupe parfaitement ajustée sur ses reins cambrés dote tout son corps d'une allure insolente. La danse métamorphose son visage angélique en une créature possédée. Ses mèches bouclées volent sauvagement et collent à ses lèvres, avec sensualité. Je donne un coup d'œil aux garçons et me rends compte à quel point ils sont charmés, ou plutôt ensorcelés.

Mais la lueur dorée accentue son regard dévorant envers une seule personne. C'est visiblement sur Antonio que l'enchanteresse a choisi de jeter son dévolu. Elle donne l'impression de lui parler, ou plus précisément, de lui déclarer sa flamme. Celui-ci soutient son regard, la toise et même la défie avec audace. Assistons-nous à un vrai jeu de séduction ou à un simple jeu artistique ?

Une fois la chanson terminée, Federico enchaîne sur *Andalouse,* de Kenji Girac. La séductrice change d'attitude et arbore désormais légèreté et sourire. Elle nous appelle du doigt pour que nous venions danser avec elle. Les premières à s'avancer sont ses trois amies. Incapables de rester inactives, Barbara et moi nous levons à notre tour. J'aperçois Antonio qui prend la main de Lisa pour la faire danser. Les garçons se lèvent, entraînés par les filles.

Notre guitariste finit son chant par un bruyant « Ay Ay ! » et Lisa enchaîne en clamant : « Toño ! *Es Federico que me trajo por aquí ! Este es mi regalo* (C'est Federico qui m'a fait venir ! Voici mon cadeau) ».

Et puis elle s'approche de lui, s'empare de sa tête à pleines mains et lui donne un violent baiser sur les lèvres. On le voit rester sous le choc pendant deux secondes, à la troisième il arrive à peine à faire sortir un « *gracias* (merci) ».

— Oh, les gars, je veux la même chose pour mon anniv ! braille Diego.

Quant à Alyssa, elle s'avance vers moi, tête baissée, en disant :

— Bon, ben, c'est cramé pour moi !

Effectivement, ça sent le roussi. Compatissante, je m'avance vers elle et lui frotte l'épaule en lui conseillant de penser à autre chose, puis je lui tends un verre de bière. Quelle erreur ! Elle le boit d'un trait. Je regrette mon geste de consolation quelques minutes après. L'alcool commence à agir et elle me lance avec une audace que je ne lui connais pas : « Et d'abord, c'est qui cette chaudasse ? Genre, elle l'appelle « Toño », elle l'embrasse et elle croit qu'il est direct in love ! Aaah… Mais non ! Parce que… Je le connais moi ! C'est à moi qu'il chante des chansons ! » Barbara et moi sommes contrariées par sa réaction. Ce verre n'est sans doute pas le premier car Alyssa n'a pas dit son dernier mot. Pourvu que ce ne soit pas l'étincelle qui met le feu aux poudres ! Déterminée, elle tourne les talons et plonge son regard dans son téléphone. Tout en marchant, elle croise Thomas qui lui crie « Eh, Alyssa, on avait dit : pas de portable ce soir ! » Elle lui répond violemment « Je fais ce que je veux, ok ? »

Avec Barbara, nous ne comprenons pas pour quelle raison il l'agresse de la sorte. Nous nous entendons tous bien, il n'y a qu'eux qui se querellent régulièrement. Les animosités au sein d'un groupe sont inévitables, mais nous nous accordons à dire qu'elles ne doivent pas impacter notre cohésion. Je me dis qu'il faudra que je parle à Thomas afin qu'il modère ses propos. Ana a abandonné sa sœur depuis un petit moment, elle fait connaissance avec le groupe d'amis d'Antonio. Isolée et en colère, Alyssa saisit un bâton et va regrouper les braises autour des flammes.

Lisa range ses affaires, alors qu'Antonio est parti chercher du bois. Tout comme moi, Luís m'avoue être étonné de son attitude : nous étions persuadés qu'ils étaient vraiment tombés amoureux, à ne plus vouloir se quitter ! Alyssa n'avait peut-être pas tort en prétendant qu'Antonio n'était pas séduit. Après tout, la danse est une activité esthétique qui relève de l'artifice.

- 16 -

$\mathcal{L}$uís et moi nous retrouvons aux côtés de Yann. Barbara n'est pas très loin. Nous discutons des nouvelles chansons sorties dernièrement en France et en Espagne. Et puis, dans un clin d'œil, Yann attrape la guitare qui se trouve à sa portée. Il commence à jouer *Que nadie sepa mi sufrir* (Que personne n'apprenne ma souffrance) de Angel Cabral et Enrique Dizeo, reprise par de nombreux artistes sous le titre de *Amor de mis amores* et bien sûr chantée en français par Édith Piaf, *La foule*.

Je m'exclame :
— Oh, tu la connais ?
Il sourit, ralentit le rythme pour me crier :
— Je l'ai apprise à l'école !
Surprise, je lui réponds :
— Ben moi aussi ! Ah mais oui ! On a eu le même prof !

Barbara vient vers nous tout en fixant intensément Yann. Il se met à interpréter la chanson d'un ton sérieux, faisant abstraction des personnes qui s'approchent. Il est alors évident que les paroles lui sont adressées.

No te extrañe si te digo lo que fuiste
(Ne t'étonne pas si je te dis ce que tu as été)
Una ingrata con mi pobre corazón
(Une ingrate avec mon pauvre cœur)
Porque el brillo de tus lindos ojos negros
(Car l'éclat de tes beaux yeux noirs)
Alumbraron el camino de otro amor
(A illuminé le cœur d'un autre)
Y pensar que te adoraba tiernamente
(Et dire que je t'adorais tendrement)
Que a tu lado, como nunca, me sentí
(Qu'à tes côtés je me sentais comme nulle part ailleurs)
Y por esas cosas raras de la vida
(Et par ces choses étranges de la vie)
Sin el beso de tu boca yo me vi
(Je me suis retrouvé sans le baiser de tes lèvres)

La jalousie ? Est-ce que c'est Alexandre qui lui ferait encore de l'ombre ? Je suis pourtant certaine qu'il se fait de fausses idées. Ceux qui se sont avancés tapent alors dans leurs mains en suivant le rythme accéléré de la musique. Le refrain est repris en chœur :
Amor de mis amores (Amour de mes amours)
Reina mia (Ma reine)
…

Barbara lâche les yeux tenaces de Yann pour se joindre à notre envolée musicale. Lui aussi se laisse emporter et nous partageons alors un de ces moments joyeux que je souhaiterais voir se prolonger, encore et encore…

Après plusieurs couplets répétés, les doigts de Yann envoient la dernière note, caressant Barbara du regard. Tout comme nous tous, Diego est parfaitement conscient de ce qui se passe entre eux deux. Fidèle à sa légendaire indiscrétion, il scande :

— *El beso, el beso, el beso* (le bisou*)* !

Deux mots que tout le monde reprend sans s'arrêter, jusqu'à ce que Yann se décide à s'avancer vers Barbara pour lui poser deux bises, une sur chaque joue. Deux mots, deux bises, deux secondes. C'était pourtant l'opportunité pour une approche plus intime ! Mais non. Ils ne l'ont pas saisie. Intentionnellement ou par pudeur ? Luís me donne un coup de coude, avant de me chuchoter à l'oreille : « C'est ça, leur bisou ? » Ana se penche également vers moi pour me demander : « Y'a pas un malaise, là ? Ils sont plus amoureux? » Mais je n'ai aucune réponse à leur apporter. Tout comme eux, je suis déçue. Une scène que je considère gâchée, comme un acte manqué. Clap de fin. Acteurs, allez-vous rhabiller !

L'étape suivante est la remise des cadeaux. Lisa a pour mission de retenir Antonio pendant que nous passons dans l'ombre pour préparer la surprise. Nous fourrons tous nos cadeaux dans un énorme sac et lui apportons. Antonio nous écoute lui chanter à tue-tête « *Cumpleaños Feliz* », puis souffle la flamme d'une grande bougie piquée sur un tas de bonbons et nous fait part de son vœu, à haute voix :

— Amigos, pour mes vingt ans, maintenant que j'ai fini mes études de cuisine, j'aimerais trouver un travail et aussi… trouver l'amour.

Il déclenche alors des exclamations d'une extravagance extraordinaire – non, je n'exagère pas ! – et Diego chante : « Ouh, l'amouour… ! »

Tandis qu'il ouvre le sac, les voix s'atténuent. La curiosité rend attentif ! Le déballage de chaque paquet suscite des acclamations et le fait sourire. Il y a pas mal de bêtises, mais également de beaux présents qu'il apprécie sincèrement. Il vient remercier chacun de nous. Toutefois, il s'attarde sur une personne. Une certaine danseuse de flamenco. Il reprend le geste qu'elle avait adopté pour l'embrasser : il l'attrape délicatement par la tête, puis l'embrasse plus longtemps et tendrement, cette fois-ci. Juste devant eux, Alyssa accuse l'acte cruel. Elle baisse les bras, au sens propre comme au figuré.

Toujours la langue bien pendue, Diego lui crie :

— Eh Toño ! On dirait que ton vœu se réalise !

Nous poursuivons en musique. Yann passe *Despacito* de Luis Fonzi, *Calma* de Pedro Capó, et alors que tout le monde entonne « *Tú me partiste el corazóóón* » (Tu m'as brisé le cœur) sur la chanson de Maluma, *Corazón*, Luís me prend la main et discrètement, nous filons dans l'intime obscurité qu'offrent les arbres environnants.

À notre retour, le cercle s'est resserré autour du feu et nous sommes obligés de faire se déplacer des personnes pour nous insérer. Nous comprenons qu'ils font un tour de table, enfin, un tour de feu, pendant lequel chacun exprime ses vœux pour la rentrée, ou pour l'avenir. Mateo aborde le sujet de manière sérieuse. Il nous confie que son souhait est de travailler dans la maintenance informatique. Mais que son vrai rêve serait d'exercer aux îles Canaries.

— Et voilà ! C'est à toi, maintenant, Vic !

Je suis d'abord stupéfaite par ce côté de Mateo que je ne connaissais pas, et puis je sursaute à l'appel de Pablo. Je vais surtout m'adresser aux amis d'Antonio qui ne me connaissent pas et ne m'entendent pas ressasser mes projets ! Je m'efforce de faire au plus court. Devenir cheffe d'orchestre aux côtés de l'amour de ma vie. De façon plus fantaisiste, j'évoque mon attrait particulier pour les châteaux, qui un jour, j'en suis certaine, trouvera un écho plus concret.

Luís me sourit et dans ses yeux, je lis sa connivence. Quand vient son tour, il admet partager mon rêve de château, mais déplore :

— Malheureusement, je m'appelle Luís mais je ne suis pas un roi pour t'offrir un château !

Cela me rappelle une histoire :

— Ah oui, comme Louis XV qui a offert un château à la Pompadour !

— Château-la-pompe… à qui ? grimace Luís.

— Non ! La Marquise de Pompadour ! Laisse tomber, je te ferai un petit cours d'histoire plus tard !

Luís fait rire tout le monde, mais à la vue de certaines têtes, il n'y a pas que lui que j'ai plongé dans la confusion ! Malgré cela, il ne se laisse pas démonter et reprend son récit. Il parle

215

de son goût pour le milieu médical et de sa ferme intention de devenir kinésithérapeute spécialisé. Puis il me regarde et déclare : « En fait, avec Victoria, nous utiliserons nos mains pour faire du bien aux gens, moi au corps, elle à l'esprit ! »

Les jumelles, à nouveau réunies, embraient sur son choix car elles se destinent à devenir infirmières. Barbara ne s'étale pas trop. Elle dit vouloir vivre de sa passion pour le piano en étant concertiste ou en accompagnant des artistes. On lui demande ce qu'elle envisage pour sa vie privée. Et après un court instant, elle répond : « Je n'y pense pas ! »

Yann n'ose pas dire toutes les bêtises qu'il a l'habitude de raconter quand on est entre potes. Il ne dit pas qu'il veut être rugbyman professionnel, ni qu'il aimerait bien gagner au casino ou jouer de la batterie dans un groupe connu. Non, il réfléchit et finit par formuler : « Eh bien, justement, là, je suis en pré-reconversion… » Diego l'interrompt et se moque : « Qu'est-ce qu'il nous raconte, on dirait un vieux ! » Thomas croise les bras et l'interpelle : « Mais si ! On l'a bien remarqué ! C'est la pierre qui te chatouille, pas vrai ? » Yann sourit et après un temps d'arrêt, se voit forcé d'admettre son récent penchant pour la rénovation. Il précise que c'est tout l'art de la restauration médiévale qui l'attire, selon les méthodes utilisées à l'époque. Ses yeux pétillent de cette nouvelle passion qui l'anime. Nous l'écoutons tous attentivement, et il réussit à nous transmettre son émotion.

Après lui, il est question de luxe et de notoriété. Il n'y a rien d'aussi précis, concret et crédible. Les autres participants ne réussissent pas à nous vendre leurs rêves. Néanmoins, c'est un sujet de discussion qui fait l'effet d'une grosse bûche dans le feu : elle met longtemps à se consumer. Le sujet est tout de même fédérateur, il permet d'échanger avec ces personnes que nous ne connaissions pas sur différentes passions et expériences.

Yann met un fond de musique douce. Les craquements du feu se font davantage entendre au fur et à mesure que les discussions s'estompent. Inspiré par cette ambiance feutrée, Luís lève les yeux au ciel et se met à montrer et nommer certaines étoiles, comme il sait si bien le faire.

— Ah ! Alors, pour ceux qui ne le connaissent pas, Luís est l'astronome du groupe ! s'exclame Pablo.

Luís sourit et calmement il lui cloue le bec :

— « Rappelez-vous de regarder les étoiles et non pas vos pieds ! » Il n'a pas raison, Stephen Hawking ?

Clara, une amie d'Antonio, se sent inspirée et nous propose un jeu. Il s'agit d'attendre que se manifestent des étoiles filantes. Elle nous dit que c'est la période, et que, si on fait un vœu en même temps qu'on en voit une, celui-ci se réalise. Ça a marché pour elle ! On veut bien la croire et tenter notre chance. Afin de soulager nos nuques, nous nous allongeons tous, peu à peu, sur l'herbe. Et surtout, nous nous éloignons de la lumière du feu. Nullement convaincu par le pouvoir des étoiles filantes, Diego nous lance :

— *Vale ! Vale !* (D'accord, c'est bon !) C'est sûr, y en a qui vont bien aimer ce jeu où il faut se coucher et se cacher !

— *Yo digo* (Moi, je dis) : le premier qui voit une étoile filante devra payer sa tournée ! rétorque Pablo.

Après l'interruption des casse-pieds de service, la contemplation de la voûte céleste nous plonge enfin dans un doux silence. Comme l'avait prévu Diego, ce silence associé à l'obscurité est propice aux rapprochements. Luís me chuchote discrètement : « Regarde Alyssa ! » De fait, quand je tourne la tête, je m'aperçois que certains font autre chose qu'observer les étoiles. Effet de l'alcool ou magie de la nuit, des couples se forment. Et Alyssa ? Je n'arrive pas à distinguer quel est celui qu'elle entoure de ses bras et semble embrasser. Piquée de curiosité, je me retourne vers Luís pour le lui demander. Il en est sûr, il a vu Thomas s'installer à côté d'elle. Quoi ? Ça alors ! Je n'en reviens pas. Ils passent leur temps à se chamailler ! Barbara dira sûrement : « Qui aime bien châtie bien » !

Baignés dans une lumière orangée, les visages d'Antonio et Lisa rayonnent de bonheur. Mateo est dans les bras de Clara, et Ana, dans ceux d'un ami d'Antonio. Je me rends compte que j'ai loupé des épisodes ! En revanche, s'il y a bien une chose qui ne m'a pas échappé, c'est que ça n'a pas matché entre Barbara et Yann. Pire, on dirait que mes amis font tout pour ne pas se croiser. Pourtant, cette soirée insolite a été riche en opportunités et aurait pu consolider leurs liens… Au fil du temps, j'avais pensé qu'ils étaient faits l'un pour l'autre, et là, je suis déçue. Pour Luís, il y a sans doute une raison que l'on ignore, une cause rédhibitoire dont ils ne veulent pas nous parler.

Le retour au village est épique.

Équipés de torches ou de l'éclairage du portable, nous roulons tous sur le chemin en file indienne. Les garçons bouboulent comme le hibou qui semble à nos trousses, effrayant les filles qui hurlent à pleins poumons. Avec tout ce barouf, je croise les doigts pour que les villageois n'entendent pas notre bande de dégénérés ! Luís et moi fermons le pas, plus silencieux. Les craquements des arbres et autres bruits de la forêt, qu'on est seuls à entendre, ne me rassurent pas. Si je sentais quelque chose me toucher, j'aurais bien plus que les autres des raisons de crier ! Mal à l'aise, j'appuie nerveusement sur les pédales afin de prendre de la vitesse et, dans un large virage, je dépasse Luís.

Nous arrivons sains et saufs au bout du sentier. Antonio, en tête de file, s'arrête et se retourne pour exiger le silence. Il sait que la première maison est celle d'un couple de personnes âgées qui sort souvent et aime répandre les rumeurs. Peu de temps après, nos vélos finissent leur course chez Diego. Nous posons les affaires inutiles que nous récupérerons le lendemain puis nous nous souhaitons une bonne nuit. La plupart repartent à vélo, mais pas nous. Je fais en sorte que Yann ne soit pas loin de moi pour demander à Barbara :

— On te raccompagne chez toi ?

Yann reste indifférent et ne se propose même pas. Je prends alors le bras de mon amie et Luís son sac. En chemin, je ne peux m'empêcher de demander à Barbara :

Il y a un problème avec Yann ?

— Un problème ? Pas pour moi.

Bien tenté, Victoria. Je jette un œil à Luís, désespérée. Que dois-je en déduire ? Est-ce la présence de Luís qui la gêne ou

219

ne souhaite-t-elle pas se confier du tout ? Je n'insiste pas davantage. Elle m'en parlera quand elle en aura envie. Mais Luís tente sa chance en ouvrant une porte à la discussion :

— Quelle soirée, quand même !

— Ah oui, j'ai adoré ! On la refait quand vous voulez ! lui répond-elle, enjouée.

Je pousse un peu plus le battant de la porte :

— Il s'en est passé des choses !

— Ah oui ! C'est vrai…

Et vlan. Fermeture complète des portes.

17

Chiquitita, you and I know
(Petite fille, nous savons toi et moi)
How the heartaches come and they go and the scars they're leaving
(Comment les chagrins d'amour vont et viennent, laissant des cicatrices derrière eux)
You'll be dancing once again and the pain will end
(Tu danseras de nouveau et la douleur passera)
You will have no time for grieving
(Tu n'auras plus le temps de t'affliger)
« Chiquitita », chanson d'ABBA

*D*ans la précipitation du coucher, j'avais oublié de fermer le rideau de la fenêtre de ma chambre et le soleil a réussi à me sortir de la profondeur de mon sommeil. Tandis que j'ouvre un peu les yeux, mon cerveau baigne encore dans la béatitude de la veille. Je pose un pied par terre et un vertige me donne l'impression de tomber : violent saut du lit ! Et puis, des images s'affichent comme des flashs sur l'écran de mon esprit, en avance rapide, X60. Mon cœur s'en mêle. Une petite musique me trotte dans la tête, celle qui passait quand nous étions isolés avec Luís, hier soir : *Corazón*. Je décide de mettre le refrain en sonnerie sur mon téléphone : *Tú me partiste el* *corazón*. La mélodie me rappelle la chaleur de ce moment privilégié avec mon chéri. Antonio n'est pas le seul à avoir reçu des cadeaux cette soirée-là ! Il y a eu des discussions, des rigolades, de l'amitié, de l'amour et des mystères résolus ou irrésolus. Je pense à Barbara et Yann, à leur intimité le temps d'une chanson qui s'était étiolée de façon déconcertante, tel un château de cartes. J'ai tellement hâte d'en savoir plus !

Je n'entends aucun bruit dans la maison. Lorsque je descends au rez-de-chaussée, tout s'explique : un mot sur la table m'informe que les parents sont déjà partis à la piscine. Oups ! Quelle idée ! Nous avons justement prévu de nous y retrouver avec les potes. En plus, Barbara et moi avons une discussion très importante à aborder. En effet, hier soir, nous avons eu le temps de réfléchir à un plan de rencontre organisé entre sa tante et l'infirmière. Donc ce matin, elle doit lui en parler mais surtout réussir à la convaincre.

Se rendre à la piscine municipale à pied, ça se mérite ! Elle se situe tout en haut du village. Quand on croit avoir grimpé une montagne pour se rendre à l'église, ce n'est rien. Arrivé sur la place, il reste encore à parcourir la moitié d'un kilomètre pour atteindre le plateau accueillant le parking de la piscine. Une petite suée avant d'étaler sa serviette sur le gazon bordant les bassins ! La vue sur les montagnes ensoleillées est impressionnante. C'est autre chose que ces piscines de ville couvertes d'une bulle à peine vitrée !

J'aperçois les potes. Comme d'habitude, ils se sont installés dans leur coin semi-ombragé. Après avoir passé la caisse tenue par une dame assise à l'entrée, je rejoins directement Luís. Barbara n'est pas encore arrivée. J'ai à peine posé mon sac et ma serviette que, à l'autre bout du grand bain, mes parents nous font des signes immanquables. Yann, Luís et moi allons leur dire bonjour. Évidemment, ma mère me questionne sur ma soirée. Je décide alors d'avouer que nous avons fait un feu. Toutefois, avant que n'éclatent les reproches, je précise que nous avions pris toutes les précautions grâce Antonio, qui est pompier. À mon grand étonnement, elle s'exclame :

— Oh là là, super ! Tu te souviens, Rosita, du feu de camp quand on était au centre de loisir ?

— Ah ouais ! « Quand San Francisco se lèèève, San Francisco… », fredonne ma tante.

— Oui, et je me souviens que Manolo jouait cette chanson de Maxime Le Forestier à la guitare, et le beau Mario était à l'harmonica. D'ailleurs, ce soir-là, tu étais sortie avec lui, non ?

Olivier en profite pour faire râler sa belle-sœur :

— Ouh ! Rosi, Rosita, tu rosis !

Mais ma tante ne se laisse jamais faire, au détriment, cette fois-ci, de sa sœur.

— Je vous signale qu'il n'y avait pas que moi ! Hein, Alex ? Et tu te souviens du lendemain ?

Les deux femmes se mettent à pouffer, Christophe s'intéresse alors à la conversation :

— Ah ! Y'a un truc là ! Qu'est-ce qu'il s'est passé, le lendemain ? On veut tout savoir !

Ma mère se ressaisit :

— Ouais, il m'est arrivé une chose invraisemblable ! Comme j'allais rejoindre mon petit copain de la veille dans le bar, avec

d'autres amis, je suis arrivée et bien sûr, je l'ai embrassé…
Mais je ne savais pas qu'il avait un frère jumeau ! Alors
imaginez la tête du frangin, et surtout la mienne, quand il me
l'a appris !

— Ah ouais ! Deux garçons pour le prix d'un ! renchérit
Christophe. T'as vu ça Oliv ? Elle s'en faisait pas ta femme !
Et donc, t'as préféré lequel ?

— Aucun des deux ! Je l'ai laissé tomber !

Avec leurs petites histoires de jeunesse, les parents nous
retiennent et nous font perdre du temps. J'ai vu Barbara
arriver et déjà, elle se dirige vers le grand bassin. Je feins
d'avoir chaud et de mourir d'envie d'aller me baigner. Manque
de bol, ils décident tous de nous accompagner à l'eau ! Pire
encore, mon père veut nous faire la démonstration d'une
chose qu'il n'a jamais réussie, mais qu'il s'acharne chaque
fois à tenter : le plongeon. Sans surprise, mon paternel se
prend un beau plat pharamineux, sous les applaudissements
de Christophe et les inquiétudes de ma mère. J'ai
malheureusement hérité de son obstination, alors j'ose
espérer que je ne connaîtrai pas, plus tard, ces expériences
douloureuses et humiliantes !

Je m'approche enfin de Barbara, attrape la rampe de
l'escalier et entre lentement dans l'eau.

— C'est bon ! J'ai parlé à ma tante ce matin, et… elle est d'accord!
Elle se tiendra prête à venir dès qu'on la préviendra. Mais le
plus dur, ça va être de surveiller cette infirmière. J'ai quand
même une indication : ma tante m'a dit qu'elle allait
généralement faire ses courses vers midi.

— OK. Pas de problème, on se donnera rendez-vous tous les jours à 11h30.

— D'accord. Je te remercie Vic, tu es trop gentille !

Les parents passent devant nous avec leurs affaires, je comprends qu'ils partent. Je leur présente tous les membres de notre bande, qu'il aurait été difficile d'éviter tant leur occupation du parc est importante. Ce soir, nous serons beaucoup moins, car les dix amis d'Antonio doivent repartir. Je regrette déjà de ne pas avoir eu le temps de sympathiser un peu plus avec eux. Ils se sont avérés vraiment intéressants. Sans parler de Lisa, qui nous laissera un souvenir inoubliable. Pas autant qu'à Antonio évidemment ! Tous les deux demeurent littéralement scotchés l'un à l'autre. Nous reparlons de la veille et, à mon avis, on n'a pas fini d'évoquer cette fameuse soirée ! Passionnée d'histoires d'amour, Barbara demande à Lisa comment elle a rencontré Antonio la première fois. Celle-ci regarde tendrement Antonio et nous plonge dans cette belle mais étrange histoire.

Ils sont tombés amoureux durant leurs années de collège, mais ni l'un ni l'autre n'a jamais osé faire le premier pas. Alors, le passage au lycée a eu lieu sans qu'il n'y ait eu une quelconque approche. Federico était leur ami commun et comme tout bon ami, il a eu envie de provoquer leur rencontre. La fête d'anniversaire d'Antonio se trouvait donc être une aubaine. Ce dernier n'avait évidemment pas invité Lisa et Federico a dû échafauder un plan immanquable pour la faire venir sans éveiller les soupçons des deux côtés. Contrairement à ce qu'elle nous a laissé paraître avec son exhibition, Lisa se dit timide. Elle nous avoue s'être dépassée comme jamais. Antonio non plus n'est pas très extraverti, surtout avec la gent féminine. Federico a dit à Lisa qu'un de ses copains souhaitait faire venir une danseuse de flamenco. Il savait qu'elle pratiquait cette danse depuis très longtemps. Ainsi, après quatre années de silence, tel un volcan qui se réveille, la passion s'est rallumée et de manière si prégnante que Lisa s'est senti pousser des ailes, jusqu'à aller lui voler un baiser.

— *Por fin !* (Enfin !) crie Diego en applaudissant.

Pour ma part, je regarde Barbara et profite d'un moment où Yann écoute pour lui demander :

— Tu l'aurais fait, toi ?

— Je ne sais pas, répond-elle, prise au dépourvu. Je pense que ce sont les circonstances qui font les actions. Hier soir, Lisa savait que c'était le moment.

Je la connais, elle veut certainement envoyer un message à Yann. Je suis sûre qu'elle attend un signe de sa part. Le problème, c'est que lui aussi en attend un de sa part…

Le dimanche soir, c'est karaoké à *El Ocho*. À l'origine, il était prévu pour hier, mais un problème technique est malencontreusement intervenu. C'est la version officielle qu'on nous a donnée. Bon, pour le coup, ça nous arrange ! Mais en réalité, je soupçonne que l'une des serveuses en soit responsable. J'ai remarqué qu'elle allait souvent parler à Thomas, et ce soir, elle insiste sur le fait qu'elle est « trop contente » que ce soit reporté. « J'aime bien quand vous êtes là, vous mettez de l'ambiance ! » C'était une bonne, mais malheureusement, vaine tentative. Non seulement, Thomas est désormais avec Alyssa, mais en plus, il ne sera pas là ce soir car le couple s'est malicieusement défilé.

C'est l'une des raisons pour lesquelles nous aimons ce bar et qui fait son succès : la musique y est bonne. Le patron vient discuter avec nous, il semble nous apprécier. Et puis, il nous donne deux exemplaires de la carte des chansons, espagnoles et internationales. Les fiches cartonnées passent de main en main, et chacun fait son choix. En même temps, la carte des tapas ajoute une excitation supplémentaire. Comme d'habitude, nous partagerons *patatas bravas, croquetas, jamones, quesos, ensaladilla rusa, pan con tomate o huevos rotos* (pommes de terre à la sauce épicée, croquettes garnies, jambons, fromages, salade russe, pain à la tomate ou œufs brouillés) !

Dès que je consulte la liste des chansons françaises, un titre me saute aux yeux :

— Pour moi, ce sera « Les Lacs du Connemara » de Michel Sardou. Mon père la passe tellement souvent que je la connais par cœur !

« Terre brûlée au vent
Des landes de pierres
Autour des lacs, c'est pour les vivants
Un peu d'enfer, le Connemara »

Le patron ainsi qu'une serveuse (celle qui s'intéresse à Thomas) nous regardent en souriant. Pour cause, nos puissantes voix font se retourner les têtes des clients de ce bar et des autres. Nous faisons à coup sûr l'animation du village entier en troublant le silence de toute la vallée, jusqu'aux villages voisins. Pourvu que notre chahut n'attire pas les parents ! La dernière fois que nous avons participé à un karaoké avec eux, c'était l'année passée, au Portugal. Je me souviens combien j'avais été gênée par le massacre qu'ils avaient fait de la langue ! C'est vrai aussi que nous avions bien ri ce soir-là ! De toute façon, le bar est déjà plein à craquer, aucune chance pour qu'ils tapent l'incruste.

À la fin, Barbara me montre la liste des chansons espagnoles :

— J'adore celle-ci, mais c'est peut-être trop… romantique…

Je ne comprends pas son problème. Interloquée, je lui présente la paume de ma main et mon regard interrogateur qui l'invitent à être plus explicite.

— Ben oui, c'est une chanson que j'écoutais quand j'étais amoureuse, tu vois...

Quand elle me sort cette phrase, je l'attrape au vol comme un oiseau que j'empêcherais d'aller plus loin. Je m'approche d'elle et lui parle tout bas.

— Attends, t'as éliminé tes deux candidats en lice ! Alexandre, je comprends, mais… Yann, pourquoi ? Ils n'étaient pourtant pas jumeaux !

— Pourquoi, jumeaux ?

— Non, c'est une anecdote que je te raconterai plus tard. Ce que je veux dire, c'est que Yann est complètement différent d'Alexandre !

— Bah, je crois qu'il n'a plus l'air intéressé et du coup, moi non plus… Voilà.

Je reste sans un mot, sidérée par sa réponse. Comment ont-ils pu en arriver à ce marécage dans lequel ils s'enlisent tous les deux lamentablement ? « Plus intéressés » ! C'est quoi, cette réponse ? Aucune dispute, aucune infidélité, aucun heurt. Plus d'amour ? Que répondre à ça ? Flûte alors, elle me coupe le sifflet ! Et puis, je me reprends :

— Ah mais alors ! Si tu n'es plus amoureuse, en quoi cela te gêne de la chanter ? Ce n'est pas le moment d'être mélancolique !

— T'as complètement raison. Je ne voyais pas ça comme ça. Allez, go !

Elle lève le bras et annonce :

— C'est à moi et je choisis « Bailando » de Enrique Iglesias !

Les changements d'humeur sont fréquents chez Barbara, mais ce soir, c'est le bouquet ! Elle qui était jusqu'à présent inexistante se transforme en boute-en-train. C'est certainement l'effet « vacances ». Une période où l'on précipite les choses. Après l'expectative idéaliste qui précède un séjour, on se met à agir plus vite pour pouvoir profiter de tout ce qui nous tient vraiment à cœur. Ce bon « stress » nous fait entrer dans une spirale singulière où les relations amicales sont simplifiées et les relations amoureuses intensifiées. On programme la machine sur le « zéro contrainte » et le « cent pour cent plaisir ». On court, on vole à la poursuite de cette quête. Et les émotions opèrent comme des marqueurs qui gravent les bons moments dans notre cœur, pour longtemps et même souvent pour la vie. Car on prend le temps de se détacher du quotidien. Les vacances sont à la vie ce que le refrain est à une chanson. Il se fait remarquer. On le chante haut et fort. On le repasse en boucle. On fait partager cet air tout bête à tous nos amis.

Lorsque Barbara pose sa main sur mon épaule et me glisse à l'oreille « Merci Vic », je suis heureuse de lui avoir permis de profiter de la soirée. Elle s'empare du micro et petit à petit, se met à s'ambiancer, libérée d'un poids. Elle me crie : « Allez viens, on chante ! »

Yo te miro y se me corta la respiracion
(Je te regarde et ma respiration s'arrête)
Cuando tu me miras, se me sube el corazon
(Quand tu me regardes, mon cœur se soulève)

Barbara laisse le micro à Clara qui en mourait d'envie et nous improvisons une petite chorégraphie. Nous faisons pivoter nos mains à la manière de Lisa pendant son flamenco, et celle-ci nous rejoint pour nous guider. D'autres filles viennent nous imiter. Malgré les paroles qui s'affichent on entend plutôt des « na na na » et des tapements de mains que les paroles de la chanson. Il n'y a qu'au moment du refrain que nous chantons vraiment, et même les garçons s'y mettent.

Yo quiero estar contigo (Je veux être avec toi)
Vivir contigo (Vivre avec toi)
Bailar contigo (Danser avec toi)

L'enthousiasme est si grand que tout notre groupe abandonne les plats sur la table pour nous rejoindre dans la danse.

Oh, oh, oh… Bailando, amor

Diego et Pablo se partagent le micro et nous font leur show. Ils enchaînent titre après titre, se transformant en stars d'un soir. Ils font rire les clients qui se lèvent pour les accompagner, jusqu'à ce qu'épuisement s'en suive.

Comme dit ma mère, les Espagnols ont le sens de la fête !

$\mathcal{C}$e lundi débute notre « mission infirmière ». Nous sommes prêtes, positionnées, Barbara et moi, dans l'angle de la première rue qui suit sa maison en direction du village. Vers midi, nous la voyons sortir de chez elle et prendre sa voiture. Elle s'éloigne, en direction du village d'à côté, sûrement pour se rendre à son travail. Déçues, nous quittons notre poste de contrôle. Ce ne sera pas pour aujourd'hui.

L'après-midi, Luís, Yann et moi retournons aider les parents à la maison. Pinceaux et rouleaux en main, nous nous débrouillons comme des chefs. Cette fois-ci il fait moins chaud, c'est moins pénible.

Les discussions vont bon train et de fil en aiguille, nous sommes amenés à parler des châteaux. Ma mère a voulu en savoir plus sur les « trois costauds » qui étaient avec nous hier, à la piscine. Quand je lui ai expliqué la raison de leur présence au village d'à côté, elle s'est exclamée :

— Wouah ! C'est un beau métier, ça, la rénovation ! Quand on voit l'aboutissement, c'est fascinant ! En plus, je suis contente qu'ils aient enfin décidé d'effectuer des travaux à ce château qui tombait en ruine…

— Ah oui, c'est génial !

Bien qu'il se trouve dans la pièce d'à côté, cette conversation interpelle Yann qui se penche dans l'embrasure de la porte de notre pièce :

— Je suis allé visiter leur chantier. Non mais, tu verrais ça ! C'est comme s'ils réparaient une voiture ancienne, tu vois ? Cette façon d'oublier les progrès techniques pour reprendre les méthodes des ouvriers d'autrefois et arriver à des résultats meilleurs ! Moi, je te le dis, ça m'a… ben carrément donné à réfléchir.

Mon frère profite de l'occasion pour le chambrer :

— Ouh là ! Fais gaffe quand même, t'as pas l'habitude de réfléchir ! Ça va fumer !

Yann, fâché mais déterminé, le reprend :

— Hugo, pense à grandir, un peu ! Sans rire, c'est carrément une…

Je l'aide :

— Une révélation !

— Oui. En vrai, je vais me renseigner. Pas pour être tailleur de pierre, mais plutôt pour tout ce qui est lié à la préparation, tu vois, les calculs, la géométrie…

Tout le monde s'empresse de le féliciter et son père l'encourage :

— Ah ben voilà, toi qui ne savais pas quoi faire comme études ! Tu pourrais faire architecte ou géomètre !

Chacun donne son avis et commence à conseiller Yann. On énumère les différentes techniques utilisées comme le forgeage, la sculpture, l'émaillage, la charpenterie, etc. Il me vint soudain à l'esprit la visite du château d'Alberta.

— Mercredi dernier, Alberta m'a fait faire le tour de son château, eh bien, si tu voyais tout le potentiel de ce bâtiment !

— Ah, ouais ? J'adorerais le visiter !

— Ben tu as juste à demander à Barbara !

Pour moi, c'est une évidence, mais lui reçoit ma phrase comme une provocation. Son silence et ses sourcils froncés en témoignent. J'aimerais insister pour obtenir des réponses de sa part sur ce qui bloque entre eux. Mais ce n'est ni le moment, ni le lieu pour l'interroger. Alors, comme les autres, je donne mon opinion.

— Moi aussi, les châteaux me fascinent. Mais pas pour la même raison que Yann, c'est plutôt pour leur grandeur, leur aspect protecteur, la puissance qu'ils dégagent. Toutes les histoires dont ils sont marqués, aussi terribles ou merveilleuses soient-elles. J'adorerais être à la place de Barbara pour pouvoir aller et venir à volonté entre ces murs comme on reste sous un arbre centenaire, pour pouvoir…

Je pars dans le récit de mes rêveries quand ma mère m'interrompt en éclatant de rire.

— Ha ha ! C'est comme quand tu étais petite et qu'on allait à la mer. Tu faisais systématiquement des châteaux de sable. Et ça te faisait passer, à chaque fois, du rire aux larmes. La marée montante était ton cauchemar ! Mais tu ne te laissais pas abattre, tu reculais et tu recommençais ! Tu voulais toujours qu'on attende un peu avant de partir, pour être sûre que ton château reste debout.

— C'est vrai, c'est un traumatisme de mon enfance ! C'est pour ça que je rêve d'avoir un château !

Ma mère rit de nouveau et me répond :

— Eh ben, ma vieille, ce n'est pas demain la veille que ça arrivera ! Mais on peut toujours rêver !

Mon père applaudit :

— Bravo ! « Vieille/veille », tu l'as fait exprès ? On aurait pu le faire avec Christophe, tu files un mauvais coton, nos bêtises sont contagieuses !

Ma mère, le doigt sur la bouche, précise :

— Alors, la différence entre vous et nous, avec Charlotte et même Manuela, parfois, c'est que nous ne calculons pas nos blagues ! C'est sans filet ! C'est de l'art !

Et là, je vous jure qu'elle n'a pas fait exprès de continuer son argumentation par :

— On a l'art et la bannière… Euh ! Non ! La manière !

— Et là, c'est plutôt « la croix et la bannière » ! réplique Christophe.

Quelquefois, ils me fatiguent quand ils partent dans leurs délires ! Le bon côté des choses, c'est qu'on ne voit pas le temps passer. Christophe aime répéter le slogan « On n'est pas là pour travailler, mais pour rigoler ! »

Vers 18 heures, c'est avec une grande satisfaction que nous contemplons le travail accompli : les quatre pièces sont désormais de belles chambres à coucher, prêtes à accueillir meubles et décorations. Mon père propose un moment de détente à la terrasse d'un bar. Les hommes meurent d'envie de boire une bière bien fraîche, les femmes, un chocolat bien chaud avec churros. En effet, en Espagne, c'est plutôt l'heure du goûter que de l'apéro français ! Luís et moi en profitons pour les abandonner.

Mon amoureux a l'excellente idée d'une promenade sur les hauteurs du village. Nous nous dirigeons vers cette colline à la douce ascension où les anciens se rendent aisément, en soirée. À l'écart du brouhaha, les bancs de ce lieu leur offrent ce qu'ils recherchent : le calme et la fraîcheur. Tout en haut s'érige une petite chapelle qui embellit ce lieu naturel et isolé. Un décor paisible qui invite au recueillement.

Main dans la main, nous nous dirigeons vers l'endroit où nous nous étions assis l'année dernière. De gros blocs de pierre qui ont été accolés à la chapelle. Mais lorsque nous arrivons, nous tombons nez à nez avec une dame assise, les yeux fermés et les mains jointes en prière. Nous passons alors notre chemin et Luís me guide vers un petit espace gazonné et ombragé. Nous découvrons un banc en bois qui semble nous attendre. Nous avions très envie de nous retrouver après cette journée en famille et surtout, avant que commence la soirée entre amis.

Ici, nous disposons de deux bonnes heures. Luís me parle des inquiétudes de son père au sujet de son rendez-vous de jeudi chez le notaire. Il craint des mauvaises surprises, des fumisteries, et au pire, des dettes. Juan Pedro sait pertinemment que la vie de son père a été cousue de mensonges et de dépenses, jusqu'à ce qu'il cesse la totalité de ses activités et revienne au village. Ma mère doit avoir raison, s'il avait caché des choses à son fils, c'est qu'il n'en était pas fier, surtout du point de vue financier. J'essaie de le rassurer en lui disant qu'il est parfaitement possible de renoncer à un héritage pour échapper au paiement des dettes. Luís me répond que son père le sait, mais que justement, cela le désolerait de devoir renoncer à tout, pour lui-même, et pour son fils par conséquent.

Comme il me le demande, je lui fais part de mes préoccupations, ou plus exactement de mon agacement, concernant Barbara et Yann. L'attitude de Barbara me surprend par rapport à ses sentiments antérieurs pour lui. Tout comme moi, il pense qu'il n'y a pas trente-six solutions : la première est qu'elle n'a plus de sentiments pour lui, la seconde est qu'ils sont dans le brouillard. Luís avoue pencher pour cette dernière :

— Ah, les femmes ! Vous êtes tellement compliquées !
— Ben oui ! Pourquoi faire simple quand on peut faire compliqué !

19

*D*emain, notre groupe a prévu une virée au cinéma d'Ávila. Luís et moi avons déclaré forfait, préférant une journée en amoureux. Yann n'ira pas non plus, il souhaite aller regarder travailler les Andalous au château. Barbara elle, a dit qu'elle n'était pas intéressée par le film. Une situation qui m'apparait inédite et me donne soudain une idée folle. J'en parle à Luís.

— T'as entendu pour demain ? Ils vont tous au ciné à Ávila, sauf nous et nos deux aimants qui se repoussent ! Je me disais… qu'il y a peut-être moyen de faire quelque chose !

— Se voir tous les quatre ?

— Mais non ! Écoute, il faut la faire à la Federico : il faut provoquer une rencontre entre eux deux ! Un piège sans témoin apparent, sauf nous. Nous avons toute liberté de manœuvre !

— Ne parle pas si vite ! Toute liberté de qui ?

C'est vrai que là, je m'emballe. Je lui traduis le mot. Il m'arrive, moi aussi, d'accrocher sur certains mots espagnols. C'est un de nos nombreux points communs ! Bref, je lui expose les grandes lignes d'un plan qui germe dans mon imagination. D'abord, il n'est pas très partant, mais finalement, je réussis à le convaincre en lui démontrant qu'il y un bon pourcentage de chances pour que ça marche :

— Ils se croiront seuls au village et donc cela les poussera à agir…

— Oui, ce sera une bonne occasion de se parler s'ils ont un désaccord, admet Luís.

J'ajoute dans un clin d'œil :

— Ou de jouer aux cartes !

Il faut tout d'abord construire le décor. Un endroit au calme, suffisamment isolé pour eux, et qui ne laisse pas soupçonner un recoin caché pour nous. L'église me vient spontanément à l'esprit. C'est un lieu idéal pour une scène de rencontre romantique, pourvu qu'un autre couple n'ait pas la même idée pour demain ! « Ah oui, derrière l'église, il y a l'entrée du cimetière ! », me dit Luís. À cause de la chaleur, le cimetière est certainement plus fréquenté le matin que l'après-midi. L'idée semble donc très bonne. Pour nous en assurer, nous décidons de nous y rendre.

Et effectivement, ce point de rencontre est tout à fait approprié. Comme je l'imaginais, une niche, formée par deux arcs-boutants, crée un espace intime parfait pour une rencontre discrète. Au ras du mur, les branches denses d'un énorme figuier finissent de nous persuader. En tombant lourdement vers l'extérieur, elles masquent complètement les stèles du cimetière. Luís me fait remarquer qu'en plus, les figues ne sont pas encore assez mûres pour attirer les guêpes. Il me rappelle toute l'importance du moindre détail. Les petites bêtes peuvent parfois manger les grosses et les faire condamner sans pitié au délit d'espionnage ! Pas folle la guêpe ! Non, là je m'égare… Mais si cela arrivait, on pourrait dire : « Nous étions là bien avant vous ! »

Ensuite, il faut gérer la partie technique. Nous imaginons toutes sortes de phrases que nous pourrions envoyer par SMS aussi bien à l'un qu'à l'autre. Des mots simples, mais convaincants. Le message de Barbara, je l'enverrai après la soirée et Luís enverra celui de Yann. Nous le préparons ensemble et l'enregistrons en tant que brouillon. Voici ce qu'ils recevront en même temps :

« Peux-tu venir demain à midi derrière l'église ? J'ai un truc super important et top secret à te dire, je préfère te parler de vive voix. »

Le soir, au bar, Pablo précise l'heure de ramassage du bus pour Ávila. Yann et Barbara rappellent qu'ils ne viendront pas. Évidemment, Diego ne manque pas de faire une petite remarque : « Vous croyez qu'on va croire à vos excuses bidon ? » En tous les cas, Luís et moi sommes rassurés par leurs confirmations respectives. De notre côté, nous évitons de rappeler notre absence, histoire de ne pas éveiller d'éventuels soupçons. Nous le ferons en aparté, au cours de la soirée.

Après ça, nous abordons une conversation amusante (« intéressante » dirait mon père !). Tout commence avec Pablo. Cet après midi, il s'est amusé à peindre des dessins avec ses petits cousins. Il se prend au sérieux, ce qui ne manque pas de nous faire rire. Il prétend avoir un talent proche de celui de Picasso. Il nous fait passer son portable où figurent les photos de ses tableaux, affirmant qu'il n'a rien à envier au grand peintre et que nous avons peut-être devant nous un autre célèbre Pablo. Inspirés, nous nous amusons à effectuer des recherches rapides sur le net pour trouver des gens célèbres dans l'histoire qui portent notre prénom. Concernant Luís et moi, Thomas décrète : « Vous, les roi et reine, on passe votre tour, c'est trop facile ! »

Pour Barbara, il y en a aussi beaucoup, mais Antonio déniche une Marie-Barbara reine d'Espagne. Il est écrit qu'elle était claveciniste émérite et de nature mélancolique. Pour le premier point, on peut dire que notre Barbara n'est pas loin de la ressemblance, et pour la mélancolie, on dirait bien qu'elle y plonge progressivement. J'espère que les jours à venir la verront jouer des notes plus joviales !

Cependant, pour Yann, nous découvrons l'existence de Yan (ou Yandi), empereur de Chine appelé « l'empereur enflammé ». Ce surnom fait aussitôt réagir les potes qui le narguent en faisant allusion à ses soi-disant talents de séducteur. Je trouve ces propos déplacés, et surtout intempestifs, vu le contexte. Primo, Yann est tout sauf un séducteur, et secundo, ce n'est vraiment pas le moment d'entacher sa réputation devant Barbara, la veille de leur rendez-vous ! Ou alors, est-ce le signe que « l'empereur enflammé » va bientôt déclarer sa flamme ?

Tout en raccompagnant Barbara, je lui explique que mes parents ont besoin de moi le lendemain, et que je suis contrainte d'annuler la « mission infirmière ». Plus tard, Luís me confie qu'il a touché deux mots à Yann.

— Je lui ai demandé : « Alors, avec Barbara, c'est fini ? » Et il m'a répondu : « Bah, on peut dire que c'était un essai et que ça n'a pas marché… » Et là, tu sais ce que je lui ai dit ?

— Ben non…

— J'ai fait allusion à son sport préféré !

— Le rugby ?

— Ouiii, je lui ai dit : « Tu sais qu'un essai, ça peut être transformé ? »

— Ah ouais, pas mal ! Et qu'est-ce qu'il t'a répondu ?

— Il a dit : « Oui, mais là, ça ne dépend pas que d'un seul joueur ! »

— Mouais, mais ça dépend de qui il parlait… De lui ou d'elle ?

— C'est vrai, c'est cousi comme ça.

Je ris et le corrige :

— Non Luís, on dit « comme ci comme ça » ou alors « couci-couça » mais pas les deux mélangés !

Il sourit en me disant :

— Bien, maîtresse ! Je vais être puni ? Allez, passons aux choses sérieuses ! On y va ? On l'envoie ce message ?

Ses paroles me font l'effet d'un strike dans le ventre. Oui, j'ai le trac. Je suis sur le point d'organiser un gros bobard à mon amie et c'est déroutant. Mon inspiration prolongée révèle mon malaise à Luís qui me dit :

— Allez, pas d'hésitation, on fait ce qu'on a dit !

Nous prenons nos portables et en quelques clics, le tour est joué… Nous nous montrons mutuellement nos écrans, sur lesquels s'affiche le mot « Envoyé ».

Désormais, je laisse échapper un soupir de soulagement et je montre mes doigts croisés à Luís, pour attirer la chance. Notre regard brille d'excitation mais aussi d'espoir. Nous avons l'impression d'entrebâiller une porte. Libre à eux de l'ouvrir davantage ou de la fermer complètement. Ce sera leur choix. Comme l'écrivit Paul Éluard, « Il n'y a pas de hasard, il n'y a que des rendez-vous. » Même si certains rendez-vous ne sont pas dus au hasard !

- 20 -

You say you want a leader
(Tu dis que tu veux un meneur)
But you can't seem to make up your mind.
(Mais tu ne sembles pas te décider)
I think you better close it
(Je pense que tu ferais mieux de te taire)
And let me guide you to the purple rain
(Et de me laisser te guider jusqu'à la pluie violette)
« Purple Rain », chanson de Prince

*L*e lendemain, je suis surexcitée par notre stratagème.

J'ai réfléchi à une excuse pour m'absenter sans que Yann se méfie. Je me sens prête, mais tout comme hier soir quand j'ai envoyé le message, j'angoisse un peu. J'ai tellement envie de réussir et d'être fière d'avoir accompli une bonne action ! Pendant que je me douche, des images apparaissent dans mon imagination. Je crains de déclencher une véritable dispute qui les maintiendrait fâchés jusqu'au dernier jour. Ou alors, une complète incompréhension de la situation qui les ferait retourner aussitôt chez eux. Ou encore, un plan carrément raté, qui nous dévoilerait, Luís et moi, tout penauds. Finalement, en me regardant dans le miroir, je suis en colère contre moi-même et me reprends : « C'est quoi ces idées ? Bien sûr que ça va marcher ! C'est O.BLI.GÉ ! »

On dirait que mes parents et ceux de Luís se sont donné le mot. Nous avons tous deux des courses à faire, pile ce matin. Mais finalement, ça tombe bien. Il est onze heures et nous en profitons pour passer dire bonjour à nos amis qui attendent le bus. Ils nous voient avec nos sacs et Diego nous lance :

— Ah ! Vous êtes de corvée ? Ça vous apprendra à faire bande à part ! Allez, vous avez quinze minutes pour ramener tout ça et nous rejoindre !

Luís refuse catégoriquement en bredouillant :

— Ah ben, non… J'ai promis au père de Vic de l'aider pour un truc !

Sur ce petit mensonge, nous filons comme si nous étions pressés. Nous n'avions pas pensé qu'ils pourraient nous retenir jusqu'à la dernière minute ! Avant que nous partions chacun de notre côté, je fais remarquer à Luís :

— T'as vu, Alyssa est toujours avec Thomas. Je suis contente pour eux, mais j'ai du mal à m'y faire…

— Ça prouve que même les choses surprenantes peuvent arriver dans la vie !

— C'est ça ! Ma prof de philo disait : « La vie, c'est pas des mathématiques ! »

— Non, c'est plutôt du sport ! rétorque fièrement Luís.

Une fois revenue à la maison, curieuse de savoir ce que fait Yann que je n'ai pas encore vu, je monte à l'étage. Et justement, je le croise dans l'escalier. En le saluant, j'examine furtivement sa tenue. Il porte un bermuda en jean frangé et un t-shirt noir : OK, ça me va. S'il avait mis des vêtements de travail, je pense que je lui aurais fait une petite remarque ! En haut, je laisse ma porte ouverte pour écouter ce qu'il se dit en bas, en m'occupant de ranger ma chambre. Mais je n'entends parler que de météo. Il est onze heures et demie quand je descends et je vois Yann assis sur le banc de l'extérieur, en train de boire son café avec José. Suivant mon plan, je propose à ma mère de nettoyer la salle de bain. Déjà, Yann constate que je ne suis pas en compagnie de Luís. Ensuite, toujours comme je l'ai prévu, à midi moins le quart je sors de ma poche ma brosse préalablement cassée, et je me mets à jurer à voix haute en m'adressant à ma mère :

— Oh, regarde maman, j'ai pété ma brosse, je vais m'en acheter une autre chez Francisco !

Mon père dirait que c'est un alibi tiré par les cheveux, mais le fait est qu'elle ne me contredit pas et ne me retarde pas non plus. Quand je monte récupérer mon petit sac en bandoulière contenant mon portable et mon porte-monnaie, j'entends Yann fredonner. Il ne m'a peut-être pas entendue, mais au moins, ma mère pourra lui dire où je suis s'il le demande. Je quitte la maison en informant Luís par un message.

C'est l'heure où les rues s'enivrent de saveurs exquises. Jamais je n'ai respiré de tels effluves en France. L'ail au parfum pénétrant s'unit à la douceur envoûtante de la tomate confite, tandis que poivrons et piments ajoutent une pointe de feu à cette symphonie olfactive.

Mais la poésie me quitte quand j'aperçois mon complice, déjà en place, assis à même le sol. Mon cœur bat aussi fort qu'avant le bac. Je me sens si fautive ! Je recommence à penser aux possibles mauvaises conséquences car j'ai l'impression de jouer gros. Si ça se passait mal, Barbara pourrait ne pas me pardonner de m'être immiscée dans ses affaires sentimentales. Elle pourrait dire : « Tu crois que je ne suis pas capable de savoir ce que j'ai à faire ? » Je murmure mes craintes à Luís, qui me répond juste par : « Ça ne te ressemble pas de douter de quelque chose ! Arrête de réfléchir, tout va bien se passer… Ouh là, chuuut ! Faut plus parler, maintenant ! Yann arrive, regarde ! »

Effectivement, Yann s'approche lentement, tête baissée, les yeux rivés sur l'écran de son téléphone. Il ne peut pas nous voir, il faut juste qu'on ne fasse pas de bruit. On le voit lever le nez un instant pour vérifier s'il voit Luís. Et puis, il s'assoit sur une grosse pierre, tout contre le mur de l'église, sur notre droite. C'est particulier d'épier quelqu'un ! Tu entres dans sa vie sans y être invité, et le moindre bruit peut tout gâcher. Jamais je ne voudrais être détective privé ! À présent, mis à part l'indifférent babillage des oiseaux et l'agaçant frottement d'un caillou que Yann fait rouler sous son pied, le silence accentue mon embarras. Et soudain, un chat noir et blanc surgit de nulle part. Il regarde rapidement Yann mais semble plutôt intéressé par notre présence, miaulant comme un affamé dans notre direction. Yann se sent interpellé et se lève pour le suivre. Ce n'est pas un chat qui va nous griller ! Jusqu'à présent, ils m'ont toujours porté chance ! Prise de panique, je chuchote à Luís :

— Ouh là ! Qu'est-ce qu'on fait, là ?

Et puis le son de pas s'avançant vers Yann nous sauve la vie ! Il s'arrête net, se retourne et aperçoit Barbara. Luís lâche silencieusement :

— *Madre mia ! Vaya caramelo !* (Quelle belle nana !)

— Non mais ! Ça va pas ?

Quelle mouche l'a piqué ? Ce n'est pas le moment de me faire enrager ! Inévitablement, je ne peux m'empêcher de lui taper sur l'épaule. Avec son index porté sur la bouche, il me fait signe de me taire. Tout en observant Barbara de loin, je comprends le point de vue de Luís : elle en jette ! La tête haute, les cheveux mêlés à ses grandes boucles d'oreilles dorées, la main tenant sur son épaule la bandoulière de son petit sac, Barbara avance avec des allures de mannequin lors d'un défilé de mode. La mini-jupe n'ajoute rien à sa prestance, mais apporte un brin de séduction plutôt approprié au genre de rendez-vous auquel, pourtant, elle ne s'attend pas. Elle arrive au niveau de Yann, qui marque une pause de stupéfaction (et peut-être d'éblouissement !) avant de lui adresser la parole.

— Barbara ? Ben… qu'est-ce que tu fais là ?

— Ben, et toi ? C'est Vic qui t'a dit de venir ? réplique-t-elle, aussi surprise que lui.

On entend distinctement leur conversation.

— Non, c'est Luís ! Et aucun d'eux n'est là…

— On va les attendre, alors ! suggère Barbara en toute logique.

En pleine réflexion, Yann fait un pas en arrière, prend son portable et, tout en le consultant, demande :

— Elle t'a envoyé un SMS, c'est ça ?

— Euh oui… Pourquoi ? Tu crois que…

Il complète sa supposition :

— Qu'ils ne viendront pas ! Il est trop chelou ce message ! Tu peux me faire voir celui que tu as reçu de Vic ?

Elle lui montre mon message et ensemble ils le lisent, d'un air entendu. À nouveau, le silence se fait pesant. Derrière mon dos, j'ai les doigts croisés, chassant toute éventualité d'emportement et de renonciation de leur part. Car c'est là que « les Athéniens s'atteignirent », comme dirait mon père. C'est ici qu'un Français et une Hispano-Italienne pourraient s'atteindre, tangiblement ! Certainement intimidée, Barbara se gratte la tête sans regarder Yann. Elle s'agite, cherche ses mots, et c'est finalement lui qui se décide à dire :

— Attends, j'appelle Luís.

Celui-ci attrape son portable dans sa poche et le met immédiatement sur silencieux. Il me regarde, en soufflant. C'est clair qu'on a frôlé la catastrophe ! Yann reprend :

— Bon, il ne répond pas. Ça confirme mes doutes.

— Tu crois qu'ils auraient… tous les deux… ?

Barbara ne semble pas encore convaincue.

— Oui, je pense qu'ils l'ont fait exprès !

— Tu veux dire qu'ils nous ont piégés pour qu'on… pour qu'on se retrouve ensemble ? Mais ce n'est pas comme ça que ça marche ! Franchement, elle va m'entendre ! Ça ne se fait pas !

Devant la colère croissante de Barbara, Yann se racle la gorge et ne trouve pas d'autres mots.

— Aaah non ! Ça ne se fait pas, c'est sûr.

Je me demande comment ils vont s'en sortir. Pour signifier mon exaspération à Luís, je lui montre mes paumes tout en ouvrant grand mes yeux et ma bouche. Lui agite sa main, signifiant qu'une chose grave se prépare.

Barbara réfléchit tout en faisant quelques pas qui l'éloignent de nous. Yann la suit, sans rien dire. Ils n'arrivent pas à se parler, craignant de ne pas dire les bons mots. On dirait deux animaux piégés qui se tournent autour, dans une cage. La cage, c'est leur émotion.

Je repense à leur histoire. Je revois leur danse de l'année dernière, durant laquelle leurs regards et leurs attitudes avaient trahi une complicité plus qu'amicale. Par la suite, Yann n'avait pas été aussi explicite que Barbara sur ses sentiments, pourtant, il s'était montré jaloux d'Alexandre quand il avait appris qu'elle était sortie avec lui. Ils se sentaient mal à l'aise, l'un à côté de l'autre. On en parlait souvent avec les potes, quand ils n'étaient pas là. Beaucoup espéraient que la situation s'éclaircirait entre eux deux, l'incertitude planait constamment. Leur duo à la guitare s'était présenté comme les prémices d'un rapprochement. Luís était persuadé qu'un malentendu les empêchait d'avancer dans leur relation. Je lui avais répondu : « Luís, j'ai autant horreur des malentendus que des fausses notes. Et comme le dirait tout chef d'orchestre, je veux faire jouer les bons instruments, au bon tempo. » Je trouve que c'est une excellente devise. Si pour Luís, la vie c'est du sport, pour moi, ce n'est rien que de la musique !

Pendant que je cogite, ils marchent très lentement, côte à côte, le long du mur du cimetière. Ils se sont tellement éloignés de nous que leur conversation est devenue inaudible. Luís soupire et je partage sa déception. Il est vrai que c'est frustrant de ne pas pouvoir les entendre. À un moment,

Barbara se plante devant Yann et hausse le ton pour lui lancer : « Moi ? » Ensuite, c'est lui qui dit : « Mais pas du tout ! » Sont-ils en train de s'expliquer ? Et puis, bien plus que les paroles, c'est l'expression de leurs mains qui nous en dit long sur leur dialogue. D'abord, elles sont agitées et se dirigent vers l'avant, l'agressivité est manifeste. Ensuite, Yann se frotte la nuque en écoutant Barbara, qui pose sa main sur sa poitrine. La tension semble s'apaiser, le temps est à la réflexion. Les mains se laissent tomber le long du corps. Luís me donne un coup de coude et me fait un clin d'œil, il devine le rapprochement physique imminent. Mentalement, j'encourage mon amie : « Souviens-toi, Barbara, c'est le moment de prendre des risques, lance-toi ! »

Enfin, nous voyons la main de Yann prendre celle de Barbara. Ouf ! Je respire normalement. L'ami Yann Rivière s'est jeté à l'eau… et sans se noyer ! Elle aussi se laisse emporter par les flots du puissant torrent qui descend de la montagne, et tous deux forcent ainsi tous les barrages. Luís me regarde, sourire aux lèvres et poing levé, entérinant la victoire. Nous les observons encore une minute, comme pour nous assurer de la véracité du moment tant espéré. Je réalise à peine que notre duo a réussi son coup monté, avec brio ! Mes deux amis sont là, devant moi, s'avouant enfin leur amour partagé. Des oiseaux chantonnent leurs meilleurs gazouillis et des fleurs multicolores semblent éclore autour de leur baiser. S'il était là, mon frère ferait « glou, glou… » pour se moquer.

À présent, il est temps de nous effacer afin de les laisser à leur intimité. Luís m'indique l'autre bout du cimetière : « *Hay una puerta* » (Il y a une porte), me murmure-t-il. Si on marche doucement sur les cailloux, c'est faisable. Je lui montre mon pouce levé pour lui signifier mon accord. De toute façon, ils ne feront pas attention car c'est bien connu, les amoureux se croient toujours seuls au monde. Mais à peine avons-nous marché environ cinq mètres que l'impensable se produit. Ce à quoi nous n'avions pas pensé un seul instant, et qui heureusement (si je puis dire) n'intervient que maintenant : une sonnerie de téléphone ! Le refrain de *Tú me partiste el corazón* : c'est la mienne ! Fanfaronnant impunément à tue-tête, dans la poche arrière de mon short en jean. Nooon ! J'éteins vite ce traitre d'appareil, mais c'est trop tard : le silence est rompu, à coups de hache. Après que j'ai directement raccroché à ma mère, Luís me prend la main et nous nous réfugions derrière une grande stèle. Nous nous accroupissons et j'éteins mon portable. Il s'approche de mon oreille pour me dire : « Surtout, ne regarde pas s'ils arrivent ! » Je suis son conseil judicieux. Le silence règne de nouveau et l'attente est cruellement longue. Je les imagine juste de l'autre côté de la tombe et surgir, subitement. Plus que la peur, c'est le ridicule de la situation qui excite mes zygomatiques. Retenant des gloussements, je commence à soubresauter en me tenant le ventre rendu douloureux par un rire nerveux. Furieux, Luís me fait les gros yeux et me supplie de me calmer. Car en plus, je m'aperçois que je suis contagieuse. Il a plaqué sa main sur sa bouche mais ses yeux sont rieurs. Perdu pour perdu, il se décide à pencher la tête pour regarder s'il les voit, et m'annonce tout bas : « C'est bon, ils sont pas là. On peut y aller ! Ah ! Vraiment, le portable, c'est pas bon ! »

Nous réussissons à atteindre la sortie sans autre incident et faisons un petit tour du village avant de rentrer chez nous. Je dis à ma mère que je n'ai pas trouvé la brosse à cheveux qui me plaisait, et qu'en chemin, j'ai rencontré une copine. Le téléphone ? Ah non, je ne l'ai pas entendu !

Lorsque Yann arrive, ses lèvres ardentes sont figées dans un sourire niais. Sans dire un mot, je mets le couvert. L'image que j'ai de lui embrassant ma copine est omniprésente dans ma tête. À l'inverse, il incarne la pie qui chante ! Si on ne sait pas qu'il va aller rendre visite à ses copains andalous cet après-midi, et qu'il va prendre des photos et patin-couffin, on ne le saura jamais ! C'est incontestable, il présente tous les symptômes de la maladie que je connais bien. Au feu ! L'empereur s'enflamme !

L'après-midi, fiers de notre prouesse, Luís et moi partons par monts et par vaux. La formulation s'y prête car ici, les monts et les vallées s'en donnent à cœur joie. Mais nous aimerions explorer un endroit inconnu de nous deux. Alors, pour aller plus loin, nous empruntons les vélos. « On va voir les châteaux ? », me suggère Luís. J'aime quand il me parle comme ça ! Il me montre qu'il a emmené la grande clé trouvée dans le local de son grand-père. J'ai une petite idée de son objectif.

Nous arrivons devant le château que nous avons l'habitude d'apercevoir, mais une voiture stationnée juste devant prouve qu'il est habité. Contraints de rebrousser chemin, nous nous dirigeons vers la clairière où nous avions fait notre feu de camp samedi soir. En prenant un autre petit sentier adjacent, nous tombons sur les ruines d'une maison. Nous ne pouvons résister à la tentation de nous asseoir contre le mur afin de profiter de la fraîcheur de son ombre. Un petit coin propre, dégagé de toute végétation agressive. Mon amoureux s'allonge sur l'herbe et je ne me fais pas prier pour l'imiter. À cette heure, la température plus clémente exacerbe le bavardage des oiseaux et la vanité du coq. Quant à nous, l'heure est à l'intimité.

Le moment est aux confidences. Je lui fais part de mon petit passe-temps amusant, relater dans un cahier toutes mes journées passées ici. J'ajoute qu'il me plairait de publier un vrai roman. Ce rêve, je ne le confie qu'à lui. Il me félicite pour ce projet qu'il trouve audacieux et me promet de me soutenir quand je m'y mettrai. Je le préviens :

— Attends, et si c'est à ma retraite ?

— Justement, je serai là… si tu ne m'as pas jeté !

Et puis, il esquisse un sourire coquin en me demandant :

— Et dis-moi, tu écriras ce qu'on a fait aujourd'hui ?

— Luís !

— Et… ce que tu as fait à Barbara et Yann ?

— Ah, pourquoi pas ! C'était drôle ! En revanche, on ne dit rien ce soir, hein ?

— *Nada* ! Rien du tout !

Maintenant que j'ai moins chaud, je m'installe au soleil. Luís profite de ma bronzette pour regarder les résultats sportifs sur son téléphone. Brusquement, la sonnerie du mien me fait sursauter. C'est un message.

— C'est Barbara !

— Qu'est-ce qu'elle dit ?

— Elle a écrit « Petite traitresse de Victoria ! Mais, tu vois, je ne t'en veux pas. Au contraire, avec Yann, on s'est bien expliqués. Je lui ai avoué que je préférais Alexandre. Malgré ses défauts, c'est lui que je kiffe, c'est comme ça. Et lui m'a dit que je l'avais déçu et qu'il ne voulait plus de moi. Donc, tout est OK. »

— Oh ! La menteuse ! Il veulent se venger ou quoi ?

— Ah ça, c'est possible. Je lui réponds quoi ?

— Eh bien, on va entrer dans leur jeu, dis-lui que tu es contente de leur explication !

J'acquiesce. Elle ne me reproche rien : tout va bien.

Je m'apprête à lui écrire quand la sonnerie se fait à nouveau entendre.

— Oh ! Un autre message : « Ce n'est pas la peine de venir me chercher ce soir, je ne pourrai pas venir, je vais voir Alex. »

Luís est dubitatif :

— Quoi ? Une soirée en amoureux avec Yann ?

— Au dîner, j'essaierai d'en savoir davantage sur son emploi du temps !

Nous décidons de rentrer au village. Luís avance lentement, puis freine soudain devant moi, me forçant à tourner mon guidon pour ne pas tomber.

— Oh pardon ! C'est que je pensais… avec tout ça, on a oublié d'aller voir l'autre château, tu sais, celui qu'on voit depuis la place de l'église !

— Oui, c'est vrai, il ne doit pas être loin. On y va ?

Nous faisons demi-tour pour emprunter l'autre route. Celle-ci est tellement jonchée de ronces que nous devons poser le pied à terre. Luís attrape un bâton et écarte la méchante végétation.

— Oh, merci, mon bon Luís ! Tu es mon chevalier !

— Au plaisir de vous servir, Madame !

Après tous nos efforts, nous atteignons un grand portail en fer forgé dévoré par le lierre.

— Luís ! On a eu raison de venir ! Regarde, c'est abandonné, la fermeture des volets a été renforcée par des traverses en bois !

— Peut-être. Je vais essayer d'ouvrir la serrure du portail.

Il retire la grosse clé de son sac et l'introduit dans la serrure légèrement rouillée. Rien à faire, elle n'entre absolument pas. Il lève les yeux et commence à escalader la grande porte :

— Je ne partirai pas sans avoir essayé la porte d'entrée. Je peux y arriver, reste là, ça ne sert à rien d'y aller tous les deux !

— OK, fais attention !

Luís n'a aucun mal à grimper aux barreaux. Arrivé au sommet, il se permet même de faire de l'humour : « J'ai le vertige, je peux plus bouger ! » Je lui fais signe de parler moins fort, on n'est jamais trop prudent. L'allée bordée de cyprès est assez longue mais en courant, il arrive rapidement au pied de la porte centrale du manoir. Il s'arrête et, les mains sur les hanches, observe les alentours puis monte lentement les larges marches en pierre. Je ne vois que son dos bouger et je reste en apnée. Mais ensuite il abandonne et redescend, les bras ballants.

— *Coño, perdido* ! (Putain, c'est perdu !)

Déçu et en colère, comme la nature Sa langue maternelle revient au galop ! Car ce sont bien ces deux sentiments qu'il éprouve : déception car ce château lui plaisait, colère car ses efforts ne sont pas récompensés.

Après avoir maltraité son vélo en le mettant violemment sur pied, Luís reprend en silence le sentier chaotique. Je tente de le réconforter comme je peux. Je l'incite à relativiser. Premièrement, il faut se rendre à l'évidence : nous nous sommes bien trop vite emballés ! Deuxièmement, nous faisons peut-être fausse route en pensant que cette clé ouvre le château de Pedro. Et enfin, ce château-ci, nous l'avons choisi au hasard ! Je lui rappelle que nous sommes donc partis sur des suppositions beaucoup trop incertaines, presque improbables. Nous devons descendre d'une marche de notre perchoir sous peine d'aller de déception en déception. Les rêves doivent demeurer des rêves jusqu'à leur entière réalisation. Ce qui est étrange, c'est que parfois, certains d'entre eux ont la malice de prendre des chemins détournés pour se concrétiser. Je repense notamment à l'histoire *del ingenioso hidalgo Don Quijote de la Mancha*. Il y a des lectures qui marquent… À chacun ses héros ! Cet homme avait en tête de se faire connaître par des actes de bravoure chevaleresques afin de séduire une jeune femme qu'il convoitait. Et paradoxalement, ce sont les représentations imaginaires et burlesques qu'il se faisait de ses combats qui l'ont mené à la notoriété tant espérée. Une preuve qu'il existe en fait moult moyens d'atteindre un objectif et ce n'est pas toujours celui auquel on pense !

— Tu devrais ranger cette clé, l'oublier et te contenter d'attendre le rendez-vous chez le notaire, dis-je à Luís. Ne te transforme pas en chevalier errant ! Si tu n'as pas de château, je vais pas te jeter, t'inquiète !

Au dîner, Yann nous ressert de son plat favori : la rénovation du château. Manuel, Carlos et Rodrigo lui ont fait un petit cours d'histoire sur la Reconquista. Ils lui ont dit que les châteaux et les terres se gagnaient alors par les comportements exemplaires des chevaliers pour chasser les Maures. Ensuite, il nous parle du travail des apprentis, d'abord de leurs problèmes au quotidien dans cette rénovation. Il est question de poussées intérieures ou extérieures des murs ou de dégradations du mortier des joints. J'avoue que je ne saisis pas tout. Enfin, Yann nous explique comment se font le nettoyage, la réparation, le remplacement ou l'ajout de matériaux sous l'œil rigoureux des professionnels. Les architectes doivent faire preuve d'une grande coordination. En effet, la pérennité de la restauration dépend de divers facteurs environnementaux qu'il faut prendre en compte tout en suivant les méthodes ancestrales et la règlementation en matière de valeur patrimoniale.

L'orateur, animé d'une excessive jubilation, réussit à intéresser les hommes comme les femmes. Mais moi, je sais que cette fièvre n'est pas le fait de sa visite de chantier. Elle est antérieure et transpire de toute part. Il faut voir comme sa respiration est anormale, ses lèvres s'étirent d'un sourire idiot jusqu'aux oreilles et toutes ses paroles l'empêchent de manger !

Comme d'habitude, nous aidons les parents à débarrasser la table puis nous nous préparons pour la soirée. Nous passons la porte d'entrée en même temps, Yann et moi. Je pense d'abord qu'il s'agit d'un pur hasard mais une fois en haut de la rue, je comprends qu'il n'en est rien. Il m'a tout simplement attendue pour me parler. Tout en me donnant un coup de coude, il me lance : « Alors ? Madame joue les entremetteuses ? Bon, ça n'a pas marché, mais au moins on a pu s'expliquer ! » Cette accusation fait d'abord bondir mon cœur dans ma poitrine, ma culpabilité me rapetisse. Et puis, en entendant ses balivernes, je me grandis d'un nouvel élan, celui de la fausse samaritaine ! Je lui réponds à peu près la même chose qu'à Barbara : « Ah ! Ben tant mieux si ça a servi à quelque chose, alors ! »

Nous sommes les premiers à arriver à *El Ocho*. Assis face à moi, Yann a des yeux fuyants, à l'image des gens qui ne veulent pas trahir un secret et qui cherchent désespérément un sujet de conversation pour faire diversion. Soudain, il hoche la tête et lâche la phrase bateau salvatrice :

— Alors, et vous, avec Luís ? Vous avez passé une bonne journée ?

— Ah oui ! Je dirais… amusante et utile.

Le poing au menton, je soutiens instamment son regard dans l'attente d'une question de sa part pour approfondir le sujet. Je suis prête à avouer, sans complexe, notre conspiration bien intentionnée. Car, quoi qu'il en dise, mon jeu a été gagnant et c'est peut-être ce qui l'embête. Mais nous en resterons là car les copains débarquent. Luís me rejoint et me demande à voix basse : « Barbara n'est pas là ? » En effet, c'est déroutant.

À ma gauche, les garçons et les jumelles commencent à échanger sur le film. Soudain, à ma droite, un fou rire éclate. Il est question de la conduite de leur chauffeur de bus. Apparemment, ils l'auraient tous encouragé, en chantant, à dépasser un tracteur. Le problème, c'est que ce bus n'en avait pas les pleines capacités. Ils regrettent cette dangereuse exhortation mais comme tout s'est bien passé, ils peuvent maintenant en plaisanter.

Et puis, me faisant sursauter, Yann se lève et agite sa main pour faire signe à une personne qu'il est le seul à entrevoir.

Vêtue d'une simple robe blanche cintrée par un bandeau doré, Barbara s'avance vers nous. Elle arbore un sourire radieux en saluant le groupe. Yann approche une chaise de la sienne et prend sa main en déclarant :

— Alors, ce soir, je veux vous annoncer que…

Diego l'interrompt insolemment :

— Vous êtes ensemble ! Aaah ! Depuis le temps !

Il applaudit bruyamment sa propre intervention incongrue mais tous les autres finissent par l'imiter. Imperturbable, Yann sourit et prend Barbara par la taille pour l'embrasser puis tous deux s'assoient sagement. Et, à ma grande surprise, il ajoute :

— Attendez ! Les applaudissements sont plutôt pour Victoria et Luís qui nous ont honteusement piégés !

Les bravos se retournent maintenant vers nous. Luís lève le doigt en faisant signe que « non ».

— Je dois dire que c'est Victoria qui a tout orchestré !

— C'est vrai, mais ils nous ont donné du fil à retordre ! dis-je. Et en plus, ils nous ont fait marcher !

Pendant que je reçois des acclamations encourageantes, Barbara se déplace pour me faire une bise et me glisser à l'oreille : « Mille mercis, Vic ! Faudra que je te raconte ! »

Quel soulagement de penser que tout est enfin clair pour tout le monde ! Du moins, pratiquement tout.

Thomas se met à chanter un petit refrain de circonstance: « On vous souhaite tout le bonheur du monde, pour aujourd'hui, comme pour demain… »

Cette chanson du groupe Sinsemilia est déjà ancienne mais elle permet de lancer une nouvelle discussion sur les musiques du moment. Ce qui est très intéressant avec Barbara, c'est qu'elle connait énormément de choses sur les chanteurs, auteurs, compositeurs, styles musicaux, etc. Elle a une grande mémoire dans ce domaine.

Nous sommes en train de parler de Bob Marley quand la musique de mon téléphone retentit. C'est Rosita qui m'appelle : elle a oublié de prendre sa clé de la maison et me demande de la prévenir quand je rentrerai. À l'instant où je raccroche, Yann et Barbara me regardent fixement. Supposant qu'ils veulent savoir avec qui je parlais, je leur fais part de l'oubli de ma tante et me moque de son étourderie habituelle. Mais cela ne semble pas les faire rire. Yann croise les bras sur sa poitrine et me scrute avec un rictus critique tandis que Barbara pointe vers moi un index accusateur :

— Tu as changé de sonnerie ? C'est drôle, j'ai l'impression de l'avoir entendue quelque part…

Je reste sans voix et mon silence est révélateur. Yann s'écrie :

— Quoi ? Tu étais là ?

Aïe ! Pas d'échappatoire. Tout va être vraiment clair pour tout le monde, cette fois-ci. Accusés, levez-vous !

La scène attire l'attention de tous. La tablée commence à comprendre ce qui s'est passé et veut en savoir davantage. Luís prend alors plaisir à leur raconter notre péripétie lors du slalom entre les pierres tombales.

— Ouh là là ! Avec moi, c'est sûr, ça serait sûrement parti en cacahuète ! lance Alyssa, pliée de rire.

— Alors moi, enchaîne Diego, si j'avais été derrière ce mur à vous mater, je n'aurais pas pu m'empêcher de vous applaudir ! Direct !

— Ah, *claro* (c'est clair) ! fait Pablo. Moi, j'aurais chanté : *Campeones ! Hala Madrid, Y nada màs !*

— Nooon ! rétorque Diego. *Atleti, Atleti, Atletico !*

Bon, une fois de plus, les deux clowns partent dans leurs délires footballistiques. Pendant ce temps, Barbara nous interroge :

« Mais vous étiez où ? Vous avez tout entendu ? Vous avez tout vu ?

Pour la faire râler, Luís lui fait croire qu'on les a filmés. Devant son air décontenancé, je démens aussitôt.

263

21

Je comprends mieux le monde
En t'observant, je crois que j'y vois plus clair
Je n'ai pas trouvé la clef du mystère
Mais je m'en suis approché
Je n'ai pas d'ami comme toi
Oh non, non, non
Pas d'autre ami que toi
« Pas d'ami comme toi », Chanson de Stephan Eicher

Dans le ciel de ce mercredi, les planètes s'alignent les unes après les autres, à la perfection.

De mon poste au coin de la rue, je vois arriver Barbara surfant sur une énorme vague, celle du bonheur. J'ai à peine le temps de lui dire *aloha* que l'infirmière émerge au loin. Le jour est enfin venu. Mon cœur bat à cent à l'heure. Barbara attrape nerveusement son portable dans son sac et appelle discrètement sa tante. Nous lui tournons le dos quand notre cible passe à nos côtés. Le bruit de ses pas résonne dans nos oreilles puis s'éloigne peu à peu. Nous pouvons alors sortir de notre cachette et suivre notre détractrice, à distance évidemment.

Brusquement, à dix mètres environ de l'entrée du magasin, l'impensable se produit. Elle s'arrête net et pousse un petit cri perçant. Un gros chat noir prend la fuite devant elle. Avec Barbara, nous échangeons un furtif regard d'incompréhension et arrivons juste sur ses talons. Immobile, apparemment paniquée, elle a lâché son chariot de courses à roulettes. Et quoi ? Bien que nous soyons derrière elle, nous discernons clairement son coude entraîner sa main à faire un signe de croix. Le signe me fait signe ! Sans réfléchir, je la dépasse et me plante devant elle pour lui lancer :

— Bonjour ! Vous venez de faire un signe de croix !

Sa surprise est telle qu'elle lui ôte toute capacité de me répondre. Il faut donc embrayer sans délai, avant de caler (non, je ne suis pas traumatisée par mon permis de conduire !) : tout expliquer. Ressurgit en moi la partisane de la résolution harmonieuse des problèmes. Je lui offre ainsi une chance d'être raisonnable.

— Je vous explique. Alberta est la tante de mon amie, et si vous la voyez passer devant chez vous en se signant, c'est à cause de l'histoire de la maison dans laquelle vous vivez.

Elle fronce les sourcils, puis affiche une moue dédaigneuse. Cette réaction discordante me fait craindre pour la suite des évènements. En effet, son menton se lève et, d'une voix étranglée, se met à bêler :

— Quèèèèlle histoire ?

J'aurais pu lâcher le loup affamé dans l'enclos mais je prends la décision de considérer sa question comme un potentiel processus d'ouverture. Je choisis l'approche intelligente et calme du chien de berger pour maîtriser la brebis égarée. Pour commencer, je joins mes mains sans rien dire. J'ai remarqué que ce geste permet de se concentrer, mais aussi de canaliser l'attention de l'interlocuteur, et donc de l'apaiser.

— Dans votre maison habitaient des amis d'Alberta, le couple Jimenez. Et pour une raison que je ne peux pas vous dire pour le moment, le monsieur a été emprisonné. Malheureusement, peu de temps après, il a mis fin à ses jours. Sa femme était dépressive, elle ne l'a pas supporté et a fait de même. Alberta, probablement plus que les autres villageois, a été très attristée par cette tragédie. C'est pour cette raison qu'à chaque fois qu'elle passe devant la maison, elle ne peut s'empêcher d'avoir une pensée pour ses amis. Une petite prière qu'elle leur adresse. Mais ce qui est certain, Madame, c'est qu'elle n'a rien contre vous. Vous… vous comprenez maintenant ?

En parlant, je souhaite sincèrement que ma douceur trouve un écho chez cette femme. Et on dirait que c'est ce qui se passe. Elle m'écoute attentivement et les traits de son visage se détendent au fur et à mesure de mon récit. Ma question finale est destinée à servir de bouclier bienveillant. J'ai vraiment l'impression que l'objectif est atteint : elle finit par dodeliner de la tête en signe d'acceptation, et déclare enfin :

— Oui, oui, je comprends.

Quand je m'attends à l'entendre exprimer de la compassion pour Alberta, elle baisse les yeux, attrape fermement son chariot et nous salue pour nous quitter. *What* ? J'en perds mon latin. Désemparée, je reste sur place, incapable de prononcer ni une phrase, ni un mot, ni même une lettre. Barbara pose sa main sur mon épaule et résume bien la situation :

— Tu vois, Vic, je te l'avais dit, il y a des gens comme ça ! Ils n'ont pas de cœur, et malgré tous tes efforts, tu n'arriveras pas à leur en greffer un.

— T'as raison, j'ai été assez naïve pour croire qu'elle serait désolée, qu'elle reconnaitrait sa faute et chercherait même à se racheter.

— C'est ça ! Regarde tes ex-amies, c'est pareil ! Elles sont désolées ? Elles se sont excusées et rachetées pour tout ce qu'elles t'ont dit ?

Je sais que Barbara possède, tout comme moi, cette faculté de garder en mémoire les ressentis, les émotions et même les sentiments du passé. Notre cœur se souvient davantage que nos yeux. Pour autant, si nous éprouvons une quelconque rancune, cela ne peut nous mener à des désirs de vengeance. Lorsque nous sommes blessées, le pardon peut être envisagé dès lors que la personne concernée en exprime le désir, et à titre exceptionnel évidemment. Dans le cas contraire, nous gardons ce qui s'appelle de la rancœur. Mais, comme je dis souvent, c'est « un mal pour un bien » car cette amertume mue. Elle devient un repère, un témoin, une boussole qui oriente et renforce nos actions futures. Nietzsche n'avait-il pas écrit « ce qui ne me tue pas me rend plus fort » ?

Barbara me félicite en levant les pouces et me réconforte:

— Bravo ! Tu sais, c'est une grande avancée car tu l'as informée et calmée. Bon, je rappelle ma tante pour savoir où elle est. La rencontre dans le magasin servira de test !

Mais Alberta ne répond pas à l'appel de sa nièce alors nous décidons d'aller à l'épicerie. Comme nous le pensions, elle est déjà entrée et un rayon la sépare de l'infirmière. Quand nous la rejoignons, elle tient dans ses mains un paquet de pâtes et du sel. Barbara lui demande d'attendre que la femme se présente à la caisse, pour se mettre derrière elle. Pour l'aider à patienter, nous nous attardons sur certains produits en les commentant. Alberta attrape des *cortezas*, ces chips à base de couenne de porc, et me demande : « Tu connais ça ? » Je lui réponds que mes parents en achètent souvent, mais que je ne suis pas fan.

Ça y est, nous arrivons aux choses sérieuses. L'infirmière passe en caisse. Nous nous postons derrière elle, Alberta d'abord, puis nous deux. Elle étale ses articles sur le tapis. Francisco ne semble pas pouvoir lâcher sa conversation avec le client précédent. Une nouvelle épicerie devrait ouvrir sous peu. Son client le rassure, ses produits seront toujours les meilleurs du village ! Et au moment de saluer son interlocuteur, les yeux de Francisco se portent sur sa prochaine cliente, suivie de nous trois. Il est évident qu'il reconnait la quinquagénaire. En effet, il incline exagérément la tête en lui disant bonjour puis relève le menton, prêt à réagir en cas de propos déplacés. En avançant, l'infirmière remarque notre présence. Barbara et moi assistons sous tension au concert de bips émis par le scanner. Tout en silence, la femme remplit son grand sac, tend un billet à Francisco et récupère la monnaie. Avant de sortir, elle adresse un simple et courtois « *adios* » à Francisco en nous jetant un regard impassible.

Une fois l'infirmière éloignée dans la rue, la joie s'empare de nous trois. Je lève le poing en signe de victoire face à Barbara et sa tante nous regarde avec des yeux brillants d'étonnement. Francisco comprend notre gaieté en hochant la tête puis, de sa voix profonde et réconfortante, clame à Alberta « ¿ *Albertaaa… cómo está hoy ?* (Comment allez-vous aujourd'hui ?) » Elle lui répond positivement, en balbutiant, les yeux emplis de larmes d'émotion. Sans doute l'ignore-t-elle, mais l'épicier n'est pas de nature à laisser partir les gens qui ont quelque chose à dire ! Il lui demande d'attendre sur le côté, le temps que le dernier client soit passé à sa caisse. Pendant ce court instant, Barbara en profite pour raconter à sa tante la scène de la rue. Alberta comprend mieux pourquoi tout s'est passé sans heurts aujourd'hui. Elle me saisit chaleureusement les mains pour me remercier. Et puis, la caisse redevenue vide, Francisco nous rejoint et habilement, invite Alberta à exprimer le fond de sa pensée. Ainsi apaisée et en confiance, elle se laisse aller à lui dévoiler tout son soulagement. Dans les villages, les commerçants exercent aussi la fonction de psychothérapeutes !

En repartant, nous nous félicitons de cette heureuse issue. Si Francisco avait dû intervenir en chassant cette femme, la solution aurait été certes radicale, mais brutale. La situation des deux protagonistes ne se serait pas améliorée et se serait même sans doute aggravée. Souvent, une action, plus ou moins violente, met fin à des conflits. Cependant, elle ne règle pas le problème qui subsiste, d'une manière ou d'une autre, sur le long terme. J'ai appris une chose particulièrement utile ces derniers temps, une notion qui amène à la réflexion et fréquemment à la solution : le recul. Un pas en arrière, même hasardeux, vaut mieux que deux pas en avant carrément dangereux !

Je réalise l'intérêt de s'attaquer directement aux problèmes. Les malentendus entre les personnes peuvent entraîner des conséquences irréversibles et être extrêmement dommageables. Cette pensée fait son chemin dans ma petite tête et je trouve des correspondances avec la musique. Pour ne pas l'oublier, j'écris à la va-vite sur mon portable ces phrases que je pourrai retranscrire dans mon cahier :

Éviter les malentendus : les fausses notes.
S'adresser aux bonnes personnes : les bons instruments.
Annoncer franchement ses décisions : le tempo.
Le principe de tout chef d'orchestre émérite !

Pour l'heure, Alberta se sent libérée d'un fardeau considérable et pour fêter cette mission réussie, elle m'invite à déjeuner. Le repas est évidemment animé par la bonne humeur. Tout en dégustant notre dessert glacé, nous évoquons les secrets que peuvent avoir certaines familles. C'est alors qu'Alberta, avec son air bienveillant, me regarde droit dans les yeux et me parle en français :

— Victoria, maintenant, on se connait bien, et je t'apprécie.
— Oui Alberta, et moi aussi.
— Je vais te dire un secret. Il n'y a que Barbara qui le sait.

Encore un secret ? Je pense à mon chéri. Il m'est presque impossible de lui dissimuler quoi que ce soit, tant nous sommes fusionnels. Je dois la prévenir.

— Merci Alberta de me faire confiance, mais j'ai un amoureux maintenant et je ne lui cache rien…

— *Por favor* ! Je comprends ! Pas de secret dans un couple ! C'est bien normal et ce n'est pas un problème pour moi. Je vous fais confiance, à tous les deux. Bon, voilà, c'est une histoire de famille. La mienne.

Elle s'exprime lentement en cherchant ses mots en français. Je lui suggère de parler en espagnol mais elle insiste pour continuer ainsi. Elle met un point d'honneur à s'exprimer dans ma langue maternelle qu'elle semble apprécier. Dès qu'elle commence, je crains le pire. Je me dis qu'on ne cache pas ce qui est sans intérêt ou sans danger. Ce qu'elle va me confier est soit malhonnête, soit préjudiciable, soit non accepté. Je me prépare à écouter tous les drames possibles.

Alberta me parle de sa mère, née en 1931 à Madrid. Elle s'est retrouvée enceinte d'elle, à l'âge de 16 ans, à la suite d'une très mauvaise rencontre dans un bar dans lequel elle chantait. En effet, elle avait un talent vocal exceptionnel et commençait à gagner de l'argent grâce à des prestations autour de chez elle. Il ne fallut guère de temps avant qu'elle soit remarquée et qu'une opportunité sérieuse se présente pour s'engager dans le milieu artistique. Malgré la désapprobation de ses parents, elle partit, leur laissant la garde de sa petite Alberta. Elle subvint rapidement et aisément à ses besoins et récupéra sa fille. Lors d'un concert, elle fit la connaissance de Roberto qui avait dix ans de moins qu'elle et l'épousa. Cependant, toujours meurtrie, tant physiquement que moralement, par sa mauvaise expérience du passé, elle savait qu'elle ne pourrait lui offrir un enfant. Et pourtant, dix ans plus tard, alors qu'elle avait 38 ans, elle eut la bonne surprise de donner naissance à Antonio, le père de Barbara. Alberta est donc la demi-sœur d'Antonio, et elle reconnaît sa chance de l'avoir. En définitive, contrairement à ce que je pensais, son secret était honnête, salutaire et totalement acceptable.

Elle prolonge son récit en me racontant comment elle s'est installée dans le village voisin où elle exerçait le métier de vétérinaire. Et puis, à ses 54 ans, le drame arriva. Un incendie accidentel détruisit entièrement sa maison. Roberto, qui l'avait toujours aimée comme sa propre fille, lui offrit de l'héberger. Il venait juste d'acheter ce château, ici, dans son village natal, et une partie distincte de celui-ci était habitable. À ce moment-là, Antonio vivait à Madrid pour ses études mais revenait voir ses parents régulièrement. Le frère et la sœur s'entendaient très bien et passaient du temps ensemble. À sa majorité, il partit habiter dans le sud de la France où il rencontra sa femme. Ses parents et Alberta ne le virent plus autant qu'avant.

Les habitants du village ignoraient qu'Alberta n'était pas la fille biologique de Roberto.

— Et heureusement ! s'exclame Alberta.

Me voyant froncer les sourcils en signe d'incompréhension, elle m'explique.

— Eh oui ! Cela aurait pu faire jaser !

Préoccupée, Barbara se mêle à la conversation.

— Et justement, comment était-il avec toi ?

— Roberto était comme un père pour moi, il était très bon.

— Et toi ? Ta vie privée ?

— Oh moi… J'aimais trop mon travail pour en avoir une ! Je n'étais jamais chez moi. Occupée du matin au soir, entre les visites au cabinet et les déplacements dans les campagnes. Je n'avais pas de loisirs. Mes seuls amis étaient mes chats. Je ne dis pas, les villageois étaient très aimables. Mais comment expliquer ? Je n'avais pas le caractère à m'intégrer.

Je comprends mieux maintenant, quand Barbara disait que sa tante avait eu du mal à se faire accepter. En fait, ce sont la situation et le caractère d'Alberta qui ont freiné sa socialisation. C'est drôle, je lui trouve un point en commun avec son ex-ennemie, l'infirmière recluse !

À la fin de son récit, ses épaules se relâchent dans un long soupir. J'ai le sentiment qu'elle s'est déchargée d'un poids. C'est une bonne journée libératrice pour elle ! Elle me le confirme :

— *Madre mia* ! Ça fait du bien de raconter tout ça. Tu sais, Victoria, la vie est courte. Comme je t'ai dit, j'aimais mon métier, mais je ne réalisais pas à l'époque que je n'avais rien à côté. Je ne pensais pas que c'était important. J'ai construit ma carrière, mais pas ma vie privée. Et aujourd'hui, il ne me reste que ma *sobrinita* (petite nièce) qui me rend heureuse quand elle vient me voir, et il y a aussi mes chats qui m'amusent beaucoup !

Un léger sourire se dessine sur ses lèvres mais en même temps ses yeux se brouillent de larmes. Barbara et moi la regardons avec compassion plonger dans ses regrets. La seconde d'après, je casse le rythme. J'ai une fâcheuse tendance à ne pas supporter les notes tristes.

— Oui, mais maintenant, vous m'avez, moi !

— *Claro que sí !* (Bien sûr que oui !) Toi aussi, tu es précieuse. En plus, tu m'as sauvée de cette histoire avec l'infirmière. Cela aurait pu dégénérer. On m'a déjà traitée de sorcière, tu sais ! N'est-ce pas, Barbara ?

— Exact. Ce que tu ne sais pas non plus, Victoria, c'est qu'Alberta a un don pour la tarologie et qu'elle a eu le tort d'en faire profiter certaines personnes du village. En revanche, d'autres ont été mauvaises langues.

Dépitée, Alberta acquiesce de manière insistante.

— Comme des mauvaises herbes qui empêchent les autres de vivre en paix ! Alors, j'ai tout simplement arrêté.

— Et il y a une autre chose que je ne t'ai pas dite, ajoute Barbara.

— Ah bon ?

L'heure est décidément aux confidences. Que va-t-elle me dévoiler ? Est-ce que le fait d'arrêter ces pratiques a eu des conséquences ? Je suis impatiente qu'elle continue car je serais capable d'imaginer une quantité de choses ! Genre que les esprits lui en ont voulu et qu'ils errent désormais dans le château ou alors que ce sont les habitants qui l'ont harcelée pour qu'elle continue, ou alors… Mon imagination prend fin et je suis presque déçue quand elle déclare :

— Oui, la dernière fois qu'elle m'a tiré les cartes, elle a prédit que notre amitié survivrait non seulement après l'été dernier, mais qu'elle durerait toujours !

Cette Alberta est vraiment attachante et surprenante ! Finalement, son histoire de famille m'en rappelle une autre, celle de mon père que je raconte à Barbara : « Tu sais pas ? On a toutes les deux une demi-tante ! » Toutes ces sagas familiales nous rapprochent. Comme on dit, on est au diapason. On dirait qu'une même mélodie résonne à l'intérieur de nous trois.

Après ce repas teinté de complicité, Barbara et moi donnons un coup de main à Alberta pour débarrasser puis filons poser nos doigts sur les 88 touches noires et blanches du piano.

22

Le jour J tant attendu par la famille de Luís est arrivé. Le rendez-vous est fixé à dix heures, dans un office notarial au centre d'Ávila.

Pour ma part, je me réveille le cœur heureux, encore imprégné d'un beau rêve. Des visions apaisantes qui surgissent fréquemment dans mon sommeil. Je me relève, m'assois sur le bord de mon lit. En face de moi, mon bloc-notes a l'air de réclamer mes écrits comme un petit curieux. Après tout, il a raison, j'aurai vite fait de tout oublier si je ne le lui confie pas. Tartiner des mots avant d'étaler de la confiture sur mes toasts grillés, pourquoi pas ?

Lorsque je commence à rédiger, me revient en mémoire *Mon rêve familier*, le poème de Paul Verlaine : « Je fais souvent ce rêve étrange et pénétrant… » Les mots sont doux et m'inspirent, même si la suite n'est évidemment pas la même…

Il m'arrive souvent de rêver que j'habite avec Luís, dans une belle maison. À l'intérieur, la lumière répand une douceur bienfaisante. Y règnent en maîtres la gaieté et l'amour. Les attributs du printemps lui offrent une atmosphère explosive. L'été ne la surchauffe pas. L'automne et l'hiver lui insufflent une atmosphère chaleureuse et réconfortante. Depuis une terrasse en hauteur, j'admire un parc agrémenté de différentes essences, traversé par un chemin de promenade. J'aperçois également une tour, comme celle d'Alberta. Une personne me dit qu'elle est inaccessible mais je crie : « Non ! C'est pas vrai ! C'est pas vrai ! Il y a sûrement un moyen ! Moi, j'y monterai. » Je me sens invincible mais aussi tellement apaisée. Une « happy warrior » !

Ce sentiment ressemble vraiment à celui que je ressens tous les jours, ici. Pourtant, avant de poser mon stylo, je dessine un émoji tristounet. Ce n'est pas dans mes habitudes mais ce matin, je me sens un peu mélancolique. Je réalise qu'il ne me reste que deux jours à passer ici, dans ce lieu idyllique. Avec Luís, Barbara et les copains, c'est la vie sans contrainte : on passe notre temps à aimer, à rire, à chanter et à jouer de la musique.

Je dois me ressaisir. Je cherche une phrase motivante. Et je la trouve. Ainsi, à côté de mon bonhomme triste, j'écris : ce n'est pas la fin du monde, juste un tournant de ronde.

Soudain, j'aperçois un livre posé sur mon étagère. Une sorte de documentation détaillée sur les instruments de musique. Je l'avais emmené pour continuer à apprendre, pendant cette période de prétendu farniente puis, je l'avais oublié. Je le prends, le feuillette et instantanément, un sourire s'impose à moi. Il me remet à flot, me rappelant ma passion désormais essentielle. Elle est née grâce à Barbara, et perdure grâce à toutes les valeurs et les émotions que me procurent ce village et mes amis.

Ainsi aujourd'hui je me retrouve privée de Luís, mais aussi de Barbara qui passe sa journée avec Yann au château. Les autres sont à la piscine. Je n'arrive pas à me décider à aller les rejoindre. J'ai envie de rester au calme. Il n'est pas exclu que je décline la proposition de mes parents de les accompagner à Ávila.

Je consulte les notes que j'ai rédigées ces derniers jours. Je les trouve tellement nulles que je me demande si un jour je réussirai à échafauder réellement ce projet de roman ! Dans l'immédiat, je me dis que c'est amusant, et puis ça me change de la musique. Je griffonne un peu sur l'histoire de cœur entre Barbara et Yann.

Je réalise combien la situation était complexe et qu'avant d'écrire quoi que ce soit, il m'aurait fallu connaître les tenants et les aboutissants, comme les causes des mauvaises humeurs de chacun. À me torturer l'esprit, j'attrape un mal de tête. Pour m'aérer, je me penche à la fenêtre. Surprise ! Je me retrouve nez à nez avec ma voisine d'en face. La tentation d'engager la conversation avec moi est trop forte pour elle. D'ailleurs, il ne s'agit même pas de tentation, c'est simplement la normalité ici : tu ouvres une fenêtre, tu ouvres la boîte à paroles. Elle me fait rire en me racontant les bêtises de ses petits-enfants.

Pendant ce temps, la rue s'anime et résonne de voix percutantes. Un jour Rosita m'a dit : « Les Espagnols parlent fort parce qu'ils sont plus vivants que les Français ! » De sa voix criarde, Teresa appelle désespérément son chien. Deux petites filles se chamaillent en criant. Je vois aussi mon père bavarder avec Manolo. Et les pigeons, désespérés par tout ce vacarme, haussent le ton pour se faire entendre.

Je glisse mon portable dans ma poche et décide d'aller faire un tour. J'entends Manolo toujours en conciliabule avec mon père, tandis que José et Christophe se sont approchés pour prendre part à la conversation. Ce villageois est un résident à l'année et depuis toujours. Un de ceux qui n'ont pas fui pendant la douloureuse période franquiste, contrairement à la plupart. Par conséquent, il ne maîtrise pas très bien le français et cela donne des combinaisons linguistiques assez amusantes. Je l'entends dire :

— *Escucha me, yo no sé pas si lo té digo pero yé va té dire !* (Écoute-moi, je ne sais pas si je te le dis mais je vais te le dire !)

Quand j'étais petite, je l'appelais « Manolo rigolo ». Il a toujours des ragots à nous raconter. Mais ce qu'il dit ensuite m'interpelle. Lorsqu'il prononce le prénom de Pedro, je comprends très vite qu'il s'agit du grand-père de Luís. Je reste cachée pour écouter ses propos. Apparemment, il est au courant du rendez-vous chez le notaire. Il semble curieux de savoir ce que Pedro a réellement légué à son fils. Manolo a été son ami mais il a aussi été le témoin de sa fulgurante décadence.

— *Creo que no tiene nada, na.da du tout. Era un fanfarrón y… yé va té dire , es el menor de sus defectos ! Todos lo saben ! Nos ha destruido.* (Je crois qu'il n'a rien, rien du tout. C'était un vantard et... Je vais te dire, c'est le moindre de ses défauts ! Tout le monde le sait ! Il nous a détruits).

En la matière, la réputation de Pedro n'est plus à faire, il a pignon sur rue ! Manolo sait que je suis en couple avec le petit-fils de Pedro ; si je me montre, il va certainement se taire. Alors, tout en espérant que personne ne viendra m'en déloger, je ne bouge pas de ma planque, entre la porte et la fenêtre. Et pourtant, ce n'est pas l'envie qui me manque de les rejoindre ! Surtout quand mon père a l'ingénieuse idée d'interroger Manolo sur les rumeurs concernant le legs d'un château. Son interlocuteur éclate aussitôt de rire et s'exclame : « *Un fanfarrón te digo !* » (Un vantard, je te dis !)

Rosita sort des toilettes et me voit en position de statue. Et, sans chercher à comprendre, elle s'écrie :

— Eh bèèèh ! Qu'est-ce que tu fais ? T'écoutes aux portes ou quoi ?

— Chuuut ! Ils parlent du grand-père de Luís !

— Ah oui, c'est vrai, c'est le grand jour pour la famille de Luís !

— Ben oui, c'est stressant cette histoire…

— Allez viens, on sort, ça te dit un bon *café cortado* (café au lait) ?

Manolo est déjà parti quand nous quittons la maison.

Comme c'est la fin de la matinée, nous croisons pas mal de monde. « *Buenas !* » à gauche, « *Holà !* » à droite. Notre trajet s'accompagne d'amicales courbettes. Contrairement à ce qu'on apprend à l'école, on ne se complique pas à réfléchir, si c'est le matin, pour dire « *buenos dias* » ou l'après-midi pour dire « *buenas tardes* », c'est « *buenas* » à tout moment ! De même, si on demande « *qué tal ?* » (comment vas-tu ?), il ne faut pas se formaliser si la personne ne nous répond pas. L'essentiel est de se saluer, pas de papoter avec toute la rue. Déjà qu'il ne faut pas grand-chose pour se faire aborder !

Rosita me confie, à sa manière, combien elle se réjouit de savoir Yann avec Barbara : « C'est pas trop tôt ! Depuis le temps qu'il faisait la gueule ! » Barbara n'avait pas non plus l'air sereine ces derniers temps, mais je me garde de le lui dire. Je lui explique que son attitude était certainement due à un malentendu entre eux deux. Ce genre de chose se manifeste plus fréquemment qu'on ne pense entre deux personnes qui doutent. Le pire étant aggravé par les messages écrits. Je ne peux m'empêcher de lui raconter le stratagème dont nous avons usé, avec Luís. Elle éclate de rire, me félicite vivement et me demande de tout lui détailler. Ma tante est passionnée par ce type de plans malicieux, « les rencontres amoureuses, c'est énigmatique, tu trouves pas ? » Sans doute pense-t-elle aussi à sa rencontre inopinée avec José. Elle me confie qu'il était arrivé la même chose à une des sœurs de José : des amis l'avaient attirée dans un « guet-apens » amoureux, et cela avait marché !

« Ouh ! Mais c'est bien beau, toutes ces *love stories*, mais ta mère va encore me tuer parce que je suis en retard ! »

Rosita se lève d'un coup et insiste pour que je l'accompagne à Ávila.

Après tout, vu que Lucas et Hugo ont décidé d'aller à la piscine, je me retrouve la seule « jeune » de la famille pour la journée. Ce serait bien la première fois. Bon, je me laisse tenter. Ce qui est drôle, c'est que je vais me rapprocher géographiquement de Luís !

Toutes les femmes se retrouvent dans la voiture de Manuela, et c'est elle qui est au volant. Elle suit les lacets de la montagne, et moi, je suis le fil de mes réflexions noueuses. Je ne suis pas mécontente d'avoir accompagné mes parents. Ils vont me distraire et je vais ainsi lâcher prise.

Nous entrons dans l'enceinte de la ville par l'une des neuf portes de la muraille médiévale. J'apprends par Charlotte que ces remparts sont composés de 88 tours, tiens, autant que les touches d'un piano ! Cela me donne à réfléchir : pourquoi me fais-je cette remarque ? Est-ce un signe ? Mais un signe de quoi ?

Nous flânons au hasard des rues et faisons quelques emplettes. Je suis contente de me trouver de jolies boucles d'oreilles, des créoles. Puis nous quittons les rues commerçantes pour passer sous une arche de la grande muraille. Christophe suggère de la parcourir. Nous nous accordons pour dire qu'avant cela, nous devons nous reposer un peu et reprendre des forces. Charlotte lance :

— Allez, on va becqueter une bonne petite salade de crudités !

Malgré son enthousiasme, sa proposition fait un bide. Son envie n'est visiblement pas partagée ! Il faut dire que s'exhibent à tous les coins de rue des photos du fameux *chuletón*. C'est un steak de bœuf tellement gros qu'il est servi sur une planche en bois. Des affiches montrent aussi des *judías*, les haricots blancs d'ici. *Madré mía !* Il est impossible que les mecs résistent à l'appel de la barbaque ! Moi non plus, j'avoue.

Après un repas ayant satisfait toutes les faims, nous prenons desserts et cafés dans un autre établissement que nous avions repéré pour sa terrasse ombragée et confortable. Évidemment, ce ne sont pas des forces que nous avons prises, mais plutôt des centaines de calories qui nous alourdissent. Charlotte nous en veut, elle a craqué pour le *chuletón* et le regrette un peu.

— Bon eh bien maintenant, nous sommes obligés de faire une marche digestive pour ne pas être malades !

— Ouh moi, j'en pô plou ! gémit Manuela en se tenant le ventre.

Nous nous adressons au guichet pour la visite de la muraille, puis nous montons l'étroit escalier qui nous hisse sur les hauteurs de la ville. Après avoir parcouru quelques mètres, nous nous retrouvons dans une impasse. Nous nous sommes visiblement trompés de côté, alors nous rebroussons chemin. Revenus au niveau des marches, nous prenons cette fois-ci par la gauche. Malheureusement, c'est le même constat : la promenade se termine par un mur.

Ma mère commence à s'énerver et à crier au scandale d'avoir payé autant pour si peu de visite. Elle est bien décidée à se plaindre, et je comprends son mécontentement. Une fois redescendue, elle s'entretient avec la vendeuse et nous l'attendons. Elle revient vers nous, yeux rieurs et main plaquée sur sa bouche pour exprimer sa gêne. Elle nous avoue qu'elle a avait mal compris : le départ ne se trouvait pas ici : il s'agissait juste d'une simple ouverture ! Un moment de franche rigolade où mon père ne ménage pas ses commentaires :

— Ce n'est pas la peine d'être espagnole pour ne rien comprendre !

Ma mère l'envoie promener mais vers la bonne entrée cette fois-ci ! Nous pouvons enfin contourner la ville, en hauteur, au rythme des blagues des uns et des autres. Chacune vole bas puis s'écrase, mais il y en a toujours une autre prête à sortir de son nid pour la remplacer ! Quelquefois, je trouve que ces hommes racontent vraiment tout et n'importe quoi juste pour faire l'animation ! Mais finalement, ils rendent les moments aussi agréables qu'inoubliables.

Lorsque nous visitons le couvent de Sainte Thérèse d'Ávila, Manuela commence à lire la prière de celle-ci, à voix basse :
Nada te turbe,
(Que rien ne te trouble)
Nada te espante,
(Que rien ne t'épouvante)

Tout n'est que silence et recueillement, quand Rosita laisse échapper un éternuement aussi violent que strident dans la chapelle. La résonance est si intense que toutes les personnes présentes autour de nous se retournent.

Aussitôt, mon père lui crie « *Jesús !* », c'est ce qu'on dit en Espagne quand quelqu'un éternue. Et Charlotte ajoute sur un air chantant, comme la messe : « Ah ah, à tes souhaits ! » C'est seulement après qu'ils réalisent leur indélicatesse. Autant dire que nous sommes à présent bien étiquetés.

Manuela, honteuse, demande l'indulgence : « Rhoo ! Santa Teresa, *ruega por nosotros* (priez pour nous) ! »

C'est un rêve ?

Ma salopette est trop grande, mais bientôt, elle sera à ma taille. La peinture rose dégouline le long de mon bras, j'en ai trop mis sur mon pinceau. Oh ! Quelle piètre bleue en peinture je fais ! Nous accueillerons bientôt notre fille dans cette chambre éclatante de lumière. La nôtre, à Luís et moi, se trouvera juste à côté. Nous avons empiété sur l'affreuse pièce de l'écrivain, entièrement transformée en dressing et salle d'eau, non sans un pincement au cœur d'Alberta. J'ai dû déployer de nombreux arguments pour la convaincre. Mon cher kiné et moi sommes heureux d'occuper ce premier étage.

Alors que je penche la tête par la fenêtre, les notes de piano jouées par Barbara me parviennent. Malgré notre musique d'ambiance, je reconnais la *Sonate au clair de lune* de Beethoven.

En bas, c'est le son de la télévision, un peu trop fort, que j'entends. Alberta va bientôt fêter ses 80 printemps et mis à part sa surdité grandissante, elle se porte bien et se réjouit de nous voir davantage.

Ce soir, comme très souvent, nous ouvrirons nos portes respectives et monterons en haut de la tour. Nous irons nous rafraîchir face au spectacle éphémère du soleil couchant sur les montagnes et les vallées. Quand la nuit sera enfin là, il est fort probable que Luís réglera son télescope pour nous montrer quelques constellations. Et puis, nous redescendrons pour aller dîner sur la terrasse. Peut-être mangerons-nous des brochettes de viande grillée au barbecue comme nous l'avions fait lors d'un certain feu de camp ! Dans tous les cas, nous ne manquerons pas d'aller retrouver nos amis qui nous attendent à *El Ocho*.

- 23 -

J'étais jeune
J'avais pas vingt ans
J'étais increvable
J'avais tout mon temps
J'avais toute ma force
On ne pouvait pas me bouger
Comme un roc
« Comme un roc », chanson de Johnny Halliday

*J*e ne sais pas si Sainte Thérèse est pour quelque chose dans cette histoire, mais mon roman aura une fin peu banale. Une réalité qui surpasse toutes mes rêveries les plus folles. Une preuve que j'avais raison d'être confiante.

Alors que nous descendions des remparts, nous sommes retrouvés face à Luís et ses parents. La chance de les croiser relevait du miracle. Anita et Juan Pedro me paraissaient étranges. Leurs visages étaient rehaussés par un sourire, mais ils avaient un air idiot. C'était troublant. J'aurais carrément juré qu'ils étaient ivres. Luís m'a embrassée puis a posé sa main sur sa bouche. Ce geste peut avoir plusieurs significations et je n'arrivais pas à percevoir l'émotion qui les animait tous. Toutefois, connaissant mon amoureux, je pressentais une chose importante.

Pourtant, de façon outrageusement extravagante, Anita s'est mise à parler de la chaleur et de la météo. Alors, une pensée m'a traversé l'esprit : ils sont certainement allés noyer une mauvaise nouvelle dans plusieurs verres d'alcool avant qu'on ne les rencontre. Et quand elle s'est adressée à mes parents en débutant par :

— Vous savez ? Vous tombez bien !

J'ai tout de suite pensé qu'elle allait leur confier leurs malheurs. Puis, à mon grand étonnement, elle a poursuivi en disant :

— Vu que cela semble sérieux entre Victoria et Luís, on pourrait boire un verre à leurs amours !

Autant dire que ces derniers mots corroboraient mon hypothèse : ils étaient bourrés ! De surcroît, Anita n'avait pas l'habitude de parler sans que Juan Pedro ait ouvert la bouche au préalable. D'ailleurs, celui-ci demeurait muet depuis son « holà ». Je supposais qu'il était abruti par l'alcool. Mes parents ont brièvement hoché la tête en signe d'accord avant qu'elle continue :

— Si vous avez une minute à nous consacrer, nous aurions une chose particulière à vous dire.

En prononçant ces derniers mots, je me souviens qu'elle a échangé un regard complice avec son mari. Je me demandais ce que notre relation pouvait bien engendrer de si conséquent. Voulait-elle me prévenir que sa famille s'était engagée dans une dette colossale menaçant notre futur mariage ?

Mon père s'est senti obligé de répondre d'emblée positivement, son air de plaisantin a disparu et il se préparait à devoir résoudre un problème. Justement, devant nous, un bar proposait sa large terrasse, libre et ombragée. Il s'y est précipité, impatient d'entendre cette « chose particulière ». Nos amis, Rosita et José, ont installé une table juste à côté de la nôtre. Rosita et Charlotte, étant les plus proches de nous, tendaient discrètement leur oreille vers nous.

Anita et Juan Pedro avaient quitté leurs sourires niais, redevenant plus posés.

En revanche, Luís me tenait fermement la main, comme pour me rassurer. Ses yeux brillaient d'un éclat que je leur avais rarement vu. Paradoxalement, il se mordillait les lèvres afin de contenir un franc sourire. Assis droit comme un i sur sa chaise, il avait la mine de celui qui est sûr que son cadeau va plaire.

Cette excitation apparemment joyeuse m'a fait abandonner toute hypothèse d'endettement. Une autre pensée me trottait dans la tête et me faisait carrément peur : et s'ils croyaient me réjouir en me parlant de mariage ?

À une table voisine, un petit garçon pleurait. Il avait fait tomber son gâteau par terre et un chat était déjà en train de le lécher. Tiens, un chat ! Cette scène nous a distraits, cinq secondes. Et puis, d'un signe de tête, Anita a demandé à son mari de prendre la parole. Ce qu'il a fait, en souriant.

— Vous serez les premiers informés de cette nouvelle que nous venons nous-mêmes d'apprendre.

Tout de suite, ça donnait la note ! Nous restions figés, pendus à ses lèvres. Nul n'osait l'interrompre, tant nous étions impatients de découvrir le scoop. Exactement comme le feraient des musiciens guettant chaque mouvement du chef d'orchestre. Comme il était dos à la route, Juan Pedro a jeté un coup d'œil derrière lui, histoire de vérifier que personne ne l'écoutait en douce, puis il a commencé son explication.

— Donc, voilà, mon père nous a laissé un héritage. Je suppose qu'il ne nous en avait pas parlé parce qu'il n'en était peut-être pas très fier. Car en fait, il s'agit d'un partage en indivision avec… la famille De Gracia.

Mes parents nageaient dans la semoule, ça se voyait à leurs yeux plissés. Quant à moi, qui savais qu'il parlait de la famille de Barbara ; j'avais droit à un radeau avec des rames. En effet, je me souvenais parfaitement du nom écrit sur l'enveloppe qu'elle avait trouvée. Je me demandais juste où ils voulaient en venir. Mon père, qui ne tenait plus, a demandé :

— C'est qui ça ?

Sans vraiment répondre à sa question, Juan Pedro a continué son récit. Nous essayions tous de comprendre pourquoi il nous parlait de cette histoire, a priori assez personnelle.

— C'est un peu compliqué, mais vous allez comprendre pourquoi je vous parle de tout ça. Le château où habite Alberta actuellement a été acheté en 1980 par mon père. Mais en 2001, accablé de dettes et surtout menacé d'être mis en prison à cause de ses malversations, il en a vendu la moitié à Roberto De Gracia Montejo qui est le grand-père de Barbara. À ce moment-là, Roberto était à la recherche d'une demeure dans son village natal où il pourrait passer le reste de ses jours avec sa femme, mais il n'en trouvait pas. Il avait été l'avocat d'Oliver Jimenez Sanchez, ami d'enfance et complice de mon père. Par conséquent, de sérieuses pistes convergeaient vers lui. Alors, quand Roberto a eu l'idée de se proposer indivisaire en échange de son silence, cela arrangea mon père qui put par là même solder plus rapidement son crédit.

Ma mère a félicité Juan Pedro :

— Wouah ! Ça veut donc dire que tu es propriétaire, au même titre qu'Alberta et Antonio ?

— Alors, presque. En fait, pas avec Alberta.

Nouveau froncement de sourcils de mes parents et nouveau plongeon dans la semoule !

— De ça non plus, vous n'êtes pas au courant : Alberta n'est pas la fille de Roberto. Sa femme était mère célibataire et il a adopté sa fille. Le problème, c'est que cette adoption n'a pas été officialisée, de sorte qu'Antonio est le seul héritier de premier ordre.

INCROYABLE ! J'étais ahurie. Cela impliquait que, étant des enfants uniques, Luís et Barbara deviendraient automatiquement les successeurs.

À côté de moi, la nervosité de Luís était palpable. Il m'a chuchoté à l'oreille : « Tu te rends compte, le château, il était sous nos yeux et… je te l'offrirai ! » Mais moi j'étais sonnée, je ne pouvais plus bouger, plus parler. Je pensais à Barbara. Je me demandais quelle serait sa réaction face à cette nouvelle. Découvrir qu'elle n'est pas la seule héritière du château ne sera pas forcément plaisant à entendre.

Alberta avait pris un bus juste après le rendez-vous. Était-elle également sous le choc ou était-elle déjà au courant avant la lecture des actes ? Je la revoyais me faisant visiter le château avec tant de fierté. Je repensais aussi à la déception de Luís, quand il était revenu du château abandonné.

Ce n'était pas la fin à laquelle je m'attendais. Je n'aurais jamais osé imaginer un tel scenario. Dans mes rêves, il y avait Luís, la musique, un château et mes amis. Le destin s'amorçait dans un drôle d'engrenage !

Le passé s'était donc chargé de créer un lien improbable entre Luís et Barbara, tandis que le présent réunit Luís et moi d'une part, et Barbara et Yann d'autre part. Ainsi, le château se révèle être notre point d'ancrage à tous les quatre.

De retour au village, Luís m'a demandé :

— Qui l'aurait cru ?

— Certainement pas ceux qui parlent toujours au conditionnel ! ai-je répondu. Moi, je l'ai cru. Tout comme je crois maintenant que ce que je fais dans le présent servira à la réalisation future de mes souhaits les plus chers. Une pierre solide demeure inébranlable.

Ce n'est pas un rêve.

Jusqu'au matin, tous les deux
Avec la nuit pour compagne
Soyons heureux, si tu veux
Dans mon château, en Espagne
« Château en Espagne », chanson de Tino Rossi

Barbara et Yann forment un beau couple. Les malentendus érigent d'épais murs qui isolent les gens. Seule la parole peut les détruire, et de cette manière, tout changer. La clarification de leurs doutes injustifiés les a ainsi réunis, et dès lors, ils ne se sont plus quittés. Barbara n'a suivi ni sa mère ni son père, car avec Yann, ils ont décidé d'emménager au château. Un bonheur qui se perpétue, avec, dans deux mois, la célébration du mariage de la pianiste et de l'architecte.

Une fois que nous aurons réglé notre situation, Luís et moi pourrons nous aussi envisager de travailler en Espagne, d'utiliser la grosse clé pour vivre au château et de penser au mariage.

295

J'entends encore les paroles de mes amis lorsque la situation a été révélée :

Diego : « ¿ *Puta madre, es un chiste* (putain, c'est une blague) ? »

Pablo : « *Mira, puede haber un tesoro en el castillo !* (Regardez, il y a peut-être un trésor dans le château !) «

Mateo : « Sans déconner ? »

Thomas : « Mais c'est un truc de ouf ! »

Antonio : « On pourra faire une fête, dans la cour du château ? »

Ana : « Quelle chance ! »

Alyssa : « Tu vas être une châtelaine espagnole alors ? »

Un peu épuisée par le poids de mon ventre arrondi, je m'assois devant le chevet que j'avais récupéré chez Pedro. J'ouvre son tiroir et y découvre mon cahier. Je ne l'ai pas touché depuis quatre ans. Je le feuillette et mon pouce sélectionne la dernière page. Je me rappelle combien j'avais mis tout mon cœur à écrire ces pensées-là. En les lisant, mes propres mots de l'époque me touchent. Précis, profonds et percutants, ils me ramènent à mes 18 ans. Ce que je retiens, c'est surtout l'ambiance de l'époque avec tous ces fous rires entre potes comme avec mes parents et leurs amis. J'appréciais la compagnie de ces adultes en raison de leur bonne humeur et de leur formidable état d'esprit.

Par ces écrits, j'avais la ferme ambition d'exprimer mes ressentis de ce temps-là. Je réalise à quel point mes rêveries, empreintes de tant d'émotion, m'ont indéniablement guidée vers le bon choix, de la même façon que ma baguette donnera le bon tempo à mes musiciens.

C'était plus qu'un journal intime dans lequel une jeune fille retranscrit ce qu'elle a vécu, ses incertitudes, ses découvertes, ses sentiments et ses rêves, comme un refuge. Non, c'était davantage. Il y avait au fond de moi ce désir constant et essentiel de retrouver mes racines. Mes séjours dans ce village me paraissaient si merveilleux que j'avais l'intime aspiration d'y demeurer pour toujours. Une quête à laquelle je suis restée attachée.

« Pour peu qu'on y soit attentif, on ressent combien la volonté de domination d'antan dont ces châteaux sont imprégnés semble désormais s'efforcer de paraître plus digne. Encrassés par toutes les violences du passé dont ils ont été à la fois témoins et victimes, ils aspirent à se purifier, d'année en année. Ces ossatures rocheuses souhaitent se laver de leurs peurs originelles, pour révéler leur puissance intrinsèque. Certaines personnes, comme Yann, ont ce don d'entendre la noblesse de ces temps durant lesquels ces pierres représentaient talent, protection et postérité.

Il me semble que, plus encore que ma mère, c'est tout le village que j'entends m'appeler. Autant que possible, je ferai de mon mieux pour le préserver de ces années impitoyables qui savent si bien se montrer destructrices. Je remettrai en place les pierres qui tombent et les consoliderai. J'effacerai les dégâts du vent, de la pluie et du soleil pour que les façades fassent peau neuve. Je remplacerai tout ce qui peut l'être dans les règles de l'art. J'arracherai le lierre qui désolidarise les pierres en mangeant le mortier, et toutes ces mauvaises herbes qui font cruellement disparaître les trésors que nos ancêtres nous ont laissés. Reconstruire aujourd'hui, c'est respecter le travail d'hier et exposer son panache aux générations de demain. Pour assurer la pérennité de cet endroit, on doit l'honorer en le respectant, et en l'embellissant avec tout notre amour. Pendant ce temps, il nous le rend bien ! Il colore nos vies de souvenirs heureux et réalise nos rêves, en toute beauté. »

Tout en contemplant la rose que j'ai dessinée sur un mur de la chambre de ma fille, Octavia, je me dis que la vie se présente à nous comme un rosier, à nous de voir si on se laisse envahir par les épines ou si on cultive la rose.

Nous n'arriverions à rien, si nous ne bâtissions pas de châteaux en Espagne.

Il n'est pas donné à tout le monde
De décrocher ce qui lui convient
Il n'est pas donné à tout le monde
D'attraper un nuage d'une main
Jeter le gris, prendre le doré
Pour révéler le bleu pur du ciel
Saisir ces rêves ensoleillés
Qui, pas à pas, deviennent réels !

Chanson de Victoria Martinez

Remerciements

Merci à celles et ceux qui ont souhaité lire la suite de l'histoire de Victoria et aux circonstances de la vie qui m'ont permis de répondre à leur demande.

Merci à Maya Maria Mercedes qui a donné vie à cette histoire, éveillant ainsi ma passion pour l'écriture, à l'instar de Barbara qui a été une source d'inspiration pour Victoria. Merci à sa famille et au village de son enfance, si pittoresque.

Merci à certains amis qui m'ont fortement influencée. Pardon toutefois d'avoir évoqué des situations parfois sensibles.

Merci aux personnes qui m'ont témoigné leur soutien sur les réseaux sociaux.

Merci à Isabelle D. pour sa précieuse contribution, véritable source d'encouragement.

Enfin Merci à Tous de m'avoir offert la chance, une fois de plus, d'incarner cette jeune fille solide comme un roc !